中韩文学的交流与互动

牛林杰　著

北京燕山出版社

图书在版编目（ＣＩＰ）数据

中韩文学的交流与互动 / 牛林杰著 . — 北京：北
京燕山出版社 , 2022.10
ISBN 978-7-5402-6720-9

Ⅰ . ①中… Ⅱ . ①牛… Ⅲ . ①文学－文化交流－中国、
韩国 Ⅳ . ① I206 ② I312.66

中国版本图书馆 CIP 数据核字（2022）第 205739 号

中韩文学的交流与互动
————————————

著者：牛林杰
责任编辑：邓京
封面设计：马静静
出版发行：北京燕山出版社有限公司
社址：北京市丰台区东铁匠营苇子坑 138 号
邮编：100079
电话传真：86-10-65240430（总编室）
印刷：北京亚吉飞数码科技有限公司
成品尺寸：170mm×240mm
字数：210 千字
印张：12.5
版别：2023 年 4 月第 1 版
印次：2023 年 4 月第 1 次印刷
ISBN：978-7-5402-6720-9
定价：84.00 元

序

　　2022 年是中韩建交三十周年,也是山东大学韩国语专业成立三十周年。三十年来,中韩关系取得了举世瞩目的快速发展,山东大学韩国语专业的师生都有幸成为中韩关系发展的见证人。在山东大学从教三十多年,最大的收获就是为国家培养了一批韩国语专业人才。在我们的校友中,既有从事教学科研工作的大学教师,也有从事涉外工作的国家公务员,还有从事工商业的企业家。百年山大的深厚文化底蕴,造就了他们朴实无华的品格和心系国家的情怀。他们走出校园,奔赴全国各地,在国家建设的各条战线上辛勤工作。作为在山东大学韩国语专业就职最早的教师,每当看到本专业校友们在各自工作岗位上取得的成就,总是感到十分高兴和自豪。今编辑出版《中韩文学的交流与互动》一书也是对中韩建交三十周年和山东大学韩国语专业成立三十周年的一种纪念。

　　韩国文学是韩国语专业教学的重要内容之一。多年来,作者一直从事韩国文学、中韩文学关系、朝鲜半岛国别研究等领域的教学与研究,并陆续在国内外发表了一些论文。本书所收录的文章都是有关中韩文学关系方面的论述。

　　中韩两国文化交流源远流长,特别是在文学方面,其交流之频繁、关系之密切在世界文学史上亦不多见。研究韩国的古代文学,不论是探讨其文化背景还是思想渊源,都必然会涉及到和中国文学的关系。即使到了近现代,韩国开始接受西方文学的影响,但中韩两国文学仍保持着较为密切的交流与互动关系。本书所收录的文章,涵盖了从古代到近现代,再到当代中韩文学关系的一些重要案例,既可以各自成篇,又是一个有机的系统,从中可以很容易看到各个历史时期中韩文学交流与互动的不同场景。

中韩文学关系研究是一个复杂的系统工程,历史跨度大,涉及的人物和作品繁多。本书的各章节只不过是中韩文学关系史中的零星个案,由于作者水平所限,其中难免错漏之处,敬请读者指正。

牛林杰于济南

2022 年 8 月 18 日

目　录

第一章　韩国文献中的《全唐诗》逸诗考 ················· 1

一、《十抄诗》中的唐人逸诗考 ··············· 1

二、在唐新罗人逸诗考 6

三、附录：韩国文献中的《全唐诗》逸诗辑 11

第二章　杜诗在韩国的传播及影响 ················· 55

一、杜诗在韩国的传播 ················· 55

二、杜诗在韩国的影响 57

三、韩国古代的杜诗研究 62

第三章　东亚视角下的蚩尤与蚩尤文化 69

一、中国视角下的蚩尤与蚩尤文化 70

二、日本的兵主神社与蚩尤信仰 75

三、韩国文献中的蚩尤传说 78

第四章　朱之蕃出使朝鲜及其与朝鲜文人的交流 ················· 83

一、朱之蕃的生平及其出使朝鲜的背景 ················· 84

二、朱之蕃与朝鲜文人的交流活动 ················· 88

三、朱之蕃在朝期间文化交流活动的意义 ················· 97

第五章　17—18 世纪中韩文人之间的跨文化交流与文化误读 ··· 101

一、17—18 世纪中韩文人的交流 ················· 102

二、跨文化交流中的文化误读 ················· 109

第六章　梁启超与韩国近代文学 ………………………………… 116
　　一、梁启超著述在韩国的传播 ………………………………… 116
　　二、梁启超与韩国近代启蒙思想家 …………………………… 123
　　三、梁启超对韩国近代文学的影响 …………………………… 127
　　四、梁启超对韩国近代文学产生影响的特征 ………………… 130

第七章　梁启超的东亚观 ………………………………………… 132
　　一、梁启超的日本观 …………………………………………… 132
　　二、梁启超的韩国观 …………………………………………… 136

第八章　论近代珍本小说《英雄泪》及其艺术特色 …………… 142
　　一、关于《英雄泪》的作者问题 ……………………………… 142
　　二、《英雄泪》的艺术特色 …………………………………… 145
　　三、《英雄泪》所体现的近代文学思潮和近代意识 ………… 148

第九章　中韩近代作家的相互交流与身份认同 ………………… 151
　　一、多元身份认同：金泽荣与中国文人的交往 ……………… 152
　　二、弱小民族的身份认同：中韩无政府主义者的交流 ……… 154
　　三、抗日战士的身份认同：中国作家笔下的韩国抗日战士 … 157

第十章　中国现代期刊中的韩国抗日诗歌 ……………………… 161
　　一、壮士悲歌：爱国志士的绝命诗 …………………………… 162
　　二、亡国哀叹：流亡文人的忧国诗 …………………………… 166
　　三、抗日呐喊：义勇将士的抗战诗 …………………………… 168

第十一章　林语堂在韩国：作品译介与人文交流 ……………… 174
　　一、林语堂在韩国的译介 ……………………………………… 175
　　二、东西方文化的融合 ………………………………………… 180
　　三、东西方文学的幽默 ………………………………………… 183
　　四、韩国文坛对林语堂的评价 ………………………………… 187

第一章　韩国文献中的《全唐诗》逸诗考 [①]

中韩两国的文化交往源远流长,韩国受中国文化的影响至深且巨。在 15 世纪中叶世宗大王制定《训民正音》以前,韩国并无文字,一切书籍皆用汉字。即使《训民正音》颁布之后,其上流社会仍崇尚使用汉文,直至近代。因此韩国保存有大量的汉文典籍。在这些典籍中,有很多与中国文学相关的资料,这些资料对我国古代的一些文学史料,特别是那些在我国已经没有最初版本或失传的文学史料,可以起一定的校正或补充作用。如清末黎庶昌在编辑《草堂诗笺》时就曾以高丽本校订南宋本。近年来,笔者留学韩国,发现有关典籍中存有不少未见诸《全唐诗》的唐代逸诗,留心辑录,竟得 300 余首。其中除新罗人崔致远的一部分诗已被收录陈尚君所辑《全唐诗补编》外,大多数逸诗尚未见我国文献。本文拟根据韩国的有关古籍资料和近年来的研究成果,将韩国文献中的唐代逸诗分为唐人逸诗和在唐新罗人逸诗两部分予以简单介绍,以供方家参考。

一、《十抄诗》中的唐人逸诗考

谈起海外的唐代逸诗,人们首先会想到日本的《千载佳句》和《全唐诗逸》。《千载佳句》是日本平安朝文人大江维时(888—963)于 10 世纪 20 年代编撰的,收唐诗 1083 首。其中有 312 首诗未被收录于清

---

① 本章前两部分曾发表于《文史哲》1998 年第 5 期。

康熙时期编辑的《全唐诗》。后来河世宁（1749—1820）将这些诗加以整理，撰成《全唐诗逸》，从而使这些散逸海外的重要的中国文学资料得以保存和流传。

从唐宋和朝鲜、日本的文化交流来看，朝鲜存有我国古代文献资料的可能性更大。近年来正在引起韩国学者关注的《十抄诗》就是一个很好的例子。《十抄诗》是高丽时期韩国人所编辑的一部唐诗选集，书中收录了中晚唐30位诗人（包括4位新罗人）的作品，全部为七言律诗，每人10首，共300首。令人感到惊奇的是，在这部唐诗选集的300首诗中，未见于后来《全唐诗》的作品竟达183首之多。诗集不仅收录了唐代一些著名诗人如白居易、贾岛、张祜、张籍、罗隐、皮日休、章孝标等人的逸诗，而且还录有《全唐诗》遗漏或收录作品极少的几位诗人的作品。

现在我们所能见到的《十抄诗》版本，只有韩国奎章阁国家图书馆收藏的朝鲜朝的重刊本，而且上卷的前一部分和下卷的后一部分多已脱落，不见序跋，从这一版本已难以考证《十抄诗》的编者以及最初的成书时间和背景。所幸今天还有根据《十抄诗》编撰的《夹注名贤十抄诗》的两个版本传世，才使得我们有可能对《十抄诗》进行较详细的考证。

现存《夹注名贤十抄诗》有木版本和手抄本两个版本。木版本前后多有脱落，不见序跋；手抄本完全出自木版本，甚至连页行都没有任何变动，该版本保存完好，前有神印宗老僧之序，后有李云俊、权擎之跋，这些序跋成了考证《十抄诗》和《夹注名贤十抄诗》的重要依据。今录之于下：

> 《夹注名贤十抄诗》序：贫道暂寓东都灵妙寺，圣余闲，偶见本朝前辈钜儒据唐室群贤，凡三百篇，命题为《十抄诗》。体格典雅，有益于后进学者，句夹注，分为三卷，其所未见其违阙，补注雌黄。时作人神印宗老僧。
>
> 府使阳城李侯伯常，当诗赋取士之时，窃有兴学之志，得《十抄诗》一本，欲锓梓广施，而字颇舛错，嘱诸校理权君擎校正，然后使儒生朴学问书写。而募游手者始事于壬申五月，工未半而见代。今府使李侯紧，仍督其事，甫及数月，功乃告讫。噫，二君子成始成终于斯文，岂曰偶然哉！因书始未以传不朽云耳。通善郎密阳儒学教授官月城李云俊跋。

余来浴东莱，出密阳，适见重勘《夹注十抄诗》，取看一两板，注多鱼鲁，持以告府伯李侯，侯言之曰："是诗抄者东贤也，注者亦东僧也。而世之启蒙者，率由是入，真吾东方之青毡也。然版本甚鲜，且今更设进士科，用诗赋，则学者不可不知也。惜其湮没，旁求仅得一本，窃有重刊之志。告于监司相国全城李公，公欣然乐从，即命锓梓。而子行适至，诚幸也。将子为我刊误，以惠来学。"重违雅命，就校之。然学未精博，旁无书籍，姑以所记忆者，改正之。凡四百单五字，虽有所疑误，不敢的记为某字，仍留以俟博闻者。噫，是本乃后至元三年丁丑岁，今安东府所刊，而福城君慎村权先生讳思复为进士时所写也。距今才百有六年，世已无藏者，诚可惜也。侯既工于诗，精于三尺，深味是诗有切于初学，故拳拳若是。而监司李公乐与为善之意，亦至美。噫，继自今如二君子之用心，使不泯以传者，有几人乎。侯，阳城世家也，名伯常。时景泰三年壬申仲夏初，告奉训郎校书校理知制教权擥敬跋。

通过以上序跋我们大体上可以了解到《十抄诗》和《夹注名贤十抄诗》的基本情况。关于《十抄诗》的编者，从神印宗老僧的序中可知为"本朝前辈钜儒"，除此之外再没有任何言及编者的记述。神印宗老僧在灵妙寺偶然见到《十抄诗》，认为其"体格典雅，有益于后进学者"，于是在句间夹注，撰成《夹注名贤十抄诗》。李侯重刊该书的时间是"景泰三年壬申仲夏初"，也就是 1452 年的阴历 5 月，重刊所据的样本则是刊印于"后至元三年丁丑岁"，即 1337 年的安东府刊本，而安东府的刊本又是据权思复为进士时所抄写的版本[①]。那么最初的《十抄诗》和《夹注名贤十抄诗》究竟是什么时候成书的呢？韩国学者扈承喜根据有关灵妙寺的文献记载和《夹注名贤十抄诗》的作者为僧侣的事实，以及书中夹注所引用的书籍等进行分析后，认为神印宗老僧撰《夹注名贤十抄诗》的时期可上推至公元 1200 年左右，而夹注的底本《十抄诗》则可能成书于高丽朝前期[②]。

---

① 权思复与闵思平（1295—1359）是同时代人，闵思平的《及庵先生诗集》卷三有《贺权思复正言》《奉贺权侍郎思复遇谷诗韵》等诗。
② 扈承喜：《〈十抄诗〉一考》，《书志学报》（首尔），1995 年第 15 期。

《十抄诗》最初成书时具体参考了哪些书籍已无从考证，但从《十抄诗》所载的不见诸《全唐诗》的唐人逸诗，不难推测当时这些唐代诗人文集的流传和后来散逸的情况。下面先看一下《十抄诗》中的唐人逸诗。

《十抄诗》所收 30 位诗人中，除 4 名新罗人外，共有唐代诗人 26 人。其中温庭筠、许浑、杜荀鹤、方干、秦韬玉 5 人之诗，《全唐诗》里皆有收录，此外的 21 人则都有未见于《全唐诗》的逸诗，少则 1 首，多则 10 首不等。逸诗的具体数量分别为刘禹锡 1 首、白居易 4 首、张籍 4 首、章孝标 10 首、杜牧 1 首、李远 6 首、雍陶 7 首、张祜 8 首、赵嘏 4 首、马戴 10 首、韦蟾 10 首、皮日休 9 首、曹唐 8 首、李雄 10 首、吴仁璧 10 首、韩琮 9 首、罗邺 9 首、罗隐 8 首、贾岛 4 首、李山甫 10 首、李群玉 10 首，共 152 首。

根据逸诗的有无，我们可以将《十抄诗》中的唐诗人分为两部分，一部分是《十抄诗》中没有逸诗的温庭筠、许浑、杜荀鹤、方干、秦韬玉 5 人；另一部分是有逸诗的其他 21 人。前者 5 位诗人都有一个共同特点，那就是他们的文集刊行较早，并且几乎没有散逸，《全唐诗》所收他们的作品也相对较齐全。后者的情况就复杂了，通过和《全唐诗》所载作品的对比，可以判断出《十抄诗》所载的唐人逸诗中，有的明显出自诗人散逸的诗文集，这种情况逸诗的数量往往较多；而有的则属于文集尚存，只是在编辑《全唐诗》时被遗漏。

《十抄诗》所载皮日休、章孝标、韩琮、吴仁璧等人的逸诗出于各自散逸诗文集的情况最为明显。皮日休（约 833—约 883）除《文薮》10 卷之外，《崇文总目》中尚有《皮日休文集》10 卷、《胥台集》7 卷的记载，《唐书·艺文志》中也还有皮日休《诗》1 卷的记录，但这些诗文集都已散失。《全唐诗》只收录了皮日休《文薮》中的诗，《十抄诗》所载的《洞湖春暮》《彭泽谒狄梁公生祠》《题李处士山池》《利仁郑员外居》《题蹇全朴襄州故居》《奉和令狐补缺白莲诗》《武当山晨起》《题石眺秀才襄州幽居》《春宵饮醒》等 9 首都未收录，可以说这些诗出自皮日休散逸诗文集的可能性很大。章孝标（791—873）是唐代诗文集散失较多的诗人之一，《唐书·艺文志》有章孝标诗 1 卷的记载，《全唐诗》也只收录了他的诗 1 卷，但《千载佳句》却录有他的逸诗 18 首，《十抄诗》所载的《寄朝士》《十五夜玩月遇云》《及第后归吴州孟元翊件寄》《送韦观文助教分司东都前秘书省同官》《赠萧先生》《送俞凫秀才》《送贞宝上人》《送内作陆判官归洞庭旧隐》《上汴州韩司空》《题杭州天竺灵隐寺》等 10 首诗也都不见于《全唐诗》。由此可见,章孝标的个人诗文集有可能在宋朝初期就已经在国内散失,而在日本和韩国却得以流传。与章孝标同时代的韩琮(795—?)诗文集散失的时期也和章孝标差不多,《唐书·艺文志》《崇文总目》《唐才子传》都记载有《韩琮诗》1 卷,《全唐诗》也只收录了他的诗 1 卷,但《十抄诗》中的《柳》《松》《霜》《烟》《泪》《别》《水》《愁》《恨》等 9 首诗皆不见于《全唐诗》。《唐书·艺文志》和《崇文总目》皆有吴仁璧诗 1 卷的记载,但《全唐诗》却只收录了吴仁璧的 11 首诗,《十抄诗》中的《宣州》《罗隐书记借诗集寻惠园蔬以诗谢》《宛陵题顾蒙处士斋即元征君旧居》《吴中早春题王处士斋》《苏州崔谏议》《秋日寄钟明府》《西华春寒寄潘校书》《梅花》《还罗隐书记诗集》《放春榜日献座主》等 10 首都未收录于《全唐诗》。

　　《十抄诗》除收录了那些文集尚存或散逸的唐人作品外,还录有几位无法断定是否有过文集流传的诗人的作品。如《全唐诗》未收李雄的诗,而《十抄诗》却录有李雄的《漳水河》《云门寺》《秦淮》《台城》《江淹宅》《向吴亭》《水帘亭》《濯锦江》《子规》《张仪楼》等 10 首诗。再如韦蟾的诗,《全唐诗》只收韦蟾诗《嘲李场题名》1 首,而《十抄诗》却收录了韦蟾的《闲题》《未归》《鹦鹉》《芳草》《春分》《壬申岁寒食》《霜夜纪咏》《送友人及第后东游伊洛》《白琉璃笾》《公子》等 10 首诗。由于《唐书·艺文志》《崇文总目》《唐才子传》等文献中都没有有关李雄、韦蟾文集的记载,所以很难判定《十抄诗》中的作品是出于他们的个人文集还是其他文献。

　　通过《十抄诗》,我们不仅可以看到众多的唐代逸诗,而且还能从侧面了解到一些唐人诗文集的流传和散逸情况以及宋朝和高丽的文化交流情况等等。《十抄诗》所收唐诗总的数量虽不及《千载佳句》那么多,但《十抄诗》中唐代逸诗所占的比率却比《千载佳句》要高,而且所有的诗都很完整,不像《千载佳句》那样多为摘句。因此,就文学史料的价值和意义来讲,《十抄诗》完全可以和日本的《千载佳句》相媲美。

二、在唐新罗人逸诗考

  唐朝时期,中国和新罗的关系非常密切,大批新罗子弟来唐留学。对这些新罗学子,唐更是"广荡无外,不以外国人为之轻重"[①],不仅许其入学,而且许其就试贤科,故有崔致远、崔匡裕之游中华,先后得成进士。当时新罗人入唐学习,一般要在唐停留十年以上,不少人宾贡科及第,有的还在唐为官,如崔致远曾任宣州溧水县尉,后为高骈从事;金云卿曾做兖州都督府司马,后又改任淄州长史[②];金文蔚曾做工部员外郎,后又做了沂州府咨议参军等等[③]。这些来唐新罗人久居中国,对唐文化有着相当的理解,他们与唐朝的墨客韵士"肩相比,臂相抵",彼此唱和,切磋诗艺,相互结下了深厚的友谊。他们在唐期间所作汉文诗,深受唐诗风的影响,而且造诣颇高。从某种意义上来讲,新罗人在唐期间的汉诗文作品可以看做是唐文化的一部分。《全唐诗》把新罗诗人杂于唐代诗人之列,而不以外国人相别也自在情理之中。

  《全唐诗》共收载新罗人诗 5 首及高丽使和贾岛的联句诗 1 首,其中除 1 首谶语诗《高丽镜文》[④]的作者和《过海联句》[⑤]的作者之一高丽使无考外,其余 4 首诗分别为王巨仁的《愤怨诗》[⑥]、金真德的《太平

---

① 李奎报:《东国李相国集》卷二十二。
② 《三国史记》卷十一,文圣王三年秋七月条:"唐武宗敕归国新罗官、前入新罗宣慰副使、前充兖州都督府司马、赐绯鱼袋金云卿,可淄州长史,仍为使。"
③ 《三国史记》卷十二,孝恭王十年三月条:"前入唐及第金文蔚官至工部员外郎、沂州府咨议参军,充册命使而还。"
④ 《全唐诗》卷八百七十五。
⑤ 《全唐诗》卷七百九十一。另朝鲜徐居正(1420—1488)《东人诗话》载:"唐时高丽使过海有诗云:'水鸟浮还没,山云断复连',贾浪仙诈为艄人,联下句云'棹穿波底月,船压水中天',丽使佳叹,世传丽使为崔文昌。余考文昌入唐,为高骈书记,不与浪仙同时,或者以顾学士送文昌诗有乘船渡海之语,有此误耳。"
⑥ 《全唐诗》卷七百三十二。

颂》[①]、薛瑶的《返俗谣》[②]、金地藏的《送童子下山》[③]。《全唐诗》还对每位新罗诗人都附了简略的介绍。

研究唐代新罗以及日本等友邦诗人在唐期间的作品,通过比较从另一个角度对唐诗进行研究,其意义是不言而喻的。新罗人以诗名于中国者不在少数,然而《全唐诗》却只载 5 首另 1 联,颇令人疑惑。因此历代《全唐诗》辑逸者在精心辑补唐人逸诗时,都注意到了友邦诗人的作品。

最早对《全唐诗》进行辑逸的当数日本的河世宁,他在我国乾隆时期搜罗本国旧籍,参采《千载佳句》《文镜秘府》等书所撰的《全唐诗逸》共 3 卷,凡 120 余家诗,是最早的《全唐诗》补遗之作,虽大多数为摘句,但仍不无搜玉之功。书中辑录的新罗人诗有崔致远诗 1 首又句 7 联,金立之句 7 联,金可纪、金云卿句各 1 联[④]。河世宁所辑的新罗人诗大部分成了这些作品得以流传至今的唯一记录。

孙望所辑《全唐诗补逸》也补录了部分新罗人诗,其中有崔致远诗 60 首、慧超诗 2 首[⑤]。慧超的 2 首诗出自《大藏经》二零八九号的《游方记抄》,不属本文考查范围。《全唐诗补逸》所辑崔致远诗 60 首皆出于崔氏的《桂苑笔耕集》。《桂苑笔耕集》共 20 卷,文集中收录的表、状、启、檄、书、诗等都是崔致远在唐任淮南节度使高骈幕府时的公私应酬之作,崔致远回新罗后曾将该文集献给新罗王。其第 17 卷《献诗启》中的 30 首诗是崔致远献给高骈的记德诗,第 20 卷中的 30 首则为一些唱和赠答或写景之作。《全唐诗补逸》未将崔致远和慧超的诗杂列于唐代诗人之中,而是独自成卷,标以"友邦"之目,附于编末。

童养年《全唐诗续补遗》以附录卷的形式补录了金地藏的诗 1 首[⑥],该诗出于中国文献《嘉靖池州府志》,陈尚君《全唐诗续拾》又补慧超诗 3 首(金地藏、慧超诗均出自中国文献,不属本文考查范围)、崔致远诗 22 首,并在崔致远诗后附有如下按语:

---

① 《全唐诗》卷七百九十七。
② 《全唐诗》卷七百九十九。
③ 《全唐诗》卷八百零八。
④ 河世宁:《全唐诗逸》卷中。
⑤ 孙望:《全唐诗补逸》卷十九,见陈尚君辑校《全唐诗补编》上,中华书局,1992 年, 第 307 页。
⑥ 童养年:《全唐诗续补遗》附录,见陈尚君辑校《全唐诗补编》上,中华书局,1992 年, 第 558 页。

　　按：据金东勋说，崔诗除《全唐诗逸》及《桂苑笔耕集》（已收《全唐诗补逸》）所收外，《三国史记》存五首，《东文选》收三十首，另外见于石刻、方志者尚存十余首，共存百首左右。今所得仅二十余首，尚缺二十首左右。据前引各文所述，未见者有《饶州鄱阳亭》《夜赠乐官》《芋江驿湾》《赠智光上人》等。

　　又按：《朝鲜文学史》录崔匡裕《长安春日有感》云："麻衣难拂路歧尘，鬓改颜衰晓镜新。上国好花愁里艳，故园芳树梦中春。扁舟烟月思浮海，赢马关河倦问津。只为未酬萤雪志，绿杨莺语太伤神。"又谓其另有《效居呈知己》《忆江南李处士》等诗，崔承祐有《送曹松入罗浮》，朴仁范有《九成宫怀古》《泾州龙朔寺》《江行呈张秀才》诗。诸诗皆新罗人在唐时所作，因未注出处，世次不明，又仅录一首，姑附识于此[①]。

　　经过以上几位辑逸者辛勤不懈的努力，《全唐诗》所载新罗人诗的补遗取得了很大的成果。然而由于新罗人在唐期间所作的诗文有很多被带回了本国，有的佚失无传，有的则被后人辑入诗文集，流传于海外。因资料难觅，《全唐诗补编》中新罗人诗仍不能见其全貌。

　　多年来，韩国有关学者非常重视新罗时期文学的研究，他们不断地发现新的文学史料，使新罗文学的研究取得了很多成果。本文拟根据韩国有关的古代典籍和一些新的研究成果，汇总尚未收录于有关《全唐诗》补逸之作的唐代新罗人诗，并略作说明。

　　唐代新罗诗人中成就最大的当推崔致远，他12岁渡海入唐，28岁衣锦荣归新罗，在唐生活达16年之久。他回国后向新罗王呈献了他在唐期间的著作，其中有"私试今体赋五首一卷、五言七言今体诗共一百首一卷、杂诗赋共三十首一卷、中山覆篑集一部五卷、桂苑笔耕集一部二十卷"[②]，再加上他回国后的著作，可谓是洋洋大观。但由于时隔久远，今天我们所能看到的只不过是其中的一小部分。根据近年来崔致远汉诗考证的最新成果进行统计，现存崔致远的诗共有127首，分别载于下列文献：

---

① 陈尚君：《全唐诗续拾》卷三十六。见陈尚君辑校《全唐诗补编》下，中华书局，1992年版，第1246页。
② 崔致远：《桂苑笔耕集》自序。

《桂苑笔耕集》60 首

《法藏和尚传》1 首

《白云小说》1 首

《三国史记》5 首

《十抄诗》9 首（重收《桂苑笔耕集》1 首不计）

《东文选》23 首（重收《桂苑笔耕集》《十抄诗》诸诗不计）

《星叟诗话》1 首

《芝峰类说》8 首

《小华诗评》1 首

《千载佳句》7 首（重收《东文选》1 首不计）

《伽倻山海印寺古籍》6 首

《东国舆地胜览》2 首

《孤云先生文集》2 首（重收诗不计）

口传诗 1 首

以上所列文献中的崔致远诗，大部分已被收录于有关唐诗的补遗之作，其中《全唐诗逸》收录了《千载佳句》所载的 7 首；《全唐诗补遗》收录了《桂苑笔耕集》的全部诗 60 首；《全唐诗续拾》收录《法藏和尚传》中的《梦中作》1 首和《十抄诗》9 首中的 2 首、《东文选》23 首中的 11 首，以及《三国史记》所载的《乡乐杂咏》5 首、《芝峰类说》8 首中的《智异山花开洞》1 首、《东国舆地胜览》2 首中的《寄颢源上人》1 首，还有口传诗《入山诗》1 首。这样，《全唐诗逸》和《全唐诗补逸》《全唐诗续拾》共收补崔致远诗 89 首，尚有 38 首没有补录。它们分别是载于《白云小说》的《题舆地图》（句），载于《十抄诗》的《和李展长官冬日游山寺》《汴河怀古》《友人以球杖见惠以宝刀为答》《辛丑年寄进士吴瞻》《和友人春日游野亭》《和顾云侍御重阳咏菊》《和张进士乔村居病中见寄》，载于徐居正（1420—1488）《东文选》的《长安旅舍与于慎微长官接邻》《赠云门兰若智光上人》《题云峰寺》《旅游唐城有王乐官将西归夜吹数曲恋恩悲泣以诗赠之》《春晓偶书》《邮亭夜雨》《途中作》《饶州鄱阳亭》《题芋江驿亭》《春日邀知友不至因寄绝句》《留别西京金少尹峻》《赠梓谷兰若独居僧》，载于徐居正《东国舆地胜览》的《公山城怀古》，载于许筠（1569—1618）《惺叟诗话》的《马上作》（句），载于李晬光（1563—1628）《芝峰类说》的绝句 7 首，载于洪万宗（1643—1725）《小华诗评》

的《泛海》,载于《伽倻山海印寺古籍》的《赠海印僧希朗》绝句6首,载于崔国述《孤云先生文集》的《姑苏台》(句)、《碧松亭》(句)。

在唐代,和崔致远一样入唐学习并以诗名于中国的新罗诗人,除上引各书所收录的王巨仁、金立之、金可纪、金云卿等人之外,较著名的还有崔匡裕、朴仁范、崔承祐等。崔匡裕和崔致远是同时代人,885年新罗王派试殿中监金仅为庆贺副史使唐时,崔匡裕和金茂先、崔涣等作为卫宿学生被一起派往唐朝留学。其宾贡科及第的确切时间,已无从考证,但朝鲜文献《海东绎史》中提到崔匡裕和崔致远"接踵成进士"[①]。从这一记载,我们则不难推断崔匡裕在唐的时期以及宾贡科及第的时间应该和崔致远相差不远。朴仁范入唐和及第的情况没有详细记载,只能根据崔致远的《新罗王与唐江西高大夫湘状》所载进行推测,崔致远在该《状》中云:"……顾鸡林之士子,特令朴仁范、金渥两人,双飞凤里,对跃龙门,许列青衿……"[②]。高湘任职礼部侍郎是在876年[③],那么朴仁范宾贡及第当在此前后。崔承祐入唐和及第的时间都有详细的记录,他于890年入唐,在唐学习三年之后,893年宾贡科及第[④]。

崔匡裕、朴仁范、崔承祐三人学问精深并且都擅长汉诗,他们同崔致远等人一起被唐朝誉为"新罗十贤"。从三人现存的诗作来看,唱和或赠答诗占有很大的比例,这说明他们和唐朝文人的交往非常密切。令人遗憾的是他们在唐时的作品大部分已经散失,每人仅存10首七言律诗,收录于高丽时期所编撰的诗集《十抄诗》。这些诗的诗题分别为崔匡裕的《御沟》《长安春日有感》《庭梅》《送乡人及第还国》《效居呈知己》《细雨》《早行》《鹭鸶》《商山路作》《忆江南李处士居》、朴仁范的《送俨上人归乾竺国》《江行呈张峻秀才》《马嵬怀古》《寄香岩山睿上人》《早秋书情》《泾州龙朔寺阁兼柬云栖上人》《上殷员外》《赠田校书》《上冯员外》《九成宫怀古》,崔承祐的《镜湖》《献新除中书李舍人》《送曹进士松入罗浮》《春日送韦大尉自西川除淮南》《关中送陈策先辈赴邠州幕》《赠薛杂端》《读姚卿云传》《忆江西旧游因寄知己》《别》《邺下和李秀才与镜》。

① 《海东绎史》卷六十七。
② 《东文选》卷四十七。
③ 李基东:《新罗骨品制社会和花郎徒》(首尔),一潮阁出版社,1984年版,第252页。
④ 《三国史记》卷四十六载:"崔承祐以唐昭宗龙纪二年入唐,至景福二年待郎杨涉下及第。"

以上所考韩国文献中的《全唐诗》逸诗只是其中的一部分,相信仍有不少唐朝诗人以及在唐新罗人的作品散载于韩国的典籍中。韩国古代汉籍浩如烟海,并且尚未得到很好的整理,因此韩国典籍中所存唐诗的辑逸仍有待更深入的挖掘。

三、附录:韩国文献中的《全唐诗》逸诗辑

(一)《唐人逸诗》(一百四十四首)

刘禹锡 一首

上淮南令狐楚相公

新诗转咏忽纷纷,楚老吴娃遍耳闻。
尽道呼为好才子,不知官是大将军。
词人命薄多无位,战将功高少有文。
谢朓篇章韩信钺,一生双美不如君。

白居易 四首

余杭形胜

余杭形胜四方无,州傍青山县枕湖。
绕郭荷花三十里,拂城松树几千株。
题诗旧壁传名谢,教舞新楼道姓苏。
独有使君年最老,风光不染白髭鬓。

眼昏

早年勤倦看书苦,晚岁悲伤出泪多。
眼损不知都自取,病成方悟欲如何。
夜昏乍似灯将灭,朝暗长疑镜未磨。

千药万方治不得,唯应闭目学头陀。

渔父

雪鬓渔翁驻浦间,自言居水胜居山。
青荻叶上凉风起,红蓼花边白鹭闲。
尽日泛舟烟里去,有时摇棹月中还。
濯缨歌罢汀洲静,竹径紫门犹未关。

水精念珠

磨琢春水一样成,更将红缕贯珠缨。
似摇秋露连连滴,不湿禅衣点点清。
歌枕乍看檐外雨,隔罗如挂雾中星。
欲知奉福明王处,长念观音水月明。

张籍 四首

寄和州刘使君

离朝已久犹为郡,闲向春风倒酒瓶。
送客时过沙口堰,看花多上水心亭。
晓来江气连城白,晴后山光满郭青。
到此诗情应更远,醉中高咏有谁听。

送桂州李中丞

东山强起就官荣,欲进良筹佐太平。
新史尽应书直事,当时无不说清名。
玉阶久近螭头立,桂岭遥将豹尾行。
惆怅都门送君后,贫居春草满庭生。

寄苏州白使君

三朝出入紫微臣,头白金章未在身。
登第早年同座主,题书今日是州人。
昌门柳色烟中远,茂苑莺声雨后新。
此处吟诗向山寺,知君忘却曲江春。

送李司空赴襄阳

中外兼权社稷臣，千官齐出拜行尘。

再调公鼎勋庸盛，三受兵符宠命新。

商路雪开旌旆远，楚堤梅发驿亭春。

襄阳风景犹来好，重与江山作主人。

章孝标 十首

寄朝士

田地空闲树木疏，野僧江鸟识吾庐。

千畦禾气风生后，万片山棱雨过初。

坡迥易勤游子骑，径荒难降贵人车。

莫嫌园外无滋味，教得家童拾野蔬。

十五夜玩月遇云

月满长安正洗愁，踏霜披练立清秋。

无端玉叶连天起，不放金波到晓流。

魑魅得权辞古木，笙歌失意散高楼。

可怜白兔遭笼闭，谁上青冥问事由。

及第后归吴州孟元翊见寄

七年衣化六街尘，昨日双眉始一伸。

未有格言垂后辈，得无惭色见同人。

每登公宴思来处，渐听乡音认本身。

更赠芳词添喜气，孟冬归发故园春。

送韦观文助教分司东都前秘书省同官

京官两政幸君同，何事分司并向东。

鈆笔别垂华省露，青衿待振素王风。

秋声入苑滩横洛，黛色临城雨霁嵩。

应眺楼台感今昔，暮天鸦过上阳宫。

赠萧先生

能令姹女不能娇，别有仙郎亦姓萧。
文武火催龙虎斗，阴阳气足鬼神朝。
行看乡曲儿童老，坐使人天岁月遥。
忍见骨凡飞不起，片云孤鹤在丹霄。

送俞兔秀才

钟陵道路恣登临，灵洞荒碑几处寻。
野意云生庐岳顶，诗情月落汉江心。
材桥市闹开山货，溪庙风腥宿水禽。
应忌名场醉公馆，鹧鸪声远橘花深。

送贞宝上人归余杭

天目南端天竺西，浙僧归老旧招提。
霜朝缝衲猿偷果，雨夜安禅虎印泥。
海上度人香水阔，山中说法帐云低。
不知空性传何处，风动芭蕉月照溪。

送内作陆判官归洞庭旧隐

本辞仙侣下人群，拟展长才翊圣君。
马力暂骄沙苑草，鹤心终恋洞庭云。
千株橘熟怜霜落，九转丹成笑日曛。
莫被世间名利钓，更教移勤北山文。

上汴州韩司空

弟兄龙虎别无双，帝拔嵩衡压大邦。
兔苑雪晴吹画角，雁池风暖驻油幢。
间阎再活烟生栋，士卒闲眠月过窗。
昨日路傍歌静化，汴河浑水变澄江。

题杭州天竺灵隐寺

烟岩开翅抱香城，松磴排鳞到画楹。
幽殿磬寻灵洞远，上房帘卷浙江明。

遥泉递减云崖落，高竹重穿石眼生。
客虑暗随诸境寂，更闻童子唤猿声。

杜牧 一首

郡楼晚眺感事怀古

半晴高树气葱茏，静卷疏帘汉水东。
云薄细飞残昭雨，燕轻斜让晚楼风。
名存故国川波上，事逐荒城草露中。
欲学含珠何所用，独凝遥思入烟空。

李远 六首

转变人

绮城春雨洒轻埃，同看萧娘抱变来。
时世险妆偏窈窕，风流新画独徘徊。
场边公子车舆合，帐里明妃锦绣开。
休向巫山觅云雨，石幢陂下是阳台。

送友人奥州兼寄员外使君

拟唱离歌自断肠，为传心事向星郎。
久居蜗舍衫犹白，闲弄渔竿鬓欲苍。
陈榻话言应有便，庾楼登眺莫相忘。
若终秦岭时回首，碧树千重雁数行。

闽中书怀寄孙秀才

沧海西头石万滩，谢公曾重远相看。
荔枝颜色应难比，梅蕊芳菲又已阑。
闽国城边经岁暮，越王台下度春寒。
谁知却见毗陵伴，一夜挑灯话旧难。

过常州书怀寄吴处士因呈操上人

忆昔围棋萧寺中，数人同看定雌雄。

星光乱点侵银汉，雁势斜飞度碧空。
竟日支颐心未决，有时摇膝思无穷。
今来不得重观妙，留与殷勤向远公。

代友人去姬

永将心会合欢笼，岂料人生事役终。
两意不成连理树，一身翻作断根蓬。
恩波日去难收水，团扇秋来已厌风。
弃我别君那足恨，恨缘留在小儿童。

送供奉贵戚仪归蜀

皇恩许遂浩然情，金殿亲传秘录成。
云出帝卿归万里，鹤辞仙阙下三清。
蜀门日晚山横翠，巴路天寒水有声。
到夕禁香偯簪帔，峨眉新月旧窗明。

雍陶 七首

自左辅书佐授学官始有二毛之叹因示大学诸生
夜沐晨梳小镜清，白簪乌帽喜头轻。
郗髯新洗尘千点，潘鬓初惊雪一茎。
下位枉逢天子圣，闭门虚值太行平。
壮心未展颜先变，羞执儒书训学生。

崔拾遗宅看猿

静爱南猿依北客，野情闲思两同幽。
一离连臂巴江远，几度断肠秦树秋。
颈锁向风吟似咽，貌禅当月坐如愁。
归山须待功成后，撼果摇花恣尔游。

代美人春怨

桃李花开似绮罗，美人春意惜花多。
王孙未买千金笑，弟子空传一曲歌。

数点泪痕当素臆,两条愁色上青蛾。
佳期寂寞风光晚,却羡雕梁燕有窠。

定安公主还宫

帝子春归入凤城,锦车千辆照花明。
几年马上乌孙思,一日琴中蔡琰情。
汤沐别开加旧号,笙歌重奏变新声。
圣朝永绝和亲事,万国如今贺虏平。

送姚鹄及第归西川

春游曾上大罗天,游罢荣归濯锦川。
双泪有恩辞座主,一杯无恨别同年。
晓难孤馆星垂栈,晚渡空江雨满船。
却到相如题柱处,知君心不愧前贤。

送卢肇及第归袁州

谁占京华烂漫春,卢郎年少美名新。
无双日下黄金榜,第一花前白玉人。
别马数声嘶紫陌,归桡千转入青苹。
到门定见萍乡守,来贺高堂断织亲。

以马鞭赠送郓州裴巡官

采鞭曾上蜀山遥,[属斤]断云根下石桥。
节畔乍疑珠作颗,手中犹讶铁为条。
执持每愿依尼父,赠别那同自绕朝。
只得鸣鞘向驽马,不须惊动紫骝骄。

张祜 八首

将之越州先寄越中亲故

三年此路却回头,认得湖山是旧游。
百里镜中明月夜,千重屏外碧云秋。
竹林雨过谁家宅,杨叶风生何处楼。

先问故人篱落下,肯容藤蔓系扁舟。

周员外席双舞柘枝

待月西楼卷翠罗,玉杯瑶瑟近星河。
帘前碧树穷秋密,窗外青山薄暮多。
鸛鸽未知狂客舞,鹧鸪先让美人歌。
使君莫惜通宵醉,刀笔初从马伏波。

寄花严寺韦秀才院

三面楼台百丈峰,西岩高枕树重重。
晴攀翠竹题诗滑,秋摘黄花让酒浓。
山殿日斜喧鸟雀,石潭波动戏鱼龙。
今来城阙遥相忆,月照千山半月钟。

晚自朝台至韦隐居郊园

秋来凫雁下方塘,系马朝台步夕阳。
村径绕山松叶滑,野门临水稻花香。
云连海气琴书润,风带潮声枕席凉。
西去磻溪犹万里,可能垂白待文王。

送领南卢判官归华阴山居

曾事刘琨雁塞空,十年书剑似飘蓬。
东堂旧屈移山志,南国新留煮海功。
还挂一帆青草上,更开三径碧莲中。
关西旧友应相问,已许沧浪伴钓翁。

秋夜宿简寐观陆先辈草堂

紫宵峰下草堂仙,千载空梁石声悬。
白气夜生龙在水,碧云秋断鹤归天。
竹廊影过中庭月,松榄声来半壁泉。
明月又为浮世恨,满山行迹梦依然。

冬日登越台怀乡

月沉高树宿云开,万里归心独上来。

河畔雪深杨子宅,海边花盛越王台。

泷分桂岭鱼难过,瘴近衡峰雁却回。

乡信渐稀人渐老,只应频醉北枝梅。

登重玄阁

飞阁层层茂苑间,夏凉秋晚好登攀。

万家前后皆临水,四面高低尽见山。

何事越王侵敌国,不妨辽海信人寰。

五湖直下须归去,自笑身闲迹未闲。

赵椵 四首

早春渭津东望

烟水悠悠霁景开,俯流东望思难裁。

乡连岛树潮应满,月在钓船人未回。

带雪鸟声先曙动,度开春色犯寒来。

相逢尽说长安乐,夜夜梦归江上台。

汉江秋晚

覆菊低烟艳晚丛,坠阶凉叶舞疏红。

人归远岛秋砧外,雁宿寒塘夜雨中。

几纵笙歌留醉伴,独将身计向樵翁。

故园何处空回首,万里萧萧芦获风。

自解

闲梳短发坐秋塘,满眼山川与恨长。

松岛鹤归音信断,橘洲风起梦魂香。

琴依卖卜先生乐,赋学娱宾处士狂。

独往不愁迷去路,一生踪迹在沧浪。

永日

方塘蔼蔼昼含晖，永日寥寥静者机。
白鸟自凌秋色去，碧云长带夕阳归。
城连砧杵疏寒树，月傍关河惨别衣。
不道求名是何事，病来难与故山违。

马戴 十首

瓜州留别李谬

泣玉三年一见君，白衣憔悴更难群。
柳堤惜别春潮落，花谢留欢夜漏分。
孤馆宿时风带雨，远帆归处水连云。
悲歌曲尽休重奏，心绕关河不忍闻。

逢表兄郑判官奉使淮南别后却寄

卢橘花香拂钓矶，佳人犹舞越罗衣。
三洲水浅鱼来少，五岭山高雁到稀。
客路晚依红树宿，乡关晴望白云归。
故交不待征南吏，昨夜风帆去似飞。

河曲

三城树绿蔼难分，沙拥浮桥叠浪纹。
南浦暗通金涧水，西楼晴对玉峰云。
太行高折羊肠路，故洛多残马鬣坟。
极目伤心追往事，文侯曾向此邀君。

送胡炼师归山

道者人间久住难，清秋斋沐忆星坛。
还山鸟共投云穴，采药身曾饭海滩。
雨滴仙查苔更古，风吹玉磬韵多寒。
须知我鬓即垂白，度世方书借一看。

下第赠别友人

欲寄家书客未过，闭门心远洞庭波。
四邻花落夜风急，一径草荒春雨多。
思泛楚江吟浩渺，忆归吴岫梦嵯峨。
贫居不问应知处，溪上闲船系绿萝。

怀旧居

兵书一笈老无功，故里郊扉在梦中。
藤蔓覆梨张谷暗，草花侵菊庚园空。
朱门迹忝登龙客，白屋心期失马翁。
楚水吴上何处是，业窗残月照屏风。

题四皓庙

桂香松暖庙门开，独泻椒浆奠一杯。
秦法已残鸿鹄去，汉储将废凤凰来。
紫芒翳翳多青草，白石苍苍半绿苔。
山下驿尘南窜路，不知冠盖几人回。

京口闲居寄京洛亲友

吴门烟月昔同游，枫叶芦花并客舟。
聚散有期云北去，浮尘无计水东流。
一樽酒尽青山暮，千里书回碧树秋。
何处相思不相见，凤城宫阙楚江楼。

别刘秀才

三献无功玉有瑕，更携书剑客天涯。
孤帆夜宿潇湘雨，广陌春期鄠杜花。
灯照水萤千点灭，棹惊滩雁一行斜。
关河迢递秋风急，遥望江山不到家。

和大夫小池孤雁下

败荷衰荇水香残，万里御芦此地安。
榆塞雪飞前侣暗，柳营水释后池宽。

孤鸣乍想瑶琴鹤，倒影初疑玉镜鸾。

待取东风归上苑，衡阳迢递陇阴寒。

韦蟾 十首

闲题

寒窗风竹暮萧萧，廓落生涯寄一瓢。

鳞甲已残羞蜥蜴，羽毛看尽学鹔鹴。

岂能世便疑偷壁，兼恐妻还猒采樵。

骑马出门无去路，愁魂须待楚人招。

未归

风声水色渐依依，苦是春归客未归。

几处逢人多失计，暂时开卷即忘机。

匡床跪膝听师语，倚仗回头看鸟飞。

富贵岂无经济策，萤窗岁晏与心违。

鹦鹉

层层烟树旧栖枝，几为山风夜暗移。

飞远早枝鸥鹊妒，语多深恐凤凰知。

千山望绝音容改，一赋成来翅羽危。

堪笑张仪真底事，纵然舌在欲何为。

芳草

苑外堤前芳草时，偶来非是与心期。

冰开溪岸鱼冲网，花照楼檐酒换旗。

万里楚人南去早，数声燕雁北归迟。

十年不向春烟笑，费尽功夫学画脂。

春分

华发闲搔日欲曛，年来梦里见春分。

花飞故苑羞空断，歌在重楼半不闻。

强国未能忘范蠡，状心甘已伏终军。

崇阳旧社何人在，犹拂衣裳许白云。

壬申岁寒食

荣名状岁两蹉跎，到老萤窗意若何。
四野杯盘争道路，千门花月暗经过。
有心只欲闲浮海，无力谁能斗拔河。
禁火岂关悬上客，从来曲突不黔多。

霜夜纪咏

秋草青青战马肥，平沙偷路破重围。
终应筑却流王泽，未肯登楼耀虎威。
金甲诸侯移旧幕，霜鬓戍卒补寒衣。
华阳凤日红尘暗，万足骅骝尽放归。

送友人及第后东游伊洛

此去应无恨别心，烟霞千里好开襟。
露销寒渚红初堕，凉散秋空碧更深。
静拂夹衣山路晓，高张轻盖驿楼阴。
闲将一首陈思赋，独远晴波尽日吟。

白琉璃篦

古苑昔时花月游，遗簪无复有人收。
草埋波影兰膏润，土蚀冰光雪彩浮。
只在侍儿轻拂拭，不劳良匠重雕镂。
云鬟肯籍千年物，玉燕金蝉自满头。

公子

公子生狞势似雕，朱门当路压弘桥。
青丝不系抛榆荚，锦鞴长垂覆桂条。
双袖欲翻罗绮稳，一声初发管弦调。
巫云洛水闲相妒，粉额檀唇怨夜遥。

皮日休 九首

洞湖春暮

柳阴成幄钓台平,湖野澄空一野明。
远近碧峰深浅色,往来白鸟两三声。
蓑新正好含风著,艇险仍须载酒行。
若使陆机曾到此,不应千里忆莼羹。

彭泽谒狄梁公生祠

尽将余烈委忠良,重造乾坤却付唐。
顾命老臣心似水,中兴天子鬓如霜。
生前有册何周旦,死后无封便霍光。
看取太平多少事,古松花下一祠堂。

题李处士山池

澹澹池光浸骨清,半轩斜照两新晴。
鹭眠苔藓轻无迹,鱼食苹花细有声。
笑弄海沙棋足思,醉携山嶂饮多情。
一头纱帽终身钓,大胜王充著论衡。

利仁郑员外居

印绶荣身悔得名,静居闲演故山情。
残春青琐花千片,尽日朱门鹤一声。
书阁晓来毛褐睡,乐园晴后幅巾行。
松阴满路苍苔滑,谁道文皇负贾生。

题蹇金朴襄州故居

先生孤冢在云端,废宅无儿属县官。
依阁崖松鸟踏下,荒庭石竹草侵残。
钓鱼船漏青苹满,炼药房空绿藓寒。
莫在窗前偏浓涕,前年曾此借书看。

奉和令狐补缺白莲诗
姑射曾闻道列仙,今来池上立倏然。
雪容纵见情难写,玉貌虽逢信不传。
风际有香飘灼灼,两来无力倚田田。
金塘半夜孤蟾没,数朵分明照暝烟。

武当山晨起
欲明山色乱苍茫,静礼仙踪入洞房。
峰带澹云新粉障,萝飘高树破丝囊。
栖禽已共泉声去,灵草仍兼露气香。
万壑千峰何处尽,世间亭午此朝阳。

题石眺秀才襄州幽居
里仁谁肯信家丘,方丈堆书少出游。
世上谩夸鹦鹉赋,客来犹典鹔鹴裘。
炉中好药焚香取,树下残棋带叶收。
独坐小斋僧去后,秋花冷澹蝶悠悠。

春宵饮醒
玉楼残夜独醒时,偷凭栏干弄柳丝。
漏暗自惊鹦鹉梦,月明空澹牡丹姿。
晓烟共恨昏双眼,残酒将愁雾四支。
谩把诗情裁不得,却须羞见蔡文姬。

曹唐 八首

黄帝诣崆峒山谒容成
黄帝修心息万机,崆峒到日世情微。
先生道向容成得,使者珠随象罔归。
逐鹿罢兵形欲蜕,洞庭张乐梦何稀。
六宫一闭夜无主,月满空山云满衣。

穆王却到人间惘然有感

瑶池一宴久徘徊，春晏香繁玉蕊开。
风度短箫霜竹冷，月移秋瑟水丝哀。
白云真思劳相和，红露瑶觞不要催。
常恐穆王从此去，便随千古梦难回。

穆王有怀昆仑旧游

周王御日驾龙轩，笑览秋云看化元。
马系月中红桂树，人倾天上紫霞樽。
四溟水照缨裾冷，八极风吹剑佩翻。
一别玉妃残酒醒，不知何处是昆仑。

再访玉真不遇

重到瑶台访旧游，忽悲身世双泪流。
云霞已敛当年事，草木空添此夜愁。
月影西倾惊七夕，水声东注感千秋。
唯知伴立魂非断，何处笙歌醉碧楼。

王母使侍女许飞琼鼓云和笙以宴武帝

秋水新传禁漏长，飞琼绰约鼓笙簧。
百年尘梦惊新破，五夜云和乐未央。
花影暗回三殿月，树声深锁九门霜。
六宫宫女从如玉，自此无因见武皇。

武帝食仙桃留核将种人间

仙果蟠根接阆山，叶成花谢九天闲。
桑田易浪初垂实，海水成尘始破颜。
浩劫未移身已老，大和潜丧梦难还。
三千年后知谁在，欲种红桃著世间。

张硕对杜兰香留觊织成翠水之衣凄然有感

端简焚香送上真，五云无复更相亲。
魂交纵有丹台梦，骨重终非碧落人。

风静更悲青桂晚，月明空想白榆春。

麟衣鹤氅虽然在，终作西陵石上尘。

汉武帝再请西王母不降

武帝清斋夹帐开，重祈王母下瑶台。

内人执酒空长望，玉女留书许再回。

露夕月光清满树，火寒香熘暗成灰。

黄金烧尽秋宫冷，九色真龙不见来。

李雄 十首(《全唐诗》无李雄诗）

漳水河

蘸柳飘花绕故城，昔时伊洛等佳名。

倚栏余翠千门影，匝岸笙歌五夜清。

芳草似愁愁更远，碧波如恨恨难平。

怜君不肯随人事，今古潺湲一种声。

云门寺

北齐大寺旧禅林，竹冷松寒一径深。

尘壁独看亡后影，沙门谁见定中心。

地偏京国无游客，山绕楼台有异禽。

早晚得陪高尚者，好花流水共闲吟。

秦淮

穿云入郭泛平沙，绿绕千门一带斜。

谩作秦名疏野外，岂知吴分隔天涯。

楼台影动中流月，葭菼风飘两岸花。

欲问淮边旧时事，古碑秋草是王家。

台城

云月萧条怆旅情，路人言是故台城。

鸳鸿尚集千官位，龙虎空传六代名。

旧垒只闻长战伐，古园何处辨公卿。

强吞弱吐皆如梦,不改风潮夜夜声。

江淹宅

诗客仍兼草檄臣,碧溪遗馆访清尘。
朝天路在金貂远,梦笔亭空彩翼驯。
万古江山空落照,一川风景向残春。
台城月上不归去,终与樵夫此卜邻。

向吴亭

向吴亭外岳重重,览古题诗奥未穷。
北苑雨余烟绕郭,南朝事去草连空。
钓歌不尽青溪月,王气潜销玉树风。
唯有潮声至今在,夜深长到郡城中。

水帘亭

喷珠飘雪巧无踪,旦暮高悬杳霭中。
当户不遮青嶂色,拂帘长卷碧溪风。
秋垂十幅鲛绡冷,月映千行玉筋空。
自愧未为仙府客,等闲行至水精宫。

濯锦江

绿阴红蕊漾清涟,应绕人家绣户边。
步障影移金谷畔,回文波动玉窗前。
晴光远送朝朝思,暮景轻翻处处烟。
假色近来时更重,不须辛苦此江堧。

子规

蜀主衔羞化子规,剑南良夜乱啼时。
如何恨魄千年后,尚作冤声万转悲。
形影最伤巴峡月,血痕偏染杜鹃枝。
岂能终日怀余愤,丹嘴那无上诉期。

张仪楼

锦宫城畔拂云楼，草没楼基锦水流。
花外有桥通万里，槛前无主已千秋。
铜梁雾雨迎归思，玉垒烟霞送暮愁。
人去人来自惆怅，夕阳依旧浴沙鸥。

吴仁璧 十首

宣州

台鸾阁凤偶回旋，绥抚陵阳已半年。
传说霖多三郡内，谢公山满四窗前。
自陪飞盖醒还醉，不觉虚蟾缺又圆。
今日丹城更何事，唯忧排比五湖船。

罗隐书记借亦诗集寻惠园蔬以诗谢
江天冷落欲晨时，静榻闲披二雅词。
才薄敢言师吐凤，吟余旋见寄蹲鸱。
年光易得令人恨，乡味难忘只自知。
读彻残篇问圆碧，可能终使楚王疑。

宛陵题顾蒙处士斋即元征君旧居
陵阳蟠卧十年余，元氏山前又卜居。
庄叟虽留龟尾诫，周颙应望鹤头书。
宅从借后唯栽竹，园自荒来未种蔬。
即拟与君偕隐去，想凭先为结云庐。

吴中早春题王处士斋
东归彼此作遗民，又见江南日落春。
越使好梅香欲谢，楚臣芳草绿初匀。
心缘诗句分张苦，家被棋枰断送贫。
名利人皆忙到老，唯应君是不忙人。

苏州崔谏议

长裾容易造旌旗,正见春归茂苑前。
当槛楚尘烟柳细,满庭巴锦露花鲜。
贫倾北海三卮酒,忘却东周二顷田。
唯恐朝昏急征到,又携蓑笠上渔船。

秋日寄钟明府

麻衣渐怯九秋风,多少愁生半夜中。
青女扬翅虚室冷,素娥沉影小窗空。
销魂别路云长碧,梦断前山叶尽红。
此际不堪思往事,十年羸马逐惊蓬。

西华春寒寄潘校书

露桃烟柳靓妆新,寒色苍茫忽闭春。
晓谷却催莺羽翼,暮天重见雁精神。
秦山逦迤岚犹碍,渭水化还绿未匀。
须会句芒今日意,芳菲留什凤台人。

梅花

年年最解占春光,犹自凌寒澹伫芳。
开近洞天琪树小,落飘妆阁粉尘香。
艳随越寄枝偏好,声入羌吹恨更长。
青女功夫如可乞,尽应移向月中央。

还罗隐书记诗集

三百余篇六义和,曲江春感次黄河。
秦娥捻竹清难敌,晋帝遗鞭宝未多。
自有声诗符至道,何须名姓在殊料。
耒阳城畔青山下,兰麝于今满逝波。

放春榜日献座主

重修簦屩到西秦,再见荆山玉便真。
清禁漏声犹在耳,皇州春色已随人。

登门渐觉风雷急，入汉堪惊羽翼新。

若问他年报恩事，合将肥骨碎为尘。

韩琮 九首

柳

雪尽青门弄影微，暖风迟日早莺归。

若凭细叶留春色，须把长条系落晖。

彭泽有情还郁郁，随堤无主亦依依。

世间惹恨偏如此，可是行人折赠稀。

松

倚空当槛冷无尘，往事闲微梦欲分。

翠色本宜霜后见，寒声偏许月中闻。

啼猿想带苍山雨，归鹤和鸣紫府云。

莫向东园近桃李，春风过尽不容君。

霜

青女为神挫物端，柏台威助欲消难。

平飞殿瓦鸳鸯冷，斜傍珠栏翡翠寒。

带月不知瑶圃晚，背阳空想玉阶残。

四时何处应长在，须向愁人鬓上看。

烟

可怜轻素欲何从，败柳疏槐半不容。

低惹翠栏疑有恨，远随流水忽无踪。

丹墀晓伴炉香细，碧落晴含桂蕊浓。

偏忆凤城回首处，暮天楼阁蔼千重。

泪

事发情牵岂自由，偶成惆怅则难收。

已闻把玉沾衣湿，更说迷途满目流。

滴尽绮筵红烛暗，堕残妆阁晓花羞。

时间何处偏留得,万点分明湘水头。

别

花无长色水无期,一旦秋风万事悲。
月照离庭人去后,露栖丛菊雁来时。
银河清浅摇情急,翠幄寒香结梦迟。
明月锦机何限字,又应和泪寄相思。

水

方圆不定性皆柔,东注沧溟早晚休。
高截碧云长耿耿,远飞清洛自悠悠。
湘江月浸千年色,梦泽烟含万古愁。
别有陇头呜咽处,为君分作断肠流。

愁

来何容易去何迟,半结衷肠半在眉。
门掩落花人别后,窗含残月酒醒时。
浓于万顷连天草,长却千寻绕地丝。
除却五候歌舞外,世间何处不相期。

恨

草浓烟澹思悠悠,人住人分楚水头。
故国不归空怅望,残春无事独淹留。
何曾广陌红尘歇,只是前山碧树秋。
安得文通梦中笔,为君重赋古今愁。

罗邺 九首

旅馆秋夕言怀

一半年光逐水流,马蹄南北几时休。
青云有路难知处,白发无情已满头。
晚上河桥蝉叫树,晓离山馆月沉楼。
谁怜万里单车去,野菊残花欲过秋。

同友人话吴门旧游

春色吴王旧境多,前年此城几经过。
花枝笑日妒红粉,樽酒酌风生绿波。
入浦野桥萦柳岸,巢檐江燕啄宫莎。
如今共话成尘事,相对持杯有泪和。

秋过灵昌渡有怀

背河驱马已秋风,苇浦桑洲处处同。
旧隐碧峰高峤外,去程黄叶乱蝉中。
因悲失计为游子,始觉长闲是钓翁。
此恨满怀谁共说,微阳沙雨正濛濛。

冬日独游新安兰若

上房高处独登攀,一宿新安雪后山。
未向芳枝休息意,却愁清镜有衰颜。
终朝驱马悲长路,残日闻鸿忆故关。
明发千峰又行役,此生谁得依僧闲。

海上别张尊师

云海归帆似鸟轻,重来何处访先生。
暗飘别袂灵桃碧,醉劝离觞宝瑟清。
风烛自悲尘土世,鹤书难筭往来程。
腥膻渐觉人家近,鸡犬村中入夜声。

蛱蝶

草色花光小院明,短墙飞过势便轻。
红枝袅袅如无力,粉翅高高别有情。
俗说义妻衣化状,书称傲吏梦彰名。
是时羡尔寻芳去,长傍佳人襟袖行。

秋日有怀

西风一叶下庭枝,对此愁人感盛衰。

辛苦纵成他日事，欢娱已失少年时。
浮生却羡龟饶寿，俗貌难将鹤共期。
只有世间青紫分，又嗟青紫挂身迟。

春日题赠友人洛下居

柳巷松斋春半还，洛声崧翠入门关。
人心似在烟霞外，马足惭为尘土间。
醉倚杯樽忘客路，吟怜树石类家山。
蝉鸣此境君须别，年少青云得桂攀。

望江亭

倚云斩槛夏疑秋，下瞰西江一带流。
鸟蔟晴沙残照在，风回极浦片帆收。
惊涛浩浩遥天际，远树离离古岸头。
从此登攀心便足，何须个个向瀛洲。

罗隐 八首

甘露寺看雪寄献周相公

筛寒灑白乱溟濛，祷请功兼造化功。
光薄诈迷京口月，影寒交转海门风。
细粘谢客衣襟上，轻堕梁王酒盏中。
一种为祥君看取，半禳灾沴半年丰。

临川投穆端公

试将生计吊蓬根，心委寒灰首戴盆。
翅弱未知三岛路，舌顽虚棹五侯门。
啸烟猱断沉高木，捣月砧清触旅魂。
家在碧江归不得，十年渔艇长苔痕。

东归途中

松橘苍黄覆钓矶，早年计近年违老。
知风月生终堪恨，贪觉家山不易归。

别岸客帆和雁落,晚程霜叶向人飞。
买臣严助精灵在,应笑无成一步衣。

桃花

暖触衣襟漠漠香,间梅遮柳不胜芳。
数枝艳拂文君酒,半里红歌宋玉墙。
尽日无人疑怨望,有时经雨乍凄凉。
旧山山下还如此,化首东风一断肠。

寄主客高员外

忆见蒲津从相公,蔼然清誉满关东。
庾楼宴罢三更月,弘阁谭时一座风。
别后光阴添旅鬓,到来鸳鹭上晴空。
不堪门下重回首,依旧飘飘六尺蓬。

金陵夜泊

冷烟轻澹傍衰丛,此夕秦淮驻断蓬。
栖雁远惊酤酒火,乱鸦高避落帆风。
地销王气波声急,山带秋阴树影空。
六代精灵人不见,思量应在月明中。

送光师

禹祠分手戴湾逢,援笔寻知达九重。
圣主赐衣怜绝艺,侍臣撝藻许高踪。
宁亲久别街西寺,待制初离海上峰。
一种苦心师得了,不须回首笑龙钟。

送卞明府赴紫溪任

金徽玉轸肯踟躇,偶滞良途半月余。
楼上酒阑梅折后,马前山好雪晴初。
栾公社在怜乡树,潘令花繁贺板舆。
县谱莫辞留旧本,异时寻度看何如。

贾岛 四首

崔君夏林潭

新潭见底泥和沙，已有浮萍杂晚霞。
盘贮井水蝉叫噪，手擎葵扇帽歌斜。
洞深一径堪行药，台回千峰尽在家。
异卉奇芳无不种，山中花少此中花。

赠岳人

还似微才命未通，相逢云水意无穷。
清时年老为幽客，寒月更深听过鸿。
东越山多连古垒，南朝城故枕长空。
苍洲欲隐谁招我，羡尔家林即是中。

愚性疏散常以弈棋钓鱼为事

野络危层鸟道侵，断云高木晚沉沉。
台空碧草歌声绝，月落青山恨思深。
武帝翠华在何处，漳川流水至如今。
秋风萧瑟蒹葭雨，寂寞渔人千载心。

临晋县西寺偶怀

独立西轩远思生，片帆烟末指乡程。
川长不变蒹葭岸，地古长留晋魏城。
高树几家残照在，重开欲雪少人行。
无因一问兴亡事，唯有青山与月明。

李山甫 十首

读汉史

四百年来久复寻，汉家 替好沾襟。
每逢奸诈须伤手，直过英雄始醒心。
王莽乱来曾半破，曹公将去便平沉。
当时虚受君恩者，谩向青编作鬼林。

隋堤柳

曾傍龙舟拂翠华，至今凝恨何天涯。
但终春色还秋色，不觉杨家是李家。
背日古阴从北朽，逐波疏影向东斜。
年年只有晴空便，遥为雷塘导落花。

送李秀才罢业从军

弱柳贞松一地栽，不因霜霰自成媒。
书生只是平时物，男子争无乱世才。
铁马已随红旆去，铜鱼曾著画轓来。
到头功业须如此，莫为初心首重回。

送苏州裴员外

正作南宫第一人，暂驻霓旆忆离群。
晓随阙下辞天子，春向江边待使君。
五马尚迷青琐路，双鱼犹惹翠兰芬。
明朝天路寻归处，禁树参差隔紫云。

曲江

南山只对紫云楼，楼影江阴瑞气浮。
一种是春便富贵，大都为水亦风流。
争攀柳带双双手，斗插花枝万万头。
独向江边最怊怅，满衣尘土避君候。

蜀中有怀

千里烟霞锦水头，五丁开得已风流。
春妆宝殿重重榭，日照仙洲万万楼。
蛙似公孙虽不守，龙如葛亮亦须休。
此中无限英雄思，应对江山各自羞。

风

喜怒寒温直不匀，始终形状见无因。

能将尘土平欺客,解把波澜枉陷人。
飘叶递香随日在,绽花开柳逐年新。
早知造化由君力,试为吹嘘借与春。

月

狡兔顽蟾没又生,度云经汉淡还明。
夜长虽耐对君坐,年少不堪随汝行。
玉珥影移乌鹊动,金波寒注龟神惊。
人间半被虚抛掷,唯向孤吟合有情。

侯家

曾是皇家几世侯,入云高第对神州。
柳遮门户横金锁,花拥笙歌咽画楼。
锦袖妒姬争巧笑,玉御娇马索狂游。
麻衣泣献平生业,醉倚春风不点头。

菊

篱下霜前偶独存,苦教迟晚避兰荪。
能销造化几多力,未受阳和一点恩。
生处岂容依玉砌,要时还许上金樽。
陶公死后无知己,露滴幽丛见泪痕。

李群玉 一首

道齐

仙家夜醮武陵溪,环佩珊珊队仗齐。
银烛绕坛香炮落,玉童传法语声低。
要知消息求青鸟,别换衣裳熨紫霓。
说向人间如梦见,再来唯恐被花迷。

顾云 一首

孤云篇

因风离海上，伴月到人间。

徘徊不可往，漠漠又东还。

此诗载于高丽李仁老（1152—1220）《破闲集》卷中。书中云："文昌公崔致远，字孤云，以宾贡入中朝擢第，游高骈幕府。时天下云扰，简檄皆出其手。及还乡，同年顾云赋《孤云篇》以送之，云：'因风离海上，伴月到人间。徘徊不可往，漠漠又东还。'公亦自叙云：'巫峡重峰之岁，丝入中华，银河列宿之年，锦还故国。'"该诗已收录于陈尚君辑校的《全唐诗补编》。

（二）《新罗人逸诗辑》

崔致远 五十九首

乡乐杂咏五首

月颠

肩高项缩发崔嵬，攘臂群儒斗酒杯。

听得歌声人尽笑，夜头旗帜晓头催。

束毒

蓬头蓝面异人间，押队来庭学舞鸾。

打鼓冬冬风瑟瑟，南奔北跃也无端。

大面

黄金面色是其人，手抱珠鞭役鬼神。

疾步徐趋呈雅舞，宛如丹凤舞尧春。

狻猊

远涉流沙万里来，毛衣破尽看尘埃。

摇头掉尾驯仁德，雄气宁同百兽才。

金丸

回身掉臂弄金丸，月转星浮满眼看。
纵有宜僚那胜此，定知鲸海息波澜。

题舆地图（句）

昆仑东走五山碧，星宿北流一水黄。

载于高丽李奎报（1168—1241）著《白云小说》。《白云小说》云：
"三韩，自夏时始通中国，而文献蔑蔑无闻。隋唐以来，方有作者，如乙支
文德贻诗隋将，罗王之献颂唐帝，虽在简册，未免寂寥。至崔致远入唐
登第，以文章名动海内。有诗一联曰：'昆仑东走五山碧，星宿北流一水
黄。'同年顾云曰：'此句即一舆地志也。'盖中国之五岳，皆祖于昆仑山，
黄河发源于星宿海，故云。"

登润州慈和寺上房

登临暂隔路岐尘，吟想兴亡恨益新。
画角声中朝暮浪，青山影里古今人。
霜催玉树花无主，风暖金陵草自春。
赖有谢家余境在，长教诗客爽精神。

暮春即事和顾云友使

东风遍阅万般香，意绪偏饶柳带长。
苏武书回深塞尽，庄周梦逐落花忙。
好凭残景朝朝醉，难把离心寸寸量。
正是浴沂时节也，旧游魂断白云乡。

和李展长官冬日游山寺

暂游禅室思依依，为爱溪山似此稀。
胜境唯愁无计住，闲吟不觉有家归。
僧寻泉脉敲冰汲，鹤起松梢摆雪飞。
曾接陶公诗酒兴，世途名利已忘机。

汴河怀古

游子停车试问津，隋堤寂寞没遗尘。
人心自属升平主，柳色全非大业春。
浊浪不留龙舸迹，暮霞空认锦帆新。
莫言炀帝曾亡国，今古奢华尽败身。

友人以球杖见惠以宝刀为答

月杖轻轻片月弯，霜刀凛凛晓霜寒。
感君恩岂寻常用，知我心须仔细看。
既许驱驰终附骥，只希提拔早登坛。
当场已见分余力，引镜终无照胆难。

辛丑年寄进士吴瞻

危时端坐恨非夫，争奈生逢恶世途。
尽爱春莺言语巧，却嫌秋隼性灵粗。
迷津懒问从他笑，直到能行要自愚。
壮志起来何处说，俗人相对不如无。

和友人春日游野亭

每将诗酒乐平生，况值春深炀帝城。
一望便驱无限景，七言能写此时情。
花铺露锦留连蝶，柳织烟丝惹绊莺。
知己相邀欢醉处，羡君稽古赛桓荣。

和顾云侍御重阳咏菊

紫萼红葩有万般，儿姿俗态少堪观。
异如开向三秋节，独得来供九夕欢。
酒泛余香薰坐席，日移寒影挂霜栏。
只应诗客多惆怅，零落风前不忍看。

和张进士乔村居病中见寄

一种诗名四海传，浪仙争得似松年。
不惟骚雅标新格，能把行藏继古贤。

藜杖夜携孤屿月,苇帘朝卷远村烟。
病来吟寄漳滨句,因付渔翁入郭船。

寓兴

愿言扃利门,不使损遗体。
争奈探利者,轻生入海底。
身荣尘易染,心垢正难洗。
淡泊与谁论,世路嗜甘醴。

蜀葵花

寂寞荒田侧,繁花压柔枝。
香经梅雨歇,影带麦风欹。
车马谁见赏,蜂蝶徒相窥。
自惭生地贱,堪恨人弃遗。

江南女

江南荡风俗,养女娇且怜。
性冶耻针线,妆成调管弦。
所学非雅音,多被春心牵。
自谓芳华色,长占艳阳年。
却笑邻家女,终日弄机杼。
机杼纵劳身,罗衣不到汝。

古意

狐能化美女,狸亦作书生。
谁知异类物,幻惑同人形。
变化尚非艰,操心良独难。
欲辨真与伪,愿磨心镜看。

秋夜雨中

秋风唯苦吟,世路少知音。
窗外三更雨,灯前万里心。

临镜台

烟峦簇簇水溶溶，镜里人家对碧峰。

何处孤帆饱风去，瞥然飞鸟杳无踪。

题伽倻山读书堂

狂喷叠石吼重峦，人语难分咫尺间。

常恐是非声到耳，故教流水尽聋山。

赠金川寺主

白云溪畔创仁寺，三十年来此住持。

笑指门前一条路，才离山下有千歧。

山阳与乡友话别

相逢暂乐楚山春，又欲分离泪满巾。

莫怪临各偏怅望，异乡难遇故乡人。

秋日再经盱眙县寄李长官

孤蓬再此接恩辉，吟对秋风恨有违。

门柳已凋新岁叶，旅人犹着去年衣。

路迷宵汉愁中老，家隔烟波梦里归。

自笑身如春社燕，尽梁高处又来飞。

送吴进士峦归江南

自识君来几度别，此回相别恨重重。

干戈到处方多事，诗酒何时得再逢。

远树参差江畔路，寒云零落马前峰。

行行遇景传新作，莫学嵇康尽放慵。

长安旅舍与于慎微长官接邻

上国羁栖久，多惭万里人。

那堪颜氏巷，接得孟家邻。

守道唯稽古，交情岂惮贫。

他乡少知己，莫厌访君频。

赠云门兰若智光上人

云畔构精庐,安禅四纪馀。
筇无出山步,笔绝入京书。
竹架泉声紧,松根日影疏。
境高吟不尽,瞑目悟真如。

题云峰寺

扪葛上云峰,平观世界空。
千山分掌上,万事豁胸中。
塔影日边雪,松声半天风。
烟霞应笑我,回步入尘笼。

旅游唐城有王乐官将西归夜吹数曲恋恩悲泣以诗赠之

人事盛还衰,浮生实可悲。
谁知天上曲,来向海边吹。
水殿看花处,风棂对月时。
攀髯今已矣,与尔泪双垂。

春晓偶书

叵耐东流水不回,只催诗景恼人来。
含情朝来细复细,弄艳好花开未开。
乱世风光无主者,浮生名利转悠哉。
思量可恨刘伶妇,强劝夫郎疏酒杯。

邮亭夜雨

旅馆穷秋雨,寒窗静夜灯。
自怜愁里坐,真个定中僧。

途中作

东飘西转路歧尘,独策羸骖几苦辛。
不是不知归去好,只缘归去又家贫。

饶州鄱阳亭

夕阳吟立思无穷，万古江山一望中。
太守忧民疏宴乐，满江风月属渔翁。

题芋江驿亭

沙汀立马待回舟，一带烟波万古愁。
直得山平兼水竭，人间离别始应休。

春日邀知友不至因寄绝句

每忆长安旧苦辛，那堪虚掷故园春。
今朝又负游山约，悔识尘中名利人。

留别西京金少尹峻

相逢信宿又分离，愁见歧中更有歧。
手里桂香销欲尽，别君无处话心期。

赠梓谷兰若独居僧

除听松风耳不喧，结茅深倚白云根。
世人知路翻应恨，石上莓苔污屐痕。

公山城怀古 题拟

襟带江山似画成，可怜今日静消兵。
阴风急卷惊涛起，犹想当年战鼓声。

寄颢源上人

终日低头弄笔端，人人杜口话心难。
远离尘世虽堪喜，争奈风情未肯阑。
影斗时霞红叶径，声连夜雨白云湍。
吟魂对景无羁绊，四海深机忆道安。

马上作（句）

远树参差江畔路，寒云零落马前峰。

绝句八首

东国花开洞,壶中别有天。
仙人推玉枕,唯记叶间春。

又

万壑雷声起,千峰雨色新。
山僧忘岁月,唯记叶间春。

又

雨余多竹色,移坐白云开。
寂寂因忘我,松风枕上来。

又

春来花满地,秋去叶飞天。
至道离文字,元来在目前。

又

间月初生处,松风不动时。
子规声入耳,幽兴自应知。

又

拟说林泉兴,何人识此机。
无心见月色,默默坐忘归。

又

密旨何劳舌,江澄月影通。
长风生万壑,赤叶秋山空。

又

松上青萝结,涧中流白月。
石泉吼一声,万壑多飞雪。

　　以上诗八首载于朝鲜朝李睟光（1563—1628）著《芝峰类说》,该书卷十三有云:"智异山有一老髡,于山石窟中得异书累帙,其中有崔致远所书诗一帖十六首,今逸其半。求郡卒闵君大伦得之以赠余。见其笔迹,则真致远笔,而诗亦奇古,其为致远所作无疑,甚可珍也。诗曰……"该诗话青华山人李重焕所著《择里志》（一名《八域志》）中也有记载。这些诗均为崔致远回新罗后所作。《全唐诗续拾》已收第一首《东国花开洞》。

泛海

挂席浮沧海,长风万里通。

乘槎思汉使,采药忆秦童。

日月无何外,乾坤太极中。

蓬莱看咫尺,吾且访仙翁。

见洪万宗(1643—1725)撰朝鲜诗话《小华诗评》。

寄海印僧希朗 六首

希朗大德君,夏日于伽倻山海印寺讲华严经,仆以捍虏所拘,莫能就听。一吟一咏,五侧五平,十绝成章,歌颂其事。防虏大监天岭太守遏粲崔致远

步得金刚地上说,扶萨铁围山间结。

苾刍海印寺讲经,杂花从此成三绝。

又

龙堂妙说八龙宫,龙猛能传龙种功。

龙国龙神定欢喜,龙山益表义龙雄。

又

磨羯提城光遍照,遮拘盘国法增耀。

今朝慧日出扶桑,认得文殊降东庙。

又

天言秘教从天授,海印真诠出海来。

好是海隅兴海义,只应天意委天才。

又

道树高谈龙树释,东林雅志南林译。

斌公彼岸震金声,何似伽倻继佛迹。

又

三三广会数堪疑,十十圆宗义不亏。

若说流通推现验,经来未尽语偏奇。

见《伽山海印寺古籍》,该书为木版本古书,作者不详,现收藏于韩国檀国大学东洋学研究所。

姑苏台(句)
荒台麇鹿游秋草,废院牛羊下夕阳。

碧松亭(句)
暮年归卧松亭下,一抹伽倻望里青。

以上两首诗见《孤云先生文集》,该书是由崔氏后孙崔国述于1925年根据韩国典籍辑佚、编次而成的,共三卷(现收藏于韩国延世大学中央图书馆),书中辑有崔致远《桂苑笔耕集》以外的诗共三十七首,其中尚未见于其他文献者有以上二首,今据《韩国文集丛刊》(民族文化促进会编,首尔,1990)所载影印本辑出。

入山诗(口传诗)
僧乎莫道青山好,山好何事更出山。
试看他日吾踪迹,一入青山更不还。

崔匡裕 十首

御 沟
长铺白练静无风,澄景涵晖皎镜同。
堤柳雨余光映绿,墙花春半影含红。
晓和残月流城外,夜带残钟出禁中。
人若有心上星汉,乘查未必此难通。

长安春日有感
麻衣难拂路歧尘,鬓改颜衰晓镜新。
上国好花愁里艳,故园芳树梦中春。
扁舟烟月思浮海,赢马关河倦问津。
只为未酬萤雪志,绿杨莺语太伤神。

庭 梅
练艳霜辉照四邻,庭隅独占腊天春。
繁枝半落残妆浅,晴雪初销宿泪新。

寒影低遮金井日,冷香轻锁玉窗尘。
故园还有临溪树,应待西行万里人。

送乡人及第还国

仙桂浓香惹雪麻,一条归路指天涯。
高堂朝夕贪调膳,上国欢游罢醉花。
红映蜃楼波吐日,紫笼鳌极岫横霞。
同离故国君先去,独把空书寄远家。

郊居呈知己

车马何人肯暂劳,满庭寒竹靖萧骚。
林含落照溪光远,帘卷残秋岳色高。
仙桂未期攀兔窟,乡书无计过鲸涛。
生成仲咺裁商诰,莫使非珍似旅獒。

细 雨

风缲云缉散丝纶,阴暳濛濛海岳春。
微泫晓花红泪咽,轻沾烟柳翠眉颦。
能鲜石迳麋踪藓,解裛沙堤马足尘。
炀帝锦帆应见忌,偏宜蓑笠钓船人。

早 行

才闻鸡唱独开扃,羸马悲嘶万里亭。
高角远声吹片月,一鞭寒彩动残星。
风牵疏响过山雁,露湿微光隔水萤。
谁念异乡游子苦,香灯几处照银屏。

鹭鸶

烟州日暖隐蒲丛,闲刷霜毛伴钓翁。
高迹不知丹顶鹤,疏情应及绀翎鸿。
严光台畔苹花晓,范蠡舟边苇雪风。
两处斜阳堪爱尔,双双零落断霞中。

商山路作

春登时岭雁回低,马足移迟雪润泥。
绮季家边云拥岫,张仪山下树笼溪。
悬崖猛石惊龙虎,咽涧狂泉振鼓鼙。
懒问帝乡多少地,断烟斜日共凄凄,

忆江南李处士居

江南曾过戴公家,门对空江浸晓霞。
坐月芳樽倾竹叶,游春兰舸泛桃花。
庭前露藕红侵砌,窗外青山翠入纱。
徒忆旧游频结梦,东风憔悴泣京华。

朴仁范 十首

送伊上人归乾竺国

家隔沧溟梦早迷,前程况复雪山西。
磬声渐逐河源迥,帆影长随落月低。
葱岭鬼应开栈道,流沙神与作云梯。
离乡五印人相问,年号咸通手自题。

江行呈张峻秀才

兰桡晚泊荻花州,露冷蛩声绕岸秋。
潮落古滩沙觜没,日沉寒岛树容愁。
风驱江上群飞雁,月送天崖独去舟。
共厌羁离年已老,每言心事泪潜流。

马嵬怀古

日旆云旗向锦城,侍臣相顾暗伤情。
龙颜结恨频回首,玉貌催魂已隔生。
自此暮山多惨色,到今流水有愁声。
空余露湿闲花在,犹似仙娥脸泪盈。

寄香岩山睿上人

却忆前头忽黯然，共游江海偶同船。
云山凝志知何日，松月联文已十年。
自叹迷津依阙下，岂胜抛世卧溪边。
烟波阻绝过千里，雁足书来不可传。

早秋书情

古槐花落早蝉鸣，却忆前年此日程。
千绪旅愁因感起，几茎霜发为贫生。
堪知折桂心还畅，直到逢秋梦不惊。
每念受恩恩更重，欲将酬德觉身轻。

泾州龙朔寺阁兼東云栖上人

翚飞仙客在青冥，月殿笙歌历历听。
灯撼萤光明鸟道，梯回虹影落岩扃。
人随流水何时尽，竹带寒山万古青。
试问是非空色理，百年愁醉坐来醒。

上殷员外

孔明筹策惠连诗，坐幕亲临十万师。
骐骥蹑云终有日，鸾凰开翅已当期。
好寻山寺探幽胜，爱上江楼话远思。
浅薄幸因游郑驿，贡文多愧遇深知。

赠田校书

芸阁仙郎幕府宾，鹤心松操古诗人。
清如水镜常无累，馨比兰荪自有春。
日夕笙歌虽满耳，平生书剑不离身。
应怜苦戒成何事，许借余波救涸鳞。

上冯员外

陆家词赋掩群英，却笑虚传榜上名。
志操应将寒竹茂，心源不让玉壶清。

远随旌旆来防虏,未逐鸾鸿去住城。
莲幕邓林容待物,翩翩穷鸟自哀鸣。

九成宫怀古

忆惜文皇定鼎年,四方无事幸林泉。
歌钟响彻烟霄外,羽卫光分草树前。
玉榭金阶青霭合,翠楼丹槛白云连。
追思冠剑桥山月,千古行人尽惨然。

崔承祐 十首

镜湖

采蕨山前越国中,鞠尘秋水澹连空。
芦花散扑沙头雪,菱菜吹生渡口风。
方朔绛囊游渺渺,鸱夷桂楫去匆匆。
明皇乞与知章后,万顷恩波竟不穷。

献新除中书李舍人

五色仙毫入紫薇,好将功业助雍熙。
玄卿石上长批诏,林府枝间已作诗。
银烛剪花红滴滴,铜台输刻漏迟迟。
自从子寿登庸后,继得清风更有谁。

送曹进士松入罗浮

雨晴云敛鹧鸪飞,岭峤临流话所思。
厌次狂生须让赋,宣城太守敢言诗。
休攀月桂凌天险,好把烟霞避世危。
七十长溪三洞里,他年名遂也相宜。

春日送韦大尉自西川除淮南

广陵天下最雄藩,暂借贤侯重寄分。
花送去思攀锦水,柳迎来暮挽淮坟。
疮痍从此资良药,宵旰终须缓圣君。

应念风前退飞鹬，不知何路出鸡群。

关中送陈策先辈赴邠州幕
祢衡词赋陆机文，再捷名高已不群。
珠泪远辞裴吏部，玳筵今奉窦将军。
尊前有雪吟京洛，马上无山入塞云。
从此幕中声价重，红莲丹桂共芳芬。

赠薛杂端
圣君须信整朝纲，数岁公才委宪章。
按辔已清双阙路，缙绅俱奉一台霜。
鸿飞碧落曾犹渐，鹰到金风始见扬。
长庆桥边休顾望，忽闻消息入文昌。

读姚卿云传
曾向纱窗揭缥囊，洛中遗事最堪伤。
愁心已逐朝云散，怨泪空随逝水长。
不学投身金谷槛，却应偷眼宋家墙。
寻思都尉怜才子，大抵功曹分外忙。

忆江西旧游因寄知己
掘剑城前独问津，渚边曾遇谢将军。
团团吟冷江心月，片片秋开岳顶云。
风领鹰声孤枕过，星排渔火几船分。
白醪红脍虽牵梦，敢负明时更美君。

别
入越游秦恨转生，每回伤别问长亭。
三尊绿酒应须醉，一典丹唇且待听。
南浦片帆风飒飒，东门驱马草青青。
不唯儿女多心绪，亦到离筵尽涕零。

邺下和李秀才与镜

汉南才子洛川神，每算相称有几人。

波剪脸光争乃溢，山横眉黛可曾匀。

纷纷舞袖飘衣举，袅袅歌筵送酒频。

只恐明年正月半，暗教金镜问亡陈。

以上崔匡裕、朴仁范、崔承祐三人之诗皆载于高丽本《十抄诗》。

第二章　杜诗在韩国的传播及影响

中韩两国一衣带水,有着悠久的文化交流历史,灿烂多彩的中国古代文化曾对韩国文化的形成和发展产生过巨大的影响。杜甫作为中国文学史上"吟咏流千古,声名振四夷"的伟大诗人,他的作品不仅在中国家喻户晓,对我国文学的发展起到了巨大的作用,而且还传入了韩国和日本等一些周边国家,对周边国家的文学也产生了积极的影响。在韩国,几百年来,杜诗长期被尊为学诗的规范,享有很高的声誉。

一、杜诗在韩国的传播

杜诗最早是何时传入韩国的? 历代学者们众说纷纭,至今也没有定论。当代学者们从文献中的记载来考证,认为最早记录韩国学者接触杜甫作品的文献是高丽时期李仁老(1152—1230)的《题李佺海东耆老图后》,其中有这样一段记述:

> 仆尝读杜子美《饮中八仙歌》,恍然若生于天宝间,得与八仙交臂而同游,为其时画工作《八仙图》,以与子美之歌相为表里,用传于世者,盖不少矣。[①]

---

① ［韩］徐居正:《东文选》卷四。

从受杜诗影响的韩国诗歌作品来考察，我们则不难推论出杜诗传入韩国的时期比文献记载要早一些。高丽初期张延佑（？—1016）的五言绝句《寒松亭》被学界认为是最早受到杜诗影响的韩国汉诗。其诗曰："月白寒松夜，波安镜浦秋。哀鸣来又去，有信一沙鸥。"诗中"一沙鸥"一语似源于杜甫的《旅夜书怀》，原诗为："细草微风岸，危樯独夜舟。星垂平野阔，月涌大江流。名岂文章著，官应老病休。飘飘何所似，天地一沙鸥。"虽然"沙鸥"一语在不少诗人的作品中都曾出现，但"一沙鸥"却只杜甫诗中才有。张延佑的出生年代不详，但他别世于1016年，可见张延佑在世时王洙的《杜工部集》（1039）尚未问世。那么张延佑是怎么接触到杜诗的呢？据史载，张延佑的父亲张儒曾于新罗末期到中国学习过汉语，回国后，高丽光宗年间（950—975）曾任接待中国使节的官吏，张延佑也参与了接待。据此可以推测张延佑可能是通过中国使节接触到杜诗的。

晚张延佑一个世纪左右的诗人郑知常（？—1135）受杜诗的影响就比较明显了。他的送人诗《大同江》是韩国古代诗歌中脍炙人口的作品，为历代文人所赞赏。李仁老在《破贤集》中称郑知常是"俊才"，金万重则认为此诗是韩国的"渭城三叠"（指王维的《渭城曲》），由此可见韩国文人诗家对此诗的重视程度。该诗如下：

> 雨歇长堤草色多，送君南浦动悲歌。大同江水何时尽，别泪年年添绿波。

显然诗中"添绿波"一语出自杜甫的七言律诗《奉寄高常侍》，原诗为："汶上相逢年颇多，飞腾无那故人何。总戎楚蜀应未全，方驾曹刘不啻过。今日朝廷须汲黯，中原将帅忆廉颇。天涯春色催迟暮，别泪遥添锦水波。"郑知常的出生年代也没有文献记载，但他去世于1135年，由此可知郑知常在世于王洙的《杜工部集》（1039）出现半个多世纪之后，他完全有可能看到《杜工部集》。崔滋（1188—1260）在其诗论集《补闲集》中谈及郑知常的《大同江》一诗时指出："大同江是西都人送别之渡，江山形胜，天下绝景。郑舍人知常送人云'大同江水何时尽，别泪年年添绿波'，当时以为警策，然杜少陵云'别泪遥添锦水波'，李太白云'愿结九江波,添成万行泪',皆出一模也。"[①]

张延佑和郑知常受杜诗影响的时间要比李仁老在文献中记载杜诗的时间早得多,从张延佑在世的时期,可以推算出杜诗传入韩国的时间应该不晚于十世纪后期。

杜诗传入韩国的途径主要是通过使臣的购书,《唐书》和《高丽史》中都有韩国使臣来中国购书的记载。《高丽史》载有郑文奉使入宋时购书的情况,"奉使入宋,所赐金帛分与从者,余悉买书籍以归"。另据《高丽史》记载,高丽宣宗二年(1085)《文苑英华》传入高丽;宣宗九年(1092)《册府元龟》也相继传入;宋元祐八年(1093)二月,苏轼曾作《论高丽买书札子》;高丽宣宗八年(1091),高丽5000余卷的购书目录中有《元白唱和诗》《韩诗》《杨雄集》《谢灵运集》《颜延年集》《曹植集》等汉魏时期的诗文集。由此不难推测苏舜钦编纂的《老杜别集》和王洙编纂的《杜工部集》等也应该传入了高丽。

到了高丽中期,杜诗在韩国已经很流行了。高丽著名学者李奎报(1168—1241)曾在《吴先生德全哀词并序》中指出"为诗文,得韩杜体,虽牛童走卒,无有不知者"。高丽名儒俞升旦(1168—1232)曾提出:"凡为国朝制作,引用古事,于文则六经三史,诗则《文选》、李、杜、韩、柳。"高丽高宗时期(1214—1259)由高丽文人集体创作的《翰林别曲》中也提到了杜诗,其第二联为"唐汉书、庄老子,韩柳文集、李杜集、兰台集、白乐天集,毛诗、尚书、周易、春秋、周戴礼记"。可见到了高丽中后期,杜诗已经相当普及了。

二、杜诗在韩国的影响

杜诗传入韩国后,立即赢得了韩国文人的特别喜爱。为了扩大杜诗的传播,韩国除了不断地直接从中国购买杜甫的诗集外,还自行刊印了很多。高丽朝已有宋朝蔡梦弼的《杜工部草堂诗笺》、黄鹤补注《集千家注杜工部诗史补遗》的复刻本,这是有据可考的韩国最早的杜诗复刻本。

---

① ［韩］崔滋:《补闲集》卷上。

清末黎庶昌在其《古逸丛书》中就谈到了高丽的复刻本：

> "予所收《草堂诗笺》，有南宋、高丽两本。宋本阙补遗外集
> 十一卷，今据以复本者，前四十卷南宋本，后十一卷高丽本。两
> 本具多模糊，而高丽本，刻尤粗率，然颇有校正宋本处，……"[①]

进入李朝以后，杜诗在韩国越来越受欢迎，再加上印刷技术的发展，各种版本的杜甫诗集陆续刊行，据统计，仅杜甫的单行本诗集就有40余种。韩国历代刊印的杜诗集主要版本有：《杜工部草堂诗笺》（41卷）、《集千家注杜工部诗史补遗》（11卷）、《纂注分类杜诗》（26卷）、《分类杜工部诗》（又称《杜诗谚解》）（25卷）、《须溪先生批点杜工部七言律诗》（1卷）、《读杜诗愚得》（18卷）、《纂注杜诗泽风堂批解》（26卷）、《杜律分韵》（8卷）、《杜工部分类五言律诗》（2卷）等等。

杜诗在韩国之所以能反复刊印并广为传播，除了杜甫忧国忧民的诚实人格及其精湛的语言艺术等自身的原因之外，与韩国历代统治者的积极推崇也有一定的关系。韩国历代统治者为维护自己的统治地位，积极利用杜甫的忠君思想来教化当时的知识分子，因此采取了大力推崇杜诗的政策，这从《朝鲜王朝实录》中的部分记载中可见一斑。

> 命购杜诗诸家注于中外，时令集贤殿，参校杜诗诸家注释，会粹为一，故求购之。
> 命桧岩寺住持僧万雨移住兴天寺，仍赐衣令礼宾，供三品之禀。万雨及见李穑、李崇仁，得闻论诗，稍知诗学。今注杜诗欲以质疑也。[②]

世宗竟御命购买有关杜诗的诸家注释，可见当时韩国对杜诗的重视程度。由以上记录还可以了解到，除了集贤殿的学者之外，僧侣也参与了杜诗的编注活动。经过韩国学者的集体努力，终于在十五世纪后期编印了杜甫诗集的翻译本《分类杜工部诗》，又称《杜诗谚解》，这是韩国最早的杜诗翻译本，诗集采用了活字印刷，并且多次重印。杜甫诗集的翻

---

① 黎庶昌刊《杜工部草堂诗笺》跋。
② 《朝鲜王朝实录》世宗二十五年四月条。

译对韩国诗歌的发展产生了巨大的影响。

高丽中期以后，经过李奎报、崔滋、李齐闲、李穑等汉学大家的推崇和杜甫诗集的陆续刊行，杜诗在韩国进一步得到普及，影响也越来越大。杜甫以其积极入世、忠君爱国、同情百姓疾苦的人生观和他所特有的沉郁顿挫的艺术风格，赢得了韩国历代文人的高度赞赏。如高丽朝李奎报通过一首绝句"李杜嗰啾后，乾坤寂寞中。江山自闲暇，片月挂长空"（《晚望》），对杜甫做了高度评价。朝鲜朝权石洲（1569—1612）的《题杜子美》诗："杜甫文章世所宗，一回披读一开胸。神飙习习生阴壑，仙乐嘈嘈发古钟。云尽碧空横快鹘，月明沧海戏群龙。依然步入仙山路，领略千峰又万峰。"对杜甫更是推崇备至。

随着杜诗在韩国的广泛传播，杜诗集遂成为人们学诗的必读之书。有关韩国文人学习杜诗的记载数不胜数，下面略举两例。丁若镛（1762—1836）在记述李达（字益之，1539—1618）学诗的情形时写道："李益之少时，学杜诗于湖隐。一日命取架上诸书看之，到春亭集掷之地，梅溪集则展看笑掩之，盖轻之也。"就是说李达自师从郑士龙（字湖隐）学习杜诗之后，只沉迷于杜诗，对于韩国其他诗人的诗集则不屑一顾。被誉为朝鲜朝末期"汉学四大家"之一的黄梅泉也曾作诗曰："少小为诗学杜甫，偏门不肯慕王韦。戏余事墨娇如语，老去鬓眉飒欲飞。"显而易见韩国历代文人自幼就受到了杜诗的熏染，同时这也说明了杜诗在韩国倍受人们喜爱和尊崇的程度。

韩国诗人如此偏爱杜诗，他们的作品受到杜诗的影响也是自然的，但韩国的古典诗歌创作受杜诗影响的深度和广度却是罕见的。高丽和李朝的九百年间，几乎所有重要诗人的作品中都能看到杜诗的影子。韩国诗人对杜诗的借鉴也是多方面、多层次的，这里既有袭用或变化杜甫诗句的表层模仿，又有思想倾向、创作风格等方面的深层借鉴。韩国诗人受杜诗影响的范围也很广，既包括直接用汉语创作的汉诗，又包括混用汉语和韩国语而创作的时调以及纯用韩国语创作的各种诗歌。本文限于篇幅仅就杜诗对韩国汉诗的影响略作论述。

韩国汉诗受杜诗影响的一种最普遍的形式是袭用杜甫诗句。袭用杜甫诗句是指在自己的诗作中原句照搬杜甫诗句的现象。这类对杜甫诗句的袭用是最初级的借鉴，甚至冠以"剽窃"也未尝不可。但是对于不太熟悉汉语的域外人来说，能为汉诗，已难能可贵，为提高自己诗作的水平适当借用中国名家的诗句，也在情理之中。更何况没有一定的汉学修养，要将杜甫的诗句杂入诗中而能不露痕迹，上下浑然一体，也是不可能的。

朝鲜朝著名诗人郑澈（字松江，1536—1593）是受杜诗影响较大的诗人之一，他的汉诗中有很多袭用杜诗的例子，比如他的《绝句》诗"临岐别数子，握手更何言。典学诚身外，休令此志昏"中"临岐别数子，握手更何言"两句袭用了杜诗《发同谷县》的"临岐别数子，握手泪再滴"两句，前句属完全袭用，后句将"泪再滴"改成了"更何言"。但从整体上来看，两首诗的氛围却有所不同，杜诗表达的是与朋友们的依依离别之情，而郑诗则表达了与弟子们相别时的谆谆嘱托。再如《霞翁以旧书出示》诗中有"未可输尘蠹，端宜示子孙。亲朋满天地，云雨手能翻"，其中"亲朋满天地"袭用了杜诗《中宵》中"亲朋满天地，兵甲少来书"的前一句，"云雨手能翻"则出自杜甫《贫交行》"翻手作云覆手雨，纷纷轻薄何须数"的前一句，只不过稍加变化而已。在这里郑澈巧妙地将杜甫两首诗中的诗句融入了自己的诗中，借助《贫交行》所表现出的"见交道之薄，而伤今思古"的意境，表达了自己和霞堂之间不同寻常的友情。此外郑澈袭用杜诗诗句的例子还有很多，如"万事干戈里，龙湾酒一觞"中的前一句出自杜甫的《倦夜》"操弓出塞日，看剑饮杯时"中的后一句出自杜甫的《夜宴左氏庄》"客睡何曾着，楼前有急滩"中的前一句源于杜甫的《客夜》等等。

集句诗中袭用杜甫诗句的现象更为普遍。高丽时期最具代表性的集句诗人林惟正曾写过 200 多首集句诗，在当时诗坛颇有影响。《东文选》收录了他的集句诗五律 11 首、七律 26 首。他的这些集句诗中袭用杜甫的诗句达 10 句之多，如《闲中偶书》"万里江湖梦，千山橘柚乡。砌凉鸣蟋蟀，沙暖睡鸳鸯。事去青山在，官闲白日长。人生都几且，痛饮信行藏"[①]中的"沙暖睡鸳鸯"和"痛饮信行藏"两句皆出自杜诗。李朝文人金堉（1580—1658）在其文集中也有关于集杜诗的一段记述："丙子岁，余奉使北京，卧病经冬，见文山集杜二百首，皆奇绝衬著，若子美为文山所作也。余亦试为之，不杂他诗，专集杜为绝句，谓之文山体，前后并二百余首，长篇短律间或为之。虽未知衬著与否而可免人之致疑如林崔也。"[②]虽然集句诗的艺术成就不高，但通过这些集句诗我们可以

---

① ［韩］徐居正：《东文选》卷之九。
② ［韩］金堉：《潜谷遗稿》卷之三。

从一个侧面了解杜诗在当时韩国的影响。

韩国诗人对杜诗的借鉴还表现在变化杜甫的诗句上。变化杜甫诗句有多种形式，较简单的有增缩其句或摘用其语，复杂一点的有对杜诗的点化或变用。增缩杜甫诗句主要是指将杜诗的五言句增加两字变成七言，或是把杜诗的七言句缩成五言句以及把两句五言缩为一句七言等等。摘用杜甫诗语是指将杜诗中的特定用语或两字或三字地部分摘出借用到自己诗句的情况，像前文提到的张延佑摘用杜诗中的"一沙鸥"就属于这一类。增缩诗句和摘用诗语虽然比袭用杜诗原句进了一步，但仍不过是对杜诗的简单模仿，不能算是成功的借鉴。而韩国诗人对杜甫诗句的点化则不同，所谓对杜诗的点化是指借用杜诗的意境，但不直接使用杜甫的诗句或诗语，就像韩愈所说的"师其意而不师其辞"。点化杜甫诗句需要发挥诗人的创造性，应该属于较成功的借鉴。

申光洙（1712—1775）是一位杜诗的崇拜者，他模仿杜甫的《登岳阳楼》，作了一首题为《登岳阳楼叹关山戎马》的长诗，全诗44句，几乎每句都源于杜诗。但由于该诗对杜甫诗句的变用非常巧妙，引起了很多人的兴趣，不仅在文人中间广为传诵，还被当时的艺妓谱成唱曲，传唱一时。诗的开头四句是："秋江寂寞鱼龙冷，人在西风仲宣楼。梅花万国听暮笛，桃竹残年随白鸥。"这四句分别源于杜甫《秋兴》中的"鱼龙寂寞秋江冷"《将赴荆南寄别李剑州》中的"春风回首仲宣楼"《岁晏行》中的"万国城头吹画角"以及诗题《桃竹杖引赠章留后》。

杜诗对韩国汉诗的影响还可以从对杜诗的仿作上看出。对杜诗的仿作在中国也有不少，清初吴伟业（1609—1671）的《芦州行》《直溪吏》《捉船行》《马草行》《堇山儿》《临顿儿》等六篇揭露官府酷虐追捕、勒索和贫苦儿童被虏掠等惨状的诗作，就是模仿杜甫"三吏""三别"而作的。杜甫的一系列描写人民疾苦的诗篇，在韩国也同样成了文人们最为珍视和学习的榜样。最能说明这种情形的是李朝末期实学思想家丁若镛（1762—1836）对于杜甫思想和艺术的继承和发扬。丁若镛比杜甫晚生一千余年，所处的是封建社会末期，他所怀有的实学思想在其政治主张和时代特征上，都与唐代的杜甫有所不同，但是他的一些诗歌却继承了杜甫。他不但写了韩国的"三吏"，即《波池吏》《龙山吏》《海南吏》，写了"三别"，即《石隅别》《沙评别》《荷潭别》，还仿照杜甫的《兵车行》等，写了"三行"，即《僧拔松行》《猎虎行》《狸奴行》。这些作品有的描写官吏抓役夫不得时，竟将孤儿寡妇绳绑鞭抽赶出村去（《波池吏》）；有的描写酷吏催租如狼似虎,弄得全村"嗷嗷百家哭"(《海南吏》);有的描写官府以除虎患为名,对村民敲诈勒索,使得村民宁愿遭虎患也不愿遭官府洗劫(《猎虎行》)等等。

此外,韩国汉诗受杜诗的影响还表现在借用杜诗句律、以杜甫为诗题、借鉴杜诗意境或技法等很多方面。如郑梦周的《春兴》"春雨细不滴,夜中微有声。雪尽南溪涨,草芽多少生"就是借用杜甫《春夜喜雨》的句律而创作的和韵诗。韩国诗人还以杜甫为诗题写下了大量的赞誉诗,如李穑的《读杜诗》"锦里先生岂是贫,桑麻杜曲又回春。钩帘丸药身无病,画纸敲针意更真。偶值乱离增节义,肯因衰老损精神。古今绝唱谁能继,剩馥残膏丐后人"[①]就是其中之一,从这些赞誉诗我们不难看出韩国诗人对杜甫人格的崇拜和对杜甫忧国忧民精神的赞扬。

不容否认韩国汉诗由于受中国古典诗歌的影响,其中有一些蹈袭模仿之作,但这决不是韩国汉诗的全部,也不能代表韩国汉诗的整体水平。韩国汉诗有一千多年的传统,历代汉诗可以说浩如烟海,其中也不乏极富创造性的传世佳作。

三、韩国古代的杜诗研究

在深受韩国历代文人喜爱的唐宋诗人中,杜甫是韩国学者研究最多的中国诗人,杜甫的诗集出现了很多"谚解"本(即翻译本)和注解本,韩国文人对杜诗的偏爱程度由此可见一斑。韩国文人不仅积极地接受了杜诗,而且还从不同的角度对杜诗进行了颇具特色的研究。韩国学者的杜诗研究主要是通过对杜诗的注解和评论进行的,这些注解和评论大多散见于评家们的文集中。在韩国文学史上,论及杜诗的文人不计其数,本节仅就李仁老、李滉、李植、李瀷等几位较有代表性文人的杜诗研究略作简要的评述。

---

① [韩]徐居正:《东文选》卷十六。

（一）李仁老和李滉的杜诗研究

李仁老（1152—1220），字眉叟，号双明斋，是高丽时期的著名学者、诗人。他精于诗文，擅长书法。他的作品有《银台集》20卷、《银台集后集》4卷、《双明斋集》3卷、《破贤集》3卷。但现在流传下来的只有《破贤集》和收录于《东文选》里的一部分汉诗。

李仁老的《破贤集》是一部诗话文学书。据说是李仁老担心名儒和学者们的诗文绝迹而特意收录的。该书是韩国最早的批评文学史料，具有很高的文学价值。在该书中，李仁老多次论及杜诗，并给予了高度评价。略举两例如下：

> 琢句之法，唯少陵独尽其妙，如'日月笼中鸟，乾坤水上萍。十暑岷山葛，三霜楚户砧'之类是已。且人之才如器皿方圆，不可以该备，而天下奇观异赏，可以悦心目者甚多。苟能才不逮意，则譬如驾蹄临燕越千里之途，鞭策虽动，不可以致远。是以古之人，虽有逸材，不敢妄下手，必加炼琢之工，然后足以垂光虹霓，辉映千古。[①]
>
> 自雅缺风亡，诗人皆推杜子美为独步，岂唯立语精硬，刮尽天地菁华而已。虽在一饭，未尝忘君，毅然忠义之节，根于中而发于外，句句无非稷契口中流出，读之足以使懦夫有立志，玲珑其声。其质玉乎？盖是也。[②]

李仁老是现存资料中最早谈及杜诗的韩国学者，应该说他对杜诗在韩国的传播起了很大的作用。李仁老接触杜诗时，杜诗传入韩国的时间尚短，流传不广，韩国学者对杜诗的研究也还没有正式开始。在这种情况下，李仁老却独具慧眼，一接触杜诗便对其大加赞赏，这说明他对中国诗歌的造诣是很深的。李仁老一方面高度评价了杜诗的艺术成就，另一方面对杜诗中所表现出来的忠君爱国思想也给予了积极的肯定。

李滉（1501—1570），字景浩，号退溪，是韩国古代著名的哲学家、教育家、诗人。他的成就主要在哲学方面，他是韩国著名的朱子学集大成

---

① ［韩］李仁老：《破贤集》卷上。
② ［韩］李仁老：《破贤集》卷中。

者、朱子学派的主要代表。在文学上,他也有很大成就,除创作了许多汉诗外,还用韩国语创作了许多时调、歌辞。此外对他人汉诗的注解和评论也是他的文学业绩之一,这些注解和评论散见于他的《言行录》中,这里仅选其对杜甫诗的注解和评论略作论述。

杜甫《梦李白》诗中有"魂来枫林青,魂返关塞黑。君今在网罗,何以有羽翼"。关于"魂来枫林青,魂返关塞黑"两句,《杜诗谚解》注曰:"楚地多青枫,言白之魂自楚地而来也"[①],这是沿用当时中国方面的注解,说江南多枫,秦州多关塞,魂来魂去,都要穿越青冥的枫林,跋涉幽黑的关塞。仇兆鳌在《杜诗详注》中说:"梦中见之而觉其犹在,即所谓梦中魂魄犹言是,觉后精神尚未回也"[②],这则是通过梦境来解释。然而李退溪却道:"杜陵《梦李白》诗,'枫林青,关塞黑',魂来,喜其至,故云枫青,言景色萧爽也;魂返,伤其去,故云塞黑,言气象愁惨也。其曰'何以有羽翼',以其方在罪籍而忽然至此,故且喜且怪而问之云'何以有羽翼',非谓见放也"[③]。李退溪认为枫青是言景色萧爽,塞黑是言气象愁惨。这可以说是通过情感分析所进行的阐释,其所谓"喜其至""景色萧爽""魂返,伤其去""气象愁惨""且喜且怪"等都是先人注解中未曾有过的用语,可谓别出心裁,自成一家之言。

杜甫《夏日李公见访》有"水花晚色静,庶足充淹留",关于后一句蔡梦弼注云:"后汉孔融,性宽容,喜诱后进。及退闲居,宾客日盈其门,尝叹曰:'座上客常满,樽中酒不空,吾无忧矣。'"又说"荷花洁静,犹清人之神思,只恐乐有余而杯不足,无以延客之欢故云"[④]。对此李退溪则认为:"杜诗《夏日李公见访》,其曰:'水花晚色静,庶足充淹留。'充,犹备也;淹留,谓客之延留也。盖家贫,无物以奉客之欢,惟水花晚色静,此景可以资客之玩娱。则是以此物,备客之淹留,而使之不去也。充字,下得好。"[⑤]李退溪认为杜甫借水花之景,委婉地表达了自己无酒待客的尴尬之情。这与蔡梦弼的注解虽然大同小异,但李退溪的注解更详细、更具体。

李仁老和李滉作为韩国早期的杜诗研究者,他们的研究大多仅限于

① 《杜诗谚解》(重刊影印本)首尔,大提阁,1973年,第304页。
② 仇兆鳌:《杜诗详注》上,台北,文史哲出版社,1973年,第386页。
③ [韩]李滉:《退溪全书》(三),首尔,大东文化研究院,1978年版,第576页。
④ 《纂注分类杜诗》卷二十二。
⑤ [韩]李滉:《退溪全书》(四),首尔,大东文化研究院,1978年版,第104页。

杜甫个别诗句的注解,缺乏对杜诗艺术风格和特点的整体把握。尽管如此,他们的研究对杜诗在韩国的传播和影响以及后来的杜诗研究却起到了积极的作用。

（二）李植的杜诗研究

李植(1584—1647),雅号泽堂,字汝固。朝鲜王朝宣祖、仁祖年间的文臣,是当时颇有名气的学者,精通汉文学,被称为"汉文四大家"之一,著有《泽堂集》《初学者训增辑》等。特别值得注意的是他注解唐朝杜甫诗的《纂注杜诗泽风堂批解》,此书可说是韩国第一部研究杜诗的专著,也是当时域外人研究杜诗成就最大的著作之一。

在韩国的历史上,曾经出现过多种版本的杜甫诗集和注解,但大部分都是中国版本的直接翻印或编印。1481年印制的《分类杜工部谚解》就是杜诗集的翻译本,该书对韩国诗歌的影响较大,翻译的内容既有杜甫的原诗,又有中国方面的注解。杜诗谚解的刊行虽然对杜诗在韩国的传播和普及起到了积极的作用,但从严格的意义上来讲,谚解只能属于翻译,还谈不上是对杜诗的研究。而朝鲜朝时期李植的《纂注杜诗泽风堂批解》则可以说是一本杜诗研究的专著,这是韩国第一本也是唯一的一本个人杜诗注解,书中共收录杜诗1451首。该批解本的体例是先收录原诗,然后用小字介绍中国诸注家的注解,最后添附作者自己的批解。书中所介绍的中国历代注家的注解中,蔡梦弼的注解占绝大多数,此外还有王洙、刘辰翁、赵彦材、黄鹤等人的注解。

《纂注杜诗泽风堂批解》编撰于1640年,过了近百年之后,才由其曾孙李箕镇于1739年梓印。从时间上来看,李植的批解本早于钱谦益的《杜诗钱注》(1667)和仇兆鳌的《杜少陵集详注》(1692)。1974年李植的《纂注杜诗泽风堂批解》被台湾大通书局出版的《杜诗丛刊》(共35种72册)收录,是丛书中唯一的外国人著述的杜诗注解本,书中还附有编者的如下介绍:"此编以批解见长,继刘辰翁之后多所发挥。每句之下,曰批者为刘辰翁语,曰泽堂者乃作者批,采诸家旧注,则皆标明。某曰:旁罗博采,征引颇广,可供参读。是书成于域外人之手,尤为难能可贵。"[①] 王洪、田军主编的《唐诗百科大辞典》中也收录了李

---

① 转引自[韩]李昌龙:《韩中诗的比较文学研究》,韩国首尔,一志社,1984年,第268页。

植的这部杜诗批解本并作了简要介绍:"朝鲜著名汉学家李植所撰《纂注杜诗泽风堂批解》,26 卷,书中遍会诸家注及自注,并附传记、短评及口诀于原诗,可使读者便于学习杜甫诗歌。此书成于 1640 年,刊刻于 1739 年。"[①]

李植的批解本出版后,随即和《分类杜工部诗谚解》一起,成为韩国文人学诗的必读之书。关于此书的贡献从申纬[②]的一首论诗绝句中可见一斑:"天下几人学杜甫,家家户户最东方。时从批解窥斑得,先数功臣李泽堂。"

作为一个外国人,李植在批解杜诗时并没有局限于中国注家们的注解,而是在广采博览的基础上,充分发挥自己的想象力,在多处批解中道出了他人之所未道,有时还对中国注家们的注解进行大胆的批评,现举几例如下。

杜甫《题张氏隐居二首》中有"不贪夜识金银气,远害朝看麋鹿游。乘兴杳然迷出处,对君疑是泛虚舟"之句,对其中第三句,李植解曰:"乘兴而来不知出山之处,如桃源渔夫也"[③],由"乘兴杳然迷出处"而想到陶渊明《桃花源记》中的渔夫,并以其情形和心境做比喻,甚为形象。杜甫《行次昭陵》中有"往者灾犹降,苍生喘未苏",诗题中的昭陵是指唐太宗的陵墓,这是一首赞扬唐太宗政绩的怀古诗。诗中的"往者"可以有三种解释,即隋末之乱、贞观初年的旱灾、天宝之乱。蔡梦弼注曰"隋之乱苍生仅存残喘也",认为"往者"为隋末之乱。李植则对此持否定的态度,认为"往者"应指贞观年间的旱灾。泽堂在批解中说:"魏征劝帝行仁义,帝从之。贞观初,岁旱,关中大饥,上勤而抚之,未尝嗟怨。其后果致丰富,至斗米三四钱,上有惜不令封德彝见之之语。"继之又道:"此诗所谓苍生喘未苏等语,正指此事。若谓指隋乱,则与首句架叠。其曰,灾犹降者,亦大歇矣。注说非是。"

杜甫《秦州杂诗二十首》有"莽莽万重山,孤城石谷间。无风云出塞,不夜月临关"。注家们普遍认为"无风谷名,不夜城名"。而李植则认为:"无风而云常出塞以山高故也","不夜之月,初月也。初月见于西方,此

---

① 王洪,田军:《唐诗百科大辞典》,光明日报社出版,1994 年,第 1639 页。
② [韩]申纬(1769—1847),朝鲜朝正祖、玄宗时期的文臣、诗人。字汉叟,号紫霞、警修堂。主要著作有《东人论诗绝句 35 首》《警修堂全叶》《梵余录》《申紫霞诗集》等。
③ [韩]李植:《纂注杜诗泽风堂批解》。

城在关西极高处,故月临其关门也"。泽堂的批解迥异于他人的注解,他是根据天文学和地理学的原理进行分析的。李植对杜诗研究和理解的独创性由此可窥一斑。《惠义寺送王少尹赴成都》一诗中有"骑马行春径,衣冠起暮钟。云门青寂寞,此别惜相从"。对"衣冠起暮钟"一句,刘辰翁在注解中说:"衣冠暮钟解不得"。但泽堂认为:"听钟始起去,言惜别迟徊,采马冲泥,皆是此意",这与后来仇兆鳌"少尹骑马而行,僧人衣冠而起暮钟矣,山门寂寞,惜不与之偕行也"的注解可谓有异曲同工之妙。

李植除对杜诗进行批解外,还根据自己的理解,或参考其他书籍对部分杜诗进行了考证和校勘。如杜甫《题郪县郭三十二明府茅屋壁》中的"频惊适小国,一拟问高天。别后巴东路,逢人问几贤"。李植认为"'问'字叠一字必误"。又比如李植对杜甫《蜀相》一诗的题目也提出了疑义。《蜀相》是一首凭吊古迹、颂扬诸葛亮的咏史诗。李植在批解中指出:"题云'蜀相',似缺一庙字。"从该诗的内容来看,上四句写丞相祠堂,下四句写丞相本人,主要是表达作者寻访武侯祠时的所感。李植认为题名《蜀相》尽管不错,但如题为《蜀相庙》则更合适。

从李植的《纂注杜诗泽风堂批解》中还可以举出很多类似的例子,但从以上几例中我们就足以看出李植对杜诗研究的造诣之深了。作为域外之人,能够博览杜诗及历代注家的注解已经很难得了,李植不仅做到了这一点,而且还对中国诸家的注解进行批评,提出了不少独特的见解,这就更加难能可贵了。

（三）李瀷的杜诗研究

李瀷（1681—1763），字子新,号星湖,是朝鲜朝著名的哲学家、实学派代表人物。著有《星湖僿说》《星湖文集》等。《星湖僿说》是他刻苦钻研学术的结晶,该书虽以时务评论为重点,但所涉及的领域却甚为广泛。这里仅就其《诗文门》中有关杜诗的评论部分略述如下。

李瀷《诗文门》的体例近似诗话,主要是对中韩诗歌的评论。尽管文中有关杜诗的评论比较零散,但我们仍不难从中看出他对杜诗的特色和艺术风格所作的精辟分析[①]。他在《明皇求仙》一文中指出:"宗观

---

① 金柄珉、金宽雄主编:《朝鲜文学的发展与中国文学》,延边大学出版社,1994 年, 第 235—242 页。

杜工部《覆舟二篇》有云：'丹砂同陨石，翠羽共沈舟。'又云：'竹宫时望拜，桂馆或求仙。'注云此讽玄宗好神仙，黔阳郡秋贡丹砂等物，以供烧炼之用，而使者乃沉其舟也。此诗……讥刺时君之失，可谓诗史。"[①]李瀷称杜诗为诗史，是因为杜诗揭露和批判了当时社会的弊端，讥刺了时君的过失。在《饮仙》一文中他又指出："古谚云喜笑之怒过于裂眦，长歌之哀甚于恸哭，杜甫有之。"李瀷认为杜甫作品之所以动人全在于"喜笑之怒""长歌之哀"。这样，明确指出了杜甫诗歌所具有的"沉郁顿挫"的特点。

李瀷在评论杜诗时还注意到了作家的思想和创作的关系，他在《以杜释杜》一文中指出"论诗于其人究之，方见造意之如何"，并又强调："读者宜以杜释杜。"也就是说只有正确把握杜甫的社会处境和思想境界才能领会其作品的深层意识世界。他认为杜甫之所以能够同情下层人民的命运，揭露和批判现实社会的种种弊端，是与作者的进步思想分不开的。另外，李瀷在评论杜诗时还利用了比较分析的方法，他在《洗兵马四章》中说："杜少陵《洗兵马》篇即颂功之作也。六韵必遁至四遁而篇成，其体出于李斯。"接着又指出尽管杜甫的六韵法出于李斯，但与李斯相比较又有所发展和革新，即在李斯诗文中每个联的头韵都有"皇帝"二字，而杜甫诗歌克服了这种弊端，所以可称之为"雅乐""诗家之准"。当然李瀷的分析不一定很准确，但至少也说明了他自己对杜诗的独特理解。

韩国历代文人都极为推崇杜诗，十分重视对杜诗的借鉴和研究，几乎所有重要诗人的作品中都能看到杜诗的影子。他们对杜诗的研究尽管大多数只是介绍性的，在深度和广度上存在一定的不足之处，但也出现了像李植那样的在杜诗研究方面造诣颇高的学者。韩国历代诗家对杜诗的评论，不仅促进了杜诗在古代韩国的传播和影响，而且也为当今我国的杜诗研究提供了域外人的视角，参照他们对杜诗的评价来反观原作品的成就与价值，其意义是不言而喻的。

---

① ［韩］李瀷：《星湖僿说》（以下李瀷引文皆出自该书）。

第三章 东亚视角下的蚩尤与蚩尤文化 ^①

　　众所周知,东亚在历史上并不是一个单纯的地理概念,而是一个分享着共同历史文化传统的"文化共同体","汉字文化圈""儒家文化圈"是其在不同文化层面的表述。近代以来,由于中国衰微和西学东渐等原因,东亚各国开始走上"去中国化",亦即在文化上"去中就西"或"脱亚入欧"的道路。如今,随着经济全球化的发展,相继出现了"北美""欧盟"等地区共同体,并在国际事务中发挥着越来越重要的作用。但令人遗憾的是,拥有共同历史文化传统的东亚却至今没有形成一个共同体。

　　进入 21 世纪,东亚不少学者开始呼吁建立"东亚共同体"或"东亚文化共同体",并展开了深入细致的研究。但由于中日韩三国之间历史和现实的种种原因,三国关于"东亚文化共同体"的研究尚未取得令人满意的共识。在这一背景下,韩国"韩中日比较文化研究所"李御宁教授提出了中日韩三国"共同文化基因"的概念,并对三国的"四君子"进行了比较研究。笔者认为,"共同文化基因"的概念为"东亚文化共同体"的研究提供了一个重要的方法论。今后,关于"共同文化基因"的挖掘和研究必将有助于唤起东亚民众共同的历史记忆、文化情感和价值认同。

　　近年来,在中韩两国关于蚩尤的研究正逐渐成为一个热门的话题,并出现了激烈的论争。今天,我想借助李御宁教授提出的"共同文化基因"概念,把"蚩尤信仰"或"蚩尤文化"也作为中日韩三国的一个"共同文化基因",从东亚的视角进行探讨。

---

① 本章曾发表于北京大学韩国学研究中心篇《韩国学论文集》第 18 辑,辽宁大学出版社, 2010 年。

一、中国视角下的蚩尤与蚩尤文化

蚩尤是中国古史神话中的重要人物之一,因为与轩辕黄帝进行了历史性的涿鹿大战而赫赫有名。中国的很多文献如《史记》《尚书》《吕氏春秋》《左传》《国语》《大戴礼记》等均有关于蚩尤的记载。蚩尤的史迹广泛流传于中国各地的传说中,而且在山东、河南、陕西等地均发现有蚩尤冢或蚩尤祠等遗迹。蚩尤曾被秦始皇、汉高祖等历代帝王所崇拜,并尊称为"战神""兵主"。

由于原始社会阶段,没有文字记载,所以自春秋战国以来以至如今,中国的历史典籍都只是根据历史传说追溯到五千年前的新石器时代、父系氏族公社阶段的黄帝时期。有关蚩尤的记载也是这样。由于岁月久远,文献散失,再加上现存古代文献中有关蚩尤的记载大多过于简略,蚩尤的形象显得复杂紊乱,甚至相互矛盾。因此,在中国学术界关于蚩尤一直存在很多疑问和争论。

(一)蚩尤的形象与身份

在中国的文献记载中,蚩尤的形象充满着神话色彩。但现在看来,这些记载也并非都是不可释义的。如《太平御览》引《龙鱼河图》云:

> 黄帝摄政前,有蚩尤兄弟八十一人,并兽身人语,铜头铁额,食沙石子,造立兵杖刀戟大弩,威振天下。

《龙鱼河图》对蚩尤的描述,给人的第一印象就是蚩尤是一个大怪物。但如果结合当时的社会状况仔细分析,我们不难看出,所谓"兄弟八十一人",当指八十一个部落;所谓"食沙石子",应是开采矿石进行冶炼的曲折反映。《尸子》卷下"造冶者,蚩尤也"的记载,表明蚩尤已经带领族众上山挖铜矿,冶炼铸造生产工具和武器了。蚩尤的军队既然已经装备了先进的金属兵器,《龙鱼河图》所谓"铜头铁额",不过是头盔甲

胄的歪曲描绘而已 [①]。

关于蚩尤的身份,各种记载说法不一,分歧较大。有代表性的观点大体上分三类。

第一,黄帝属臣之说。战国《韩非子·十过篇》云:"昔者黄帝合鬼神于西泰山之上……蚩尤居前,风伯进扫,雨师洒道。"由此可见,蚩尤、风伯、雨师皆为黄帝之属臣。《管子·五行》和《越绝书》亦记载蚩尤为黄帝之臣。

第二,炎帝后裔之说。宋《路史·后纪四》云:"蚩尤姜姓,炎帝之裔也。"《史记·五帝本纪》则说:"轩辕之时,神农氏世衰,诸侯相侵伐……而蚩尤最为暴,莫能伐。"这都说明蚩尤是炎帝后裔。但也有学者主张,蚩尤与炎帝的身份存在很多重合之处,蚩尤其实就是炎帝 [②]。其主要依据是《史记·五帝本纪》所记黄帝与炎帝大战的"阪泉"与黄帝大战蚩尤的"涿鹿"实际上是一个地方。

第三,九黎或苗族首领之说。中国苗族的族属渊源和远古时代的"九黎""三苗""南蛮"有着密切的一脉相承的关系。《国语·梦语》注中说:"九黎,蚩尤之徒也。"《书吕刑释文》《吕氏春秋·荡兵》《战国策·秦》高诱注,都说蚩尤是九黎之君。增补万全《玉匣记》注评云:"蚩尤,传说中的上古苗部落的首领。"

(二)蚩尤与黄帝的战争

蚩尤与黄帝的战争是历代文献中记载较多的部分,但说法并不一致。大体上也有三种说法。

第一种说法是黄帝胜炎帝之后,再胜蚩尤而巩固帝位,黄帝与蚩尤之战似为黄炎之战的余波。如《史记·五帝本纪》载:"轩辕乃修德振兵,治五气,艺五种,抚万民,度四方,教熊罴貔貅豸区虎,以与炎帝战于阪泉之野。三战然后得其志。蚩尤作乱,不用帝命。于是黄帝乃征师诸侯,与蚩尤战于涿鹿之野,遂禽杀蚩尤。"

第二种说法是蚩尤驱逐赤帝(即炎帝),赤帝求诉于黄帝,二帝联手杀蚩尤于中冀。主要依据《逸周书·尝麦解》载:"蚩尤乃逐帝,争于涿

---

① 刘范弟:《善卷、蚩尤与武陵——上古时期一段佚史的破解》,长沙,湖南大学出版社,2003年。

② 吕思勉:《先秦史》,上海,上海古籍出版社,1982年。丁山:《中国古代宗教与神话考》,上海,龙门联合书局,1961年。

鹿之阿,九隅无遗,赤帝大慑。乃说于黄帝,执蚩尤,杀之于中冀。"

第三种说法是蚩尤作兵攻黄帝,兵败被杀。如《山海经·大荒北经》载:"蚩尤作兵伐黄帝。黄帝乃令应龙攻之冀州之野。应龙畜水。蚩尤请风伯雨师纵大风雨。黄帝乃下天女曰魃,雨止,遂杀蚩尤。"

蚩尤战败后的结果,一说是被黄帝擒杀,如前引述《史记》《逸周书》《山海经》所记;另一说是受到黄帝重用,如《龙鱼河图》所言:"黄帝制服蚩尤,帝因使之主兵,以制八方。"逮至秦汉,民间尚有以蚩尤为兵主行礼祠之俗,以致秦始皇东游及汉高祖刘邦起兵,皆从民俗礼祠蚩尤,见载于《史记·封禅书》及《史记·高祖本纪》。

中国学者田晓岫认为,关于蚩尤的两种截然不同结局的记载,反映了黄帝与蚩尤关系的不同阶段与不同侧面。"蚩尤"本是农部落的他称,既是对部落酋长的他称,也是对部落全体成员的他称。蚩尤部落的第一任酋长称蚩尤,第二任酋长亦称蚩尤;第一代部落成员称蚩尤,第二代部落成员仍然被称为蚩尤[①]。如同《大戴礼记·五帝德》记"黄帝三百年"之类传言的实际内涵。把"蚩尤"当做一个部落酋长或成员的统称,只能是一家之言,并且仍需进一步考证,但这一观点无疑有助于我们理解古代文献中关于蚩尤的那些相互矛盾的记载。

(三)蚩尤的遗迹与遗裔

关于蚩尤的遗迹、遗俗、传说,历数千年之久,逮至秦汉,仍然以浓烈的色彩保存于民间。在北至河北涿鹿,西至山西太原运城,东至山东东平,南至江苏沛县的广大地区,礼祠蚩尤之俗经久不衰。追溯蚩尤部落的聚居点(后世所谓"城")、坟冢、祀祠等遗迹,可以看出蚩尤部落的活动地区,发现其遗裔的线索。

关于蚩尤城的记载,见于《水经注·卷十三》涿水条记:"涿水出涿鹿山,世谓之张公泉,东北流经涿鹿县故城南……《魏土地记》称,涿鹿城东南六里有蚩尤城。泉水渊而不流,霖雨并侧流注阪泉。"又引《晋太康地理记》曰:"阪泉亦地名也。泉水东北流,与蚩尤泉会,水出蚩尤城,城无东面。"故涿鹿在今河北涿鹿县。蚩尤泉在今涿鹿县。阪泉在今北京市延庆区。《太平寰宇记·河东道七》安邑县条下记:"蚩尤城在县南

---

① 田晓岫:《说〈蚩尤〉》,《中央民族大学学报》(社会科学版),1997年第3期。

一十八里……其城今摧毁。"故安邑县在今山西运城市安邑镇。

关于蚩尤冢的记载,《皇览·冢墓记》云:"传言黄帝与蚩尤战于涿鹿之野,黄帝杀之,身体异处故别葬之。"据笔者所了解,我国共有4座蚩尤冢。一是位于河北涿鹿县涿鹿蚩尤冢,当地人称蚩尤坟。二是位于河南台前县的台前蚩尤冢,亦称蚩尤坟。三是位于山东巨野县的巨野蚩尤冢。四是位于山东汶上县的汶上蚩尤冢[①]。

关于蚩尤祠的记载,见于《史记·封禅书》。秦始皇东巡游,封泰山,禅梁父,礼祠齐八神。八神之中"三曰兵主,祠蚩尤。蚩尤在东平陆监乡,齐之西境也"。《史记·高帝本纪》载刘邦起兵之时,"祠黄帝蚩尤于沛庭"。秦时沛县,治在今江苏徐州市沛县。沛县东境隔微山湖与山东相望。《述异记·卷上》云:"太原村落间祭蚩尤神,不用牛头。"又云"汉武时,太原有蚩尤神昼见……其俗遂为立祠"。又载:"今冀州有乐名蚩尤戏,其民两两三三,头载牛角而相。汉造角戏,盖其遗制也。"两汉时的冀州,地在今河北南部、山西南部及河南省黄河以北地区。

在古代,各部族祭祀的对象和内容都是互不统属的。《左传》曾经指出:"神不歆非类,民不祀非族。"意思是说祖先的神灵不愿享用异族人所供奉的牺牲,民人也不该去祭祀与本族异宗的祖灵。"非我族类,其心必异"。这种状况在交流并不频繁的远古社会显然具有普遍性。因此,中原广大地区定有为数众多的蚩尤遗裔,才能具备形成和保持这种祭祀蚩尤民俗的社会条件。这些地区在两汉时期又是汉族政治经济文化的腹心之地,无疑有相当多的蚩尤遗裔成为汉族成员。

蚩尤部落遗裔南迁之说,不见文献记载,但存传说和民俗。苗族流传下来的大量民间歌谣和史诗[②],反映了苗族大迁徙的历史,其中很多内容与蚩尤有关。如今苗族许多地方流传着蚩尤的古老故事,对蚩尤充满了敬意和自豪。西部苗区传说远古苗民居住在黄河边的平原上,蚩尤

---

① 《史记》第二十八卷云:"蚩尤冢在东平陆阚乡,齐之西境也。"战国齐于今汶上县境内置平陆邑,汉置东平陆县。故司马迁曰蚩尤冢在东平陆阚乡。阚乡属古齐国之西境。南朝宋东平陆县改称平陆县,唐天宝元年(742)改称中都县,金贞元元年(1153)改称汶阳县,金泰和八年(1208)改称汶上县,沿用至今。诸多文献对该冢均有记载,虽所属政区名称不同,但实为一处。

② 苗族的口传民间歌谣和史诗主要收录于四本书中,即苗青主编的《西部民间文学作品选(2)》(贵州民族出版社1998年版),云南省少数民族古籍整理出版规划办公室编的《西部苗族古歌》(云南民族出版社1992年版);田玉隆编注的《蚩尤研究资料选》(贵州民族出版社1996年版);中国民间文艺研究会贵州分会翻印的《民间文学资料》第16集(1985)。

从小离家出去学艺,刻苦修炼,会用 120 种医药,成了可以呼风唤雨、起死回生的大神。另外,苗族有枫木崇拜的民俗,甚至以枫木为图腾。古文献中亦可找到根据,说明此俗与蚩尤有关。《山海经》载:"有宋山者,有木生山上,名曰枫木。枫木,蚩尤所弃其桎梏,是为枫木。"郭璞注云:"蚩尤为黄帝所得,械而杀之,已摘弃其械,化而为树也。"《苗族简史》载:"川南、黔西北一带有蚩尤庙,受到苗族人民的供奉。"各地苗民,对蚩尤都念念不忘,非常崇敬。尽管苗族分布在云贵川湘等三大方言区,语言支系甚多,有 7 个次方言、18 种土语,但各地苗人都把自己的祖先称为"尤公",在各种不同的方言土语中,"尤公"却惊人地一致。

(四)蚩尤的历史地位

蚩尤确为中国上古重要历史人物,他所代表的氏族部落,活动在河北、河南、山东、山西等中原地区。他们首先发明并使用金属工具与武器,有很高的文化,很强的军事力量,与轩辕黄帝势均力敌,并且有密切的联系。蚩尤同黄帝大战于河北涿鹿一带,大战之后,蚩尤族一部分向南方迁徙,而一部分则留在北方,逐渐与黄帝族融合为一。

中国历史上,一直存在着以汉族王朝为"正统"的传统观念。因此,在史书中,黄帝被定于一尊,黄帝及黄、炎族系被奉为华夏正统。同蚩尤战于涿鹿,也被传颂为"正义"对"邪恶"的"讨伐",是"仁德"战胜"暴虐"。与此同时,蚩尤则被诬为"贪"者、倡"乱"者和"伐无罪、杀无辜"的暴徒,备受攻击和丑化。这种出自儒家思想的正统观念和"胜者为王,败者为寇"的传统思想,两千多年来一直在中国占据着统治地位,所谓"炎黄子孙""黄帝后裔"今天仍成为中华民族的代名词,而蚩尤似乎与中华民族无缘,蚩尤子孙似乎已经绝于后世。

20 世纪 90 年代,中国有部分学者提出对蚩尤的历史地位予以重新定位。陈靖在《贵州日报》发表《论苗族在中华民族发展中的贡献》[①],潘定智发表《从苗族民间传承文化看蚩尤与苗族文化精神》[②],都肯定蚩尤与炎帝、黄帝一样,是中华文明的建造者,应该确立炎黄蚩三始祖的历史地位。根据部分学者的建议,河北省涿鹿县在境内原黄帝祠的基

① 陈靖:《论苗族在中华民族发展中的贡献》,《贵州日报》,1995—09—27。
② 潘定智:《从苗族民间传承文化看蚩尤与苗族文化精神》,《贵州民族学院学报》,1996 年第 4 期。

础上,由海内外32万华人捐资,建立了"中华三祖堂",于1998年7月25日正式对外开放。此后,国内成立了"蚩尤文化研究会",发行《蚩尤文化研究》刊物。中国民俗学会于2009年9月下旬在湘西花垣县召开了"全国蚩尤文化研讨会"[①]等等。关于蚩尤的研究进一步升温,新的学术观点层出不穷,有关争论也持续不断。

二、日本的兵主神社与蚩尤信仰

兵主神社是日本诸多神社中分布最广、地位最高、影响最大的神社之一,其主祭神多为八千矛神(大国主命)或素盏鸣命(大兵主神),御神体为矛或镜。从"兵主"这一名称即可推知,兵主神社与蚩尤有着深刻的渊源。

（一）兵神蚩尤与兵主神社

日本关于"兵主神"的最早记载见于《三代实录》[②]。据载,贞观元年(859),大和穴师兵主神与壹岐兵主神同时叙位,正式成为名称在录于《延喜式神名帐》[③]的式内社。由此可知,日本对蚩尤的祭拜约始于平安初期。

关于兵主神的身份问题,部分日本学者认为它是秦始皇的末代后裔秦氏东渡日本时携来的外来神[④]。但事实上,从社内主祭神多为八千

---

① 主要议题包括：1.神话传说与非物质文化遗产保护；2.神话传说等民俗文化资源与文化产业开发；3.民祭、公祭:民间信仰与国家祭祀；4.蚩尤文化与中华文明；5.蚩尤与南方少数民族；6.蚩尤的人文始祖地位；7.蚩尤传说研究；8.蚩尤炎黄之战与中华民族的大融合；9.蚩尤文化与苗族文化；10.蚩尤文化与湘鄂渝黔边区宗教文化；11.蚩尤部落的地望与迁徙路线研究；12.其他与本次会议主题相关的调查与研究。
② 日本于平安时代编纂的史书,公元901年完成。
③ 延喜五年(905)八月开始由醍醐天皇编纂的平安时代法典,其卷九卷十为神名帐,按国郡罗列了当时二千八百六十一座有香火的神社(天神地祇三千一百三十二座),延长五年(927)十二月完成。
④ 持此观点的有内藤虎次郎博士等。详见[日]内藤虎次郎:《增订日本文化史研究·近畿地方に于ける神社》,第5—6页。

矛神等现于《古事记》《日本书纪》的神祇这一情况分析,日本兵主神社很大程度只是在称谓上借用了蚩尤的名义,而在实际祭拜时更多地保留了本土的神祇——换言之,它的产生是中国文明影响下将日本本土武神更名的结果[①]。志贺刚博士于后一看法的基础上进一步提出:平安初期日本唐风盛行,政治、文化都广受中国儒家影响。人们争相取用中国色彩浓重的名字,甚至桓武天皇在河内交野祭天时也借用中国“昊天上帝”的称呼。在这种时代风潮下,熟悉中国典籍的知识阶层引入兵主典故、将日本奉祭武神的神社更名为“兵主神社”是非常自然的。志贺刚博士认为,这一现象是平安初期日本接受中国文化影响的自然结果,源于日本壮大国力的迫切要求。[②]

从分布上看,兵主神社多位于日本海附近,尤以但马[③]为多。[④]究其原因,应该与平安初期新罗来犯的史实有关。弘仁四年(813),载有百十人的新罗船只进犯九州近岛,当地武士和普通百姓与之展开激战。承和二年(835),“顷年新罗商人来袭不绝”。贞观十一年(869)五月,两艘新罗海船袭击博多,大肆掠夺绵、绢等物。作为回应,日本于壹岐增设自卫队,并恢复了中断十年对岛的防卫。新罗防卫线上对兵主神的尊崇明显与这一历史背景有关。据载,贞观元年(859),大和穴师兵主神与壹岐兵主神正式叙位后迅速升至正五位上;近江野州郡兵主神于从五位上勋八等升至从三位。这体现了当时武备废弛的状况下人们对战神兵主寄予的浓厚期望。至于但马之所以成为兵主神社的集中地,可以认为是但马人对天日枪等新罗神的抵触情绪的表现。新罗王子天日枪供奉于但马国一宫出石神社,传说出石神社的切浪比礼[⑤]、切风比礼等四种神符具有天日枪的咒力。面对新罗船只的频频来犯,但马人迫切需要另外一位可以震慑住天日枪的武神,来自中国的兵主无疑给了他们莫

---

① 持此观点的有栗田宽博士和大宫守诚博士等,详见[日]栗田宽,《神祇志料附考下卷·射楯兵主神社》,第416页;[日]大宫守诚:《歴史地理七三ノ七·穴师及び兵主社に就いて》。

② [日]志贺刚:《兵主神社新考》,《史潮》,1953年3月第48号。

③ 位于今兵库县北部。

④ 《延喜式神名帐》在录的十九处兵主神社中有十处位于日本海附近,其中但马七处,因幡两处,壹岐一处。其余九处散布于全国各地。

⑤ 根据日本《古事记》,新罗王子天日枪东渡日本时带有珠二贯、振浪比礼、切浪比礼、振风比礼、切风比礼、奥津镜、边津镜等八件宝物。其中振浪比礼具有兴起波浪的神力,切浪比礼具有平息波浪的神力,振风比礼具有祈风的神力,切风比礼具有止风的神力,奥津镜和边津镜在航海时具有佑护作用。

大的安慰。这点从德岛县阿南市长生町谷々的神社分布也可以得到佐证。谷々是出石之外奉祭新罗神最盛的地区，同时，这里的兵主神社也多达七处。

进入镰仓时代（1185—1333）后，日本掀起尚武之风，兵主神社尤盛，兵主神跻身于三十番神[①]之列，成为日本地位最高的神祇之一。

（二）风神蚩尤与兵主神社

蚩尤在兵神之外也是风神。据《山海经》载，蚩尤拥有呼风唤雨的能力。[②]贝塚茂树博士认为，这种传说基于蚩尤制造青铜武器的史实。他认为，蚩尤吞砂石[③]的传说是对蚩尤部落使用砂石作原料锻造兵器的神化描述。[④]就古代冶金技术而言，风箱等辅助制造足以熔化铜铁矿石的高温的制风装置最为关键。由此，兵器制造同风力利用之间形成了密切关联，而掌握了青铜器铸造技术的蚩尤也自然而然被认为具有支配风的神力。[⑤]

日本素有将兵神同时奉为风神的传统。古代，兵神素盏鸣命又被称作速素盏鸣命，取其具有风速之意；播磨的式外神[⑥]中有速风武雄神，从名号即可知悉其兵神兼风神的身份。可以推知，兵主神社供奉的兵主神同时也身兼风神。但马的兵主神社多位于风大的场所：养父郡兵主神社常年经受东风吹袭；出石郡大生部兵主神社暴露于穴见谷的西南风之下；气多郡久刀村以西风强劲著称；壹岐岛兵主神社所在地又名"风早乡"，是有名的戊亥风强劲之所。日本最早也是最著名的兵主神社——大和穴师两座兵主神社——均坐落于穴师山上的穴师谷，这里地势低凹，汇聚了从弓月岳及四周山上刮下的强风。据当地人说：这一带自古有祭风之俗。大约正是因为狂风肆虐，人们才在同一座山谷中建造了两座兵主神社。

据大同元年（806）资料记载，由于和泉位于大和穴师神的领地之内，人们在和泉修建了两座和泉穴师神社。《姓氏录》中载和泉穴师神

---

① 被认为每天轮流守护国家和人民的三十位神。
② 见《山海经·大荒北经》："蚩尤请风伯雨师，纵大风雨。"
③ 见《龙鱼河图》："黄帝之前，有蚩尤兄弟七十二人，铜头铁额，食沙石。"《述异记》云：蚩尤"食铁石"。
④ 《贝塚茂树著作集》（第五卷），中央公论社，昭和五十一年，第74页。
⑤ 同上，第84页。
⑥ 即未登录于《延喜式神名帐》的神。

主为"天富贵命五世之孙古佐麻豆知之命"。这里"富贵"很可能是"刮（风）"的转音[①]，被认为具有掌控风的能力。如果和泉穴师神社奉祭的是风神，那么相当于穴师神社上级社的两座大和穴师兵主神社自然也同风神有着深刻渊源。另外，据尚、中世[②]安居院[③]《神道集五十·诹访缘起事》载，诹访明神[④]是从近江兵主大明神处获得了"吹起八重云"的能力。可见，蚩尤作为日本的兵主神，在兵神之外同时还是风神，具有掌控风的威力。

值得注意的是，日本兵主神社更名之前只是奉祭氏神[⑤]的一般地方性神社，这从兵主神社名号前多冠以当地村名的特点可以推知。更杵村大兵主神社、久斗村兵主神社[⑥]、许野乃兵主神社等在改名前很可能是更杵村神社、久斗村神社和许野神社，它们同多数式内社一样，都是以所在地命名的地方性神社。只是在蚩尤这一文化形象传来之后，兵主神社才成为真正意义上的兵神与风神的祭所，并一跃成为影响遍及全国的最强大神社之一。

三、韩国文献中的蚩尤传说

蚩尤的传说何时流入韩国，已无从考证，但从《檀君神话》中出现与蚩尤有关的风伯、雨师的内容来推测，蚩尤传说流入韩国应该是很早的，只是缺少文献记载而已。韩国文献中出现蚩尤的记载是完成于李朝肃宗元年（1675）北崖老人所编著的《揆园史话》，以及近代（1911）桂延寿编著的《桓檀古记》。在学术界，关于这两本文献本身的真伪仍存有疑问和争论，而书中有关蚩尤的记述也有待进一步

---

① 日语中"富贵（ふうき）"与"刮风（吹く）"发音相近。
② 所谓尚、中世始于镰仓幕府成立（1192），在南北朝时代（吉野时代）、室町时代（足利时代）的"应仁之乱"（1467）中形成战国大名，最后以1573年安土桃山时代（织田、丰臣时代）的到来为结束。
③ 又名飞鸟寺，公元588年由苏我马子建立的日本最早的正式寺院。
④ 风和水的守护神，兼司五谷。
⑤ 居住在同一区域的人们共同祭拜的神道神。
⑥ 《延喜式神名帐》中为"久刀寸兵主神社"。

考证。

《揆园史话》的编著者"北崖老人"并无可考证之资料,但从序文中,他自言"北崖子既应举而不第,乃喟然投笔,放浪于江湖凡数三岁",以及序写于李朝肃宗元年(1675)来看,他是位落第文人,生活的时代大约在孝宗、显宗、肃宗三代,属于李朝中期时代。就《揆园史话》的篇章来看,共分《肇判记》《太始记》《檀君记》《漫说》及附录的《檀君年代表》等部分。从内容来看,则是一本完整的"韩国上古神话及传说史话",主要以《檀君神话》为中心再加扩充而成。

《桓檀古记》成书于1911年,署名为"校阅海鹤李沂,编著云樵桂延寿",事实上是合五人之作而成。分别是:安含老的《三圣记全上篇》、元董仲的《三圣记全下篇》、红杏村叟的《檀君世纪》、休崖居士范樟的《北夫余世纪上下》、一十堂主人李陌的《太白逸史》。《桓檀古记》主要描述上古天地之子降临和檀君建立古朝鲜,书中的很多内容与《揆园史话》非常相似。

关于这两部文献的真伪问题,在此暂不去论证。现仅就书中有关蚩尤的内容略作简要的分析。为了便于分析,我们把《揆园史话》和《桓檀古记》中出现的有关蚩尤的内容区分为两个部分,一是与中国文献中内容相同的部分,二是与中国文献记载不同的部分。

应该说《揆园史话》和《桓檀古记》中有关蚩尤的记载大部分与中国文献的记载相同或相似,这主要表现在对蚩尤形象的描述、蚩尤的主要事件、蚩尤遗裔的去向等方面。如:

> 蚩尤氏实为万古强勇之祖,有旋乾转坤之力,驱使风雷云雾之能,又造刀、大弩、巨斧、长枪以之,而治草木禽兽虫鱼之属……是以蚩尤氏世掌兵戎制作之职,时常镇国讨敌,未尝少懈。
>
> ——《揆园史话·太始记》

> 炎帝之世……我蚩尤氏与其民众,虎踞河朔,内养兵勇,外观时变,及观榆罔之衰政,乃兴兵出征,选兄弟宗党可将者八十一人,部领诸军……势若风雨,慑伏万民,威振天下……出羊水,杀至空桑。蚩尤氏法力高强……深知中土门意渐盛,且炎帝之民……不可胜诛,况各事其主,不可漫杀无辜,乃决意退

还。轩辕氏为中土之主,是为黄帝,而蚩尤氏兄弟诸人,乃永据幽青,声威自是不灭。

——《揆园史话·太始记》

(蚩尤天王)虎据河朔,内养兵勇,外观时变,及榆冈衰政,乃兴兵出征,选兄弟宗党中,可将者八十一人,部领诸军,发葛庐山之金,大制剑铠、矛戟、大弓、楛矢,一并齐整,拔涿鹿而登九浑……

时有公孙轩辕者,土著之魁,始闻蚩尤天王入城空桑,大布新政,而敢有自代为天子之志,乃大兴兵马,来兴欲战。天王先遣降将少昊,围迫涿鹿而灭之,轩辕犹不自屈,敢出百战,天王动令九军,分出四道,自将步骑三千,直与轩辕速战于涿鹿有熊之野,纵兵四麾斩杀无算,又作大雾咫尺难辨……于是冀、兖、辕之属,皆称臣入贡。……

——《桓檀古记·太白逸史》

蚩尤氏兄弟,虽有逐鹿退归,而东人之占居淮者甚多,于汉土之人难处,晨蚕织牧,资以为业。

且南鄙海岛之民,皆以珠鱼具,相交易于汉土,稍稍住息于滨海之地,至是海江淮之地,遂为其卅里,与汉土之民,交游而错居;《尚书》所称:嵎夷、莱夷,淮夷,岛夷者皆是也。

——《揆园史话·檀君记》

从以上记载来看,蚩尤的军神形象、与黄帝的涿鹿大战事件、蚩尤后裔的迁徙以及与汉族融合等内容与中国古代文献中的记载基本一致。因此,可以判断《揆园史话》和《桓檀古记》中有关蚩尤的这些记载均是根据中国古文献中的记载或转引或摘编的。

在《揆园史话》和《桓檀古记》有关蚩尤的记载中,也有一部分内容与中国文献的记载完全不同,甚至相反。这主要表现在蚩尤与桓雄和檀君的关系、涿鹿大战的结果等方面。如:

神市氏乃使蚩尤氏营造人居…… 盖今之人,谓匠师曰智未者,蚩尤氏之讹也。蚩尤、高矢、神志、朱因诸氏,并治人间三百六十六事。神市、蚩尤者,东方之君臣也。

——《揆园史话·太始记》

檀君既建都于壬俭城,乃筑城郭、建宫室,置主命、主谷、主兵、主刑、主病、主善恶及主忽诸官。以其子夫妻为"虎加",总诸如者也;神志氏为"鸟加",曰主命;高志氏为"牛加",曰主谷;蚩尤氏为"熊加",曰主兵;二子夫苏为"鹰加",曰主刑;三子夫虞为"鹭加",曰主病;朱因氏为"鹤加",是主善恶;余守己为"狗加",是分管诸州也,称为"檀君八加"。

——《揆园史话·檀君记》

蚩尤天王见炎农之衰,遂抱雄图,屡起天兵与西,又自索度进兵淮岱之间,及轩侯之立也,直赴涿鹿之野,擒轩辕而臣之,后遣吴将军西击声高辛有功。

十四世曰慈乌支桓雄,世称蚩尤天王,徙都青邱国,在位一百九年,寿一百五十一岁。

——《桓檀古记·三圣记全下篇》

从以上关于蚩尤的记载中,我们可以看到有三点与中国文献的记载不同。一是把神市、檀君与蚩尤的关系界定为"君臣"关系;二是称蚩尤为"十四世慈乌支桓雄";三是主张蚩尤在涿鹿大战中"擒轩辕而臣之"。如果认真分析一下这些记载,不难发现其中存在的问题和矛盾。比如,如果桓雄与蚩尤是君臣关系,那么如何理解檀君与蚩尤的君臣关系呢?如何理解"十四世曰慈乌支桓雄,世称蚩尤天王"呢?很明显,《揆园史话》和《桓檀古记》中的蚩尤传说是从中国文献中移植而来的"外来神"及其本土化的产物。

《揆园史话》和《桓檀古记》为什么要把蚩尤编入韩国的神话体系呢?台湾学者缪正西先生就此曾指出:

《揆园史话》和《桓檀古记》都有反抗外来侵略的民族主义精神,这一点显见于书序中。而其作者们欲籍由蚩尤与黄帝的战争,来激励民族士气,更欲籍蚩尤此一人物来填补其空白的上古史。[①]

为反抗外来侵略,唤起民族主义,从历史中汲取力量,强调民族的独立性,借用或者虚构一些神话故事、民间传说是可以理解,也可以接受的。但如果不加甄别,把神话故事、民间传说与真实的历史混为一谈,则不能说是一种实事求是的态度。

有韩国学者认为,韩国民俗中存在蚩尤的痕迹[②],比如首尔的"纛神祠"、庆州雁鸭池出土的8世纪绿油鬼面瓦蚩尤像等。蚩尤传说流入韩国并对人们的生活产生一些影响是可能的,也都是可信的,值得我们继续研究和考证。但民俗中的这些痕迹并不能说明蚩尤与韩民族的渊源关系,正如韩国民俗中儒佛道的信仰和影响并不能说明韩国民族的族源一样。

东亚各国自古就分享着共同的历史文化传统,历史惯性使东亚各国的文化藕断丝连、形神相近。尽管该地区出现过"去中国化"现象,但由于各国皆将原本共同的历史文化传统加以"本土化"或"民族化",并作为自身"民族性"或"现代性"的构成要素,从而在不同程度上保留了一些文化共性,使各国"自家的"文化存在很大的"家族相似性"。可以说这是重建"东亚文化共同体"的天然基础。

东亚共同历史文化的"本土化"现象同样体现在蚩尤文化上。尽管中日韩三国在对蚩尤的认识和态度上有所不同,但三国都存在有关蚩尤的传说和信仰。如果说韩国把蚩尤纳入本国的神话体系是一种"本土化",那么中国把蚩尤从贬斥的对象尊奉为中华民族的祖先也可以说是一种"本土化",而日本则从一开始就把蚩尤和当地神融合在了一起。从"东亚文化共同体"的角度来看,中日韩三国对蚩尤文化的"本土化"客观上促进了蚩尤文化的传承和普及。

值得注意的是,东亚共同文化的"本土化"不应该是"排他性"的。近年来,中韩之间发生的关于"江陵端午祭""韩医""高句丽历史"等文化问题的争端,就是因为"本土化"过程中的"排他性"所致。如果各国都能从"东亚文化"的观点出发,此类文化争端便可迎刃而解。因此,建构"东亚文化共同体"应成为东亚国家的当务之急。

---

① 缪正西:《韩中民族起源神话比较研究》,全北大学硕士学位论文,1995年。
② [韩]陈泰夏:"您知道蚩尤将军吗?",《韩文与汉字文化》,2002年。

第四章　朱之蕃出使朝鲜及其与
朝鲜文人的交流

　　使臣交流是古代国家之间交流的一种重要形式。秦朝时期,秦始皇为寻找长生不老药遣徐福东渡,成就了中日韩三国交流的一段佳话;汉朝时,汉武帝派张骞出使西域,为开创著名的丝绸之路做出了重大贡献;唐朝时,唐太宗派遣玄奘等人到印度求取佛经,最终使佛教在中国盛行。这些史实说明,使臣在古代的文化交流中发挥着极为重要的作用。

　　中韩两国是一衣带水的邻国,拥有悠久的文化交流传统,是世界历史上交流最为频繁的两个国家之一。对于历史上朝鲜半岛派往中国的使臣,学界已有较多的研究。特别是朝鲜朝时期朝鲜政府派遣到中国的使臣数量众多,且这些使臣们留下了"朝天录"或"燕行录"等大量的使行录作品。因此,学界对这一领域的研究颇为活跃。与之相比,对于中国派往朝鲜半岛的使臣及他们回国后所作使行录的研究却不是很多。

　　据统计,从公元前109年(汉武帝元封二年)汉朝派涉和到古朝鲜起,至1840年(清宣宗道光二十年)止,中国方面派使臣到朝鲜半岛多达近千次。明代是中国使臣出使朝鲜较多的时期,明初期使臣多由宦官担任,后来为了加强与朝鲜的沟通和文化交流,政府改派文臣担任使臣。明朝曾出使朝鲜的著名使臣有陆颙、林士英、章谨、端木礼、潘文奎、祝孟献、瞿共美、倪谦、陈鉴、陈亮、张宁、金提、祁顺、董越、艾璞、徐穆、唐皋、龚用卿、华客、郭放、文准远、许国、张朝、成宪、韩世能、黄洪宪、顾天竣、朱之蕃、刘用、姜曰广、程龙等。出使朝鲜期间,他们在完成政治使命的同时,还积极与朝鲜文人进行文化交流。

　　明使臣回国后撰写成书的"使朝鲜录"中比较著名的有倪谦的《朝鲜纪行》、张宁的《奉使录》、祁顺的《使东录》、董越的《朝鲜赋》、龚用卿的《使朝鲜录》、黄洪宪的《朝鲜国志》、瞿共美的《东明闻见录》、朱之蕃的《奉使朝鲜稿》以及姜曰广的《輶轩纪事》等。这些"使朝鲜录"是了解当时朝鲜的礼仪制度、时代状况以及中韩文人交流情况的珍贵资料。本章拟以朱之蕃的朝鲜使行为中心,考察明使臣的朝鲜使行及其与朝鲜文人间的交流情况。

一、朱之蕃的生平及其出使朝鲜的背景

朱之蕃,明朝万历年间大臣、书画家。字符升,一作元介,号兰隅。先祖世居茌平,后附南京锦衣卫。关于朱之蕃的记载,中国方面的史书主要有《明实录》《明史》《四库全书》,但其记录都比较简单,且不全面。因其出使过朝鲜,韩国方面的史料也有一些记载,可谓国内文献的重要补充。《朝鲜王朝实录》中关于朱之蕃的记载至少有14条。另外,《承政院日记》也有记载,不过相比于前者,记录较简单。除此之外,便是当时与朱之蕃有过接触的朝鲜文人留下的文集。

据《明史》记载,"(万历二十三年,1595)三月乙未,赐朱之蕃等进士及第,出身有差"。但《明史》中无其传。曾为翰林院修撰,历官谕德、庶子、少詹事。另据《四库全书总目》记载,其"官至吏部右侍郎"。万历三十三年(1605)朱之蕃奉命,次年出使朝鲜。在朝鲜期间,与其国才士互相辩难,赋诗赠答,应对如流,且语言得体,不辱使命,给朝鲜人留下了很好的印象。朱之蕃完成使命回国后,因不满朝政,栖居南京,写书作画,修养性情。着有《奉使朝鲜稿》一书,《四库全书总目》有关此书的记载如下:

《奉使稿》·(无卷数,两江总督采进本)明朱之蕃撰。之蕃字符介,茌平人。南京锦衣卫籍,万历乙未进士第一,官至吏部右侍郎。之蕃以万历乙巳冬,被命使朝鲜,丙午春仲出都,夏杪入关,与馆伴周旋,有倡必和,录为二大册。第一册为《奉使朝鲜稿》,前诗后杂着,之蕃作也;第二册为《东方和音》,朝鲜国议政府左赞成柳根等诗也。末有《乙未制策》一道,及东阁倡和诗数首,为读卷官沈演等作,盖后人所附入。案:《千顷堂书目》,载之蕃《使朝鲜稿》四卷,《纪胜诗》一卷,《南还杂着》一卷,《廷试策》一卷,《落花诗》一卷,与此大同小异,盖所见者又一别本云。

朱之蕃善绘画,竹石兼东坡神韵,山水酷似米芾等大家。又善书法,真、行书师法赵孟頫,得颜真卿、文征明笔意,日可写万字。在他出使朝鲜期间,朝鲜人以人参、貂皮为礼品,请他作画写字。他将所获得的礼品,尽行出售,另买书画、古器以归,其收藏极为丰富。他于泰昌元年(1620)所作《君子林图卷》,现藏故宫博物院。朱之蕃在出使朝鲜时结交了很多学者,留下了很多诗作和书画作品,其与朝鲜文人的唱和诗被朝鲜编辑收录《皇华集》[①],列第三十八至第四十二卷,共5卷。[②]

万历三十三年,皇太子第一子生,神宗为覃恩宇内,又念朝鲜世守东方,常年纳贡,特派朱之蕃为正使,梁有年为副使,赴朝鲜颁布诏书,以告知皇孙诞生之事。其副使梁有年曾与朱之蕃同在翰林院读书进学[③],朱之蕃一行遂于次年春季2月16日从北京启程,《明实录神宗实录》关于朱之蕃一行出使朝鲜有如下记载:

> 命修撰朱之蕃、左给事中梁有年敕谕朝鲜国王李昖。赐王纻丝十疋,妆锦四段,熟素绢十疋,王妃纻丝六疋,纻锦二段,熟素绢六疋。敕曰,兹朕皇孙诞生,覃恩宇内,念王世守东方,恪修职贡,宜加恩赉,以答忠诚,特遣翰林院修撰朱之蕃、礼科左给事中梁有年充正副使,捧赍诏谕。并赐王及妃彩币文锦,至可受赐,见朕优礼之意。[④]

---

① 《皇华集》为朝鲜接待使和明朝使臣之间的唱和诗集,收录了1450年到1773年间的唱和诗。韩国木刻版共25卷,中国共24卷。
② 《皇华集》,因版本不同,卷数有所差异。据现藏于韩国圭章阁的《皇华集》,朝鲜接待使与朱之蕃的唱和诗集,共6卷。
③ 《明神宗实录》,"甲寅大学士赵志皋等奏以准改庶吉士高承祚何宗彦顾秉谦黄志清林秉汉白瑜郭涷孙如游朱延禧赵用光邓士龙梁有年南师仲陈之龙刘一燝刘纲刘余泽伻祺等一十八人与同一甲进士朱之蕃汤宾尹孙慎行俱送翰林院读书进学"。
④ 《明神宗实录》,万历乙巳季冬望日颁诏。

朱之蕃领旨后做了充分的准备,阅读了前人出使朝鲜的使臣留下的纪行录等[①]。在他看来,这是直接了解朝鲜社会,尤其是朝鲜文人的好机会,遂将自己编辑的《篆诀歌》《海篇心境》等书籍带入朝鲜。

朝鲜国王宣祖于万历三十三年十二月二十八日,通过冬至使李尚信和郑协驰的奏折得知"十一月十四日,皇太子第一子诞生,颁诏天下,而天使翰林院修撰朱之蕃、礼科左给事中梁有年已为钦差,当于明年二月初,起身云事"[②]。在明朝使臣到达朝鲜之前,朝鲜一般都做很多详细的准备,无论是接待的住所、接待时的礼节、使臣的行程、迎接的远接使及馆伴等都有详细的安排。故在朱之蕃出发之前,朝鲜宣祖曾多次向承担此次迎接的李好闵、柳根等大臣询问接待准备情况。

据《朝鲜王朝实录》记载,宣祖对朱之蕃是何等人物甚是好奇,在问过接待准备情况后,又向大臣们询问"今此天使有名人乎?未知何如人也"。李好闵答曰:

> 朱之蕃乃乙未年状元也。天朝之科举,不如我国,状元必择而为之,非有名则不得为之。以此见之,亦知其非寻常之人也。且中朝之人有新作书册者,使此人为之序云。臣顷见李德馨,则德馨云:中原之人,数学士文章,只称焦竑、黄辉、朱之蕃三人。盖有名之人也。[③]

宣祖又问及朱之蕃善诗文否,其诗文如何,用词华丽否等等。由此可见,朝鲜方面对明使本人及其到来甚是关心,这也影响到接待使的委派及接待政策的制定。

朝鲜方面制定了"以至诚为本"的接待原则。宣祖认为在诗文酬唱方面,不必与天使较之。但右议政沈喜寿认为:

---

① 朱之蕃的《奉使朝鲜稿》中有《望凤凰山(昔倪文僖公于此下营有诗)》一诗,文中写到"却忆当年倪学士,雪营惊虎苦吟诗"。由此可知其读过倪谦回国后写的记行诗之类。
② 《朝鲜王朝实录》宣祖 194 卷, 38 年(1605 乙巳 / 明万历 33 年)12 月 28 日(戊辰)第 2 条。
③ 《朝鲜王朝实录》宣祖 195 卷,39 年(1606 丙午 / 明万历 34 年)1 月 23 日(壬辰)第 2 条。

接待之际，必致至诚，至诚之外，果无他事。但酬酢一事，亦不可忽也。中朝遣使于我国，必择文学之士以差之。至于酬酢之间，亦有不及，则此非细事。臣意以为，当为第二事矣。[①]

沈喜寿主张，接待明使，酬唱一事当为第二大事。其他大臣也赞同其观点。在这些大臣看来，酬唱之事，实为直接与明朝文人交流的好机会，也是显示朝鲜文人才华和维护朝鲜形象的重要途径。

宣祖在听闻朱之蕃善诗文后，最终决定以大提学柳根[②]为远接使，礼曹判书李好闵[③]为馆伴。柳根又令许筠[④]、赵希逸[⑤]、李志完[⑥]为从事官。这些大臣都是朝鲜当时著名的文臣，皆善诗文。由此可见，朝鲜在接待明使问题上十分重视文人之间的诗文交流。在他们看来，这也是同明朝文人进行以文会友的好机会。

另外，朝鲜方面还注意到明使在饮食上与朝鲜的不同，提醒接待使在安排明使的伙食之时，注意要合使臣的口味，问清楚他们忌口的东西。

总之，明使臣和朝鲜君臣都十分重视此次使行。朱之蕃为去朝鲜做了精心的准备。朝鲜方面为做好接待也做了大量细致的准备。

---

① 《朝鲜王朝实录》宣祖 195 卷，39 年（1606 丙午 / 明万历 34 年）1 月 23 日（壬辰），第 2 条。

② 柳根（1549—1627），朝鲜中期文臣。字晦夫，号西坰、孤山。谥号文靖。别称晋原府院君。壬辰倭乱时护从宣祖，历任吏曹参判书、都承旨、京畿道观察使、礼曹判书等。精通诗文，文集有《西坰集》。

③ 李好闵（1553—1634），朝鲜中期文臣。字孝彦，号五峰、南郭、睡窝，谥号文僖。文集有《五峰集》。

④ 许筠（1569—1618），朝鲜中期文臣。字端甫，号蛟山、惺所、白月居士。主要著书有《洪吉童传》等。

⑤ 赵希逸（1575—1638），朝鲜中期文臣，曾因癸丑狱事而被罢职，仁祖反正之后又被起用。精通诗文和绘画。字怡叔，号竹阴、八峰。主要著述有《经史质疑》《竹阴集》。

⑥ 李志完（1575—1617），朝鲜中期文臣。字养吾，号斗峰，谥号贞简。深得光海君的宠爱，曾任承旨、大司监、刑曹判书、右参赞等职。

二、朱之蕃与朝鲜文人的交流活动

朱之蕃、梁有年一行,于 1606 年 2 月 16 日从北京启程,3 月 24 日渡过鸭绿江,到达朝鲜境内。4 月 11 日在首尔颁布诏书,20 日启程回国,途中因病在镇江堡停留数日,于 5 月底抵达国内。在朝鲜境内近两个月的时间里,朱之蕃不仅顺利地完成了诏书的颁布,还与朝鲜文人展开了各种交流活动。

(一)与朝鲜文人的酬唱

酬唱亦作唱酬、唱和,即作诗与别人相酬和。朱之蕃在朝鲜期间展开了非常活跃的赋诗唱和活动。据《东方和音》一书中的记载,其出使期间有 30 位朝鲜文人为其作唱和诗。此外,《皇华集》中正使朱之蕃和副使梁有年与朝鲜文人间唱和诗的记载共计五卷。如果以韩国圭章阁现存木刻版《皇华集》的卷数为准,朱之蕃的唱和诗共计六卷,这在世宗三十二年(1450)至仁祖十一年(1633)近两百年间,明使唱和诗中卷数最多。其中朱之蕃有 259 篇诗作,是历代中国使臣中作诗最多的一位。可见当时诗赋交流之活跃。

大提学柳根作为朱之蕃朝鲜之行的远接使,一直陪侍在朱之蕃身边,也是与其唱和最多的朝鲜文人。两人初次相见时,朱之蕃将其作于途中的题扇诗给柳根看。次日清晨,柳根呈上唱和之诗。朱之蕃看后很高兴的,令其一同坐轿骑马,自此待其更厚[①]。与其他使臣与朝鲜文人间的唱和一样,通常朱之蕃就自己所遇见的某事、物作诗,朝鲜文人步其韵进行和诗。而这些唱和诗的内容则多为赞颂明朝的殊恩或是朱之蕃的学识。且用词上要比使臣更为用心。这也反映出了朝鲜对待与明朝使臣赋诗的重视。下文是朱之蕃与柳根的两首唱和诗:

---

① 根曰:"初发义州时,臣即请行礼,诏使曰:'如此雨中,何敢行礼乎?'旋出所制二十首东八站五言律扇子诗示之。翌日出来时,臣既次呈,诏使览而悦之。既令乘轿驾马,自此而待之颇厚焉。"《朝鲜王朝实录》1606 年 8 月 6 日第 2 条。

大雪晚晴（朱之蕃作）

花发映山红，欢游春色中。青山一夜雨，白雪五更风。
雪片时疏密，山容换淡浓。寒暄分半晌，威力减三冬。
想慰风尘客，因施点缀工。回翔方拂地，轩举复凌空。
虚馆飞银蝶，屯云隐玉龙。村鸡啼午罢，齐景散群峰。[①]

敬次正使朱之蕃大雪晚晴诗韵（柳根作）

猥蒙不鄙夷，既惠琼章。又辱珍贶，感恩则深。怀璧是惧。
自昔天朝大君子之至于斯也，迎候之臣，有唱或和。而上国沿
路所作，未敢攀和，今兹盛眷，实所罕闻，不揆荒陋，辄和扇上暮
春十七日诗韵，少致区区景仰之意云尔。

瑞锦绚麟红，芝函出禁中。承颜经几日，便面播仁风。
一代文章伯，全家道气浓。殊恩颁下国，大庆在前冬。
敢道知音赏，叨逢斲鼻工。使星明左海，卿月耀层空。
警策篇篇玉，飞腾字字龙。平生慕绝学，快观武夷峰。[②]

第一首诗为朱之蕃在去朝鲜途中（1606 年 3 月 17 日）已接近鸭绿
江时所作。整首诗主要以写景为主，"想慰风尘客，因施点缀工"一句略
显客居他乡之愁。全诗简单通俗，清新明朗。第二首诗为柳根和朱之蕃
题扇诗所作。整首诗赞颂了朱之蕃的风度、学识、文笔等。"警策篇篇玉，
飞腾字字龙"称赞朱之蕃的文章为"警策"，意指其文句精炼扼要而含义
深切动人，故篇篇如"玉"；后句则赞其字"飞腾"，意指其字豪放飞扬，
故字字如"龙"。"平生慕绝学，快睹武夷峯"一句更是道出了柳根对朱
之蕃学识的仰慕之意。在用词上，对自己和朝鲜多用谦辞，如"承""下
国"，对朱之蕃和明朝则皆用敬语，如"殊恩""大庆""使星""卿月"。
而且短短几句诗文里多处引用典故，如"警策""快观"等词。唱和方式
大致有以下几种：①和诗，只作诗酬和，不用被和诗原韵；②依韵，亦称
同韵，和诗与被和诗同属一韵，但不必用其原字；③用韵，即用原诗韵的
字而不必顺其次序；④次序，亦称步韵，即用其原韵原字，且先后次序都

① 朱之蕃：《奉使朝鲜稿》影印本。
② ［韩］柳根：《西坰皇华诗集卷之四》，《诗集》，万历丙午三月。

须相同。此处柳根所作之诗为第④种——次序。这种唱和诗,难度最大。由此可见其汉文及汉诗功底之深。

此外,朱之蕃还与朝鲜文人做一些诗文游戏,如回文诗、拆字诗[①]等。由于回文诗篇幅较长,此处仅对拆字诗略作介绍。朱之蕃见"前辈皇华集中间有为二体诗者,长途多暇,遂亦寓思偶成之,非云以文为戏,仅同无所用心为耳,西炯柳君亦为和章"。[②]故记载于其《奉使朝鲜稿》中,共12首。此处朱之蕃认为这些和诗为柳根所作,但通过查阅《朝鲜王朝实录》柳根与宣祖的谈话,"上曰:'卿之次华使诗,皆卿所制乎?'根曰:'皆臣所制也。但回文诗,令许筠制之;破字诗,令李志完制之。'"[③]此处破字诗即拆字诗,实为李志完所作。

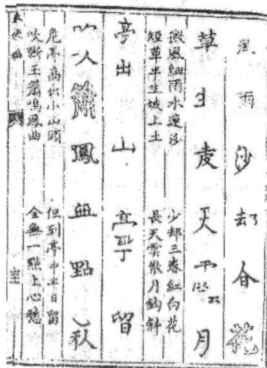

微风细雨水连沙,
少却三春红白花。
短草半生坡上土,
长天云散月钩斜。[④]

此处,第一句中的"风"字用小字写故释为"微风";"雨"字,较其他字字体线条细,故暗含"细雨"之意;"沙"字,左边三点水较长,有连接之意,暗喻"水连沙"。第二句中的"却"字少一竖,"春"字少三横,喻意为"少却三春";"花"字中间镂空,露出白色,喻意为"红白花"。第三句中的"草"字写得较其他字短小,暗指"短草";"生"字只写一半,喻"半生";"坡"字左侧的土字旁移至上面,暗指"坡上土"。第四句中的"天"字写得很长,暗指"长天";"云"散开写,喻"云散";"月"的竖提写为斜钩,暗指"月钩斜"。这样一首拆字诗便完成了。要想和拆字诗,必须先

---

① 回文诗:是一种按一定法则将字词排列成文,回环往复都能诵读的诗。拆字诗:用拆字方式作诗。

② 《奉使朝鲜稿》,朱之蕃,影印本。

③ 《朝鲜王朝实录》,宣祖202卷,39年(1606丙午/明万历34年)8月6日(壬寅),第2条。

④ 《奉使朝鲜稿》,朱之蕃,影印本。

读懂作者所拆之字的含义,倘若没有深厚的汉字功底,难和此诗。这些诗文游戏,对从小习得汉字的明朝文人来讲可算一种游戏,但对朝鲜的文人来讲,要很好地完成这些唱和诗,不仅需要很深的汉文功底,还需要很好的文学创造能力。

此首拆字诗,对仗虽不是很工整,但对朝鲜文人来讲已实属难得。另外11首诗中,李志完所和部分,无论是用词还是韵律方面都达到了较高的水平。

（二）为朝鲜诗文集作序

朱之蕃曾任吏部侍郎等职,因其名望颇高,国内许多作者请其为自己的诗文作序。如明人程汝继《周易宗义》一书的序文便是朱之蕃所作。朱之蕃出使朝鲜期间,许筠曾请朱之蕃为其姐许兰雪轩诗文集作序。

朱之蕃在3月27日,召见许筠,问许兰雪轩的诗[①],并在4月20日回去时把自己作的《阳川世稿序》及为其姐许兰雪轩之诗集作的小引——《兰雪斋诗集小引》交给许筠[②]。此小引在朱之蕃的《奉使朝鲜稿》杂著部分有记载[③]。《兰雪斋诗集小引》原文如下:

> 闺房之秀,撷英吐华,亦天地山川之所钟。灵不容施,亦不容遏也。汉曹大家成敦史以绍家声,唐徐贤妃谏征伐以动英主,皆丈夫所难能,而一女子办之,良足千古矣。即形管遗编所载,不可缕数,乃慧性灵襟,不可泯灭。则均焉。即嘲风咏月,何可尽废?以今观于许氏兰雪斋集,又飘飘乎尘埃之外,秀而不靡,冲而有骨,游仙诸作,更属当家。想其本质,乃双成飞琼之流亚。偶谪海邦,去蓬壶瑶岛,不过隔衣带水,玉楼一成,鸾书旋召,断行残墨,皆成珠玉,落在人间,永光玄赏,又岂叔真易安辈悲吟苦思,以写其不平之衷,而总为儿女子之嘻笑颦蹙者哉?许门多才,昆弟皆以文学重于东国,以手足之谊,辑其稿之仅存者以传。予得寓目,辄题数语而归之。观斯集,当知予言之匪谬也。万历丙午孟夏廿日,朱之蕃书于碧蹄馆中。

---

① ［韩］许筠:《惺所覆瓿稿》卷18,《丙午纪行》,"（三月）二十七日,上使先到控江亭,余跟往。上使招余入,问家姊诗,即以诗卷进"。

② ［韩］许筠:《惺所覆瓿稿》卷18。

③ 朱之蕃:《奉使朝鲜稿》,影印本。

此小引是朱之蕃宿碧蹄馆时所作,朱之蕃看过许兰雪轩的诗文后称赞道"飘飘乎尘埃之外,秀而不靡,冲而有骨",对其诗文评价很高。在回国时朱之蕃将此诗集带回国内,并进行了刊印。可以说许兰雪轩之诗文在中国的传播得益于朱之蕃的此次出使朝鲜。

(三)书法、绘画交流

朱之蕃的书法、绘画作品,深受朝鲜人的喜爱。他在朝鲜期间,很多人前来向其求字画,朱之蕃皆欣然接受。因此,朱之蕃在朝鲜期间,留下了很多书法、绘画作品。同时,朱之蕃也看到了朝鲜文人的一些书画作品,并大加称赞。

朝鲜右承旨宋骏称赞朱之蕃之书法"诏使笔法甚妙,途中挥洒,不以为惮云"。[①]朱之蕃原本善书法,在去朝鲜的途中,还留下了自己的挥毫之作。后被往返于明清的朝鲜使臣发现。其记载如下:

> 晴,夜雨。葱秀。三十里宝山馆,午炊。瑞兴五十里龙泉馆,宿府使申常显。太白山城在平山邑南五里,谯堞周遭,压临大路,城中设丽朝壮节公申崇谦之祠。葱秀川西,石壁矗立,丛蒨可爱,一道泉溜细滴,凹嵌之石,珠进露缀,味甚清冽。泉傍凿石作坮,可容数人之坐,刻"听泉仙榻",又刻"玉乳灵岩",傍刻朱之蕃题。又刻"灵岩玉溜",此长白刘鸿训题,其余"珍珠泉""悬珠"等字,不知何人笔也。仙榻东壁,刻朱天使塑像,太半磨泐。地名本是聪秀,而天使董越,以其峰峦之苍翠如青葱,改聪为葱,因作记云。[②]

此处"听泉仙榻"和"玉乳灵岩",皆为朱之蕃所刻。关于此地的记载,在很多朝鲜使臣的使行录中都有记载。朱之蕃之书法深受朝鲜人的喜爱,朝鲜文人尹国馨在《甲辰漫录》中记载:

---

① 《朝鲜王朝实录》,宣祖198卷, 39年(1606 丙午/明万历 34 年) 4月9日(丁未)第6条。
② [韩]朴思浩:《心田稿》,《燕行录选集》,成均馆大学大东文化研究院,1960 年。

乙巳冬,皇元孙诞生,播告天下。朱之蕃为正使,梁有年为副使,丙午四月,始至我国。朱嗜饮喜诗,且能额字,与我国宰枢游宴,有同侪辈,至如戏謔。人有请额,则无论贵贱,便即挥洒。笔迹几遍于中外人家窗壁,至有以碑碣请者,无不应之。梁才华落朱远甚。[①]

尹国馨称朱之蕃能"额字","人有请额,则无论贵贱,便即挥洒"。所以,当时朱之蕃的书法几乎家家"窗壁"都有。尹国馨所记虽有些夸张,但也说明朱之蕃当时在朝鲜期间确实留下了很多笔迹。另外,此处还提到"以碑碣请者,无不应之"。例如,当时的左议政请求朱之蕃为其父亲奇应世写了《奇应世墓志铭》。[②]奇应世是宣祖时期有名的大孝子,曾被宣祖嘉奖"旌闾",并留名于《三纲录》。朱之蕃所写墓志铭被刻于一块高130厘米、宽54厘米、厚18厘米的石碑上。此碑现存于京畿道高阳市德阳郡星沙洞。1986年6月1日,奇应世墓(包括石碑)被指定为高阳市乡土遗迹第23号。

从各种史料及朝鲜文人文集的记载中,可以发现朱之蕃在朝鲜期间为人题字的记录还有很多。如:

①十一月初五日

晴,留。三使臣查对于澄清阁,仍修启,拨便付家书。练光亭揭"第一江山"四字,金陵朱之蕃笔。[③]

②癸巳三月二十五日壬寅

晴,自中和行至黄州中火,至凤山宿。日出朝饭,发行至黄州,入齐安堂。监司吴命峻来谒,伯氏见主守于伺候厅。(中略)楼在东城上,长川广野,不无眺望之胜。李友征夏季祥尝比之于练光亭,可笑。楼下绝壁,刻"黄冈赤壁"四字。字大如掌,天使朱之蕃书也。[④]

③朔戊申白川儒生辛旺等上疏曰:本邑文会书院,宣庙朝

---

① [韩]尹国馨:《甲辰漫录》,《大东野乘》第一卷。
② [韩]金弘大:"朱之蕃的丙午使行和他的书画研究",《温知丛刊》第11辑。
③ [韩]朴思浩:《心田稿》,《燕行录选集》,成均馆大学大东文化研究院,1960年。
④ [韩]金昌业:《老稼斋燕行日记》卷之九。

御笔书额，并赐经籍，焚毁于壬辰之乱。请诏使朱之蕃更为书额，其后仿南康县学制，立东西祠，以李珥、成浑、赵宪、安瑭、辛应时、吴亿龄、金德諴主祀，又追享朴世采。[①]

④右承旨宋骏以成均馆言启曰："明伦堂之役，幸得粗完，而三字扁额，广求写出，则皆未惬意。诏使临到，方为渴闷之际，侧闻诏使笔法甚妙，途中挥洒，不以为惮云。故，臣等共议，通书于远接使，使之观便禀请，则欣然写给，即日持来。庶可及期镌刻，以耀诏使谒圣时观瞻，而第虑模刻之际，一或失真，则殊为未安。[②]

以上都是韩国史书或文集中有关朱之蕃题字的记载。①是朱之蕃为练光亭写的匾额"第一江山"；②是东城楼下墙壁上的"黄冈赤壁"；③是文会书院的匾额"文会书院"；④是朱之蕃去朝鲜时，正值成均馆明伦堂重修。当时，负责此事的朝鲜官员为明伦堂的匾额之事，到处求字，却无一惬意。听闻朱之蕃善书法，于是经众臣商议后决定令远接使拜托朱之蕃题写"明伦堂"三个字，朱之蕃欣然接受。现在韩国成均馆大学内文庙中的"明伦堂"三个字，仍为当年朱之蕃的亲笔题字。

朱之蕃在朝鲜期间也了解到了很多朝鲜方面的书法情况。韩濩[③]（1543—1605）是朝鲜中期著名的书法家。与朝鲜的金正喜并称为书法界的"双璧"。精通王羲之和颜真卿的笔法，在楷书、行书、草书等各种字体上皆成就显著。朱之蕃在朝鲜时通过许筠，得到了韩濩的书法作品，并将其带回中国。

朱之蕃留在朝鲜的这些书法作品及其带回中国的朝鲜书法作品，对两国文人了解彼此书法艺术的发展起到了积极的作用。

朱之蕃喜欢作画，在朝鲜期间也留下了一些画作，同时也欣赏到了很多朝鲜文人的画作。从《奉使朝鲜稿》中留下的题画诗可知，有《题回澜石》《题画》《题九如图》《双寿图》等题画诗。另外，朱之蕃留在朝

---

① 《朝鲜王朝实录》，肃宗31卷，23年（1697丁丑／清朝康熙36年）10月1日（戊申）第1条。
② 《朝鲜王朝实录》，宣祖198卷，39年（1606丙午／明万历34年）4月9日（丁未）第6条。
③ 韩濩，字景洪，号石峰、清沙。流传下来的真品极少，多为摹本，但碑文较多。如，《许晔神道碑》（在韩国龙仁市），《徐敬德神道碑》（在开城），《箕子庙碑》（在平壤）等。

鲜的作品主要有《仿李成小景山水图》，以及他去朝鲜时带过去的《千古最盛帖》等。朱之蕃将此画帖的其中一本献给了宣祖，另外一本副本则送给了当时的远接使柳根。远接使柳根的文集《西垌集》卷六则专门有一章名为《千古最盛跋》，记录了此书的编纂过程。许筠的文集《惺所覆瓿稿》中有一篇为《千古最盛后》，也记载了此书帖。之后又有很多临摹本传于朝鲜，许筬[①]曾令李澄[②]临摹此画。朱之蕃将文征明的《衡山石刻帖》作为礼物送给了当时的从事官许筠。《千古最盛帖》和《衡山石刻帖》的传入，对朝鲜画坛产生了很大的影响，对明朝画风传入朝鲜起到了重要的作用。朱之蕃和文征明是明朝江南地区吴派画风的代表人物之一，这些作品的传入成了明朝吴派画风正式传入朝鲜的契机[③]。

又据许筠文集的记载，朱之蕃"见李桢[④]画佛帖爱之曰。兹画。中国亦罕矣。题数语于末简以给"。[⑤]李桢是朝鲜中期有名的画家，出生于画家世家，爷爷、父亲和叔叔皆为画家，10岁时便以山水、人物、佛帖等闻名于乡里。他与许筠多有往来并关系亲密，朱之蕃之所以能见到这些佛贴，不能说跟许筠没有关系。

（四）互赠书籍

通常情况下，使臣出使时，除带上皇帝亲赐礼物外，自己也会准备一些以备与其国人交换礼物时使用。文人一般会选择书籍，也会有特产或其他物品。对于爱好书法、绘画、刊印书籍的朱之蕃来讲，自然少不了书

---

① 许筬（1548—1612），朝鲜中期文臣。籍贯阳川，字功彦，号岳麓、山前。官任礼曹参议等。性理学家，书法家。与弟弟许筠、许筠及妹妹许兰雪轩一样都是当时闻名于朝鲜的文人。著书有《岳麓集》，书法作品有《许晔神道碑》，现存韩国龙仁市。

② 李澄（1581—？），朝鲜中期画家。字子涵，号虚舟。朝鲜16世纪代表文人画家李庆胤之庶子。曾学于许筠。李桢死后，李澄被称为朝鲜"本国第一手"。1645年，跟随昭显世子在北京三年，与当时中国画家孟永光来往密切。山水画中兼有朝鲜前期的安坚画风和中期的浙派画风。代表作有《烟寺暮钟图》（韩国国立中央博物馆馆藏）、《芦雁图》（个人收藏）等。

③ ［韩］刘美娜："朝鲜中期吴派画风的传来—以《千古最盛帖》为中心"，《美术史学研究》245号，韩国美术史学会，2005年。

④ 李桢（1578—1607），朝鲜中期的画家。字公干，号懒翁、懒斋、懒窝、雪岳。与许筠是好友。其作品中有传统的安坚派画风，也有当时流行的浙派画风，还有之前出使后学到的南宗画风。代表作有安坚派和浙派画风的《山水图》，南宗派画风的《山水画帖》，现藏于韩国国立中央博物馆。

⑤ ［韩］许筠：《惺所覆瓿稿》卷十八，《丙午纪行》，1606年3月28日条。

籍。他带去朝鲜的书、帖有《千古最盛帖》《世说删补》《诗隽》《古尺牍》《衡山石刻帖》《太平广记》《海篇心境》《篆诀歌》等。这些书籍在朝鲜都引起了不小的反响。

朱之蕃除受命索要古诗集外,对于本来就喜好诗文的他,出使朝鲜,不失为一次好机会,遂有向朝鲜文人索要朝鲜诗文一事。许筠的文集中有如下记载:

> "(3月28日)你国自新罗以来以至于今,诗歌最好者,可遂一书来。"
> "(4月1日)上使招余话良久,问曰:在北京见皇华旧刻,如李荇、郑士龙、李珥,俱有集乎。余以乱日版本俱燹失之。上使嗟悼,因曰:近观柳老之作,圆转婉亮,有胜于前人也。贵国人诗,可速缮写以示。"[①]

上文第一条是朱之蕃在3月28日肃宁馆中召见许筠时,问其国诗歌最好者,要求提供一本。第二条是4月1日宿黄州时,朱之蕃与许筠的部分谈话内容。朱之蕃在北京见皇华集旧刻,如朝鲜的李荇、郑士龙、李珥等都有诗集,于是想索要皇华集旧刻。但是当听到许筠回答因战乱版本皆丢失,朱之蕃便觉得甚是可惜,嗟叹不已。接着他又提到,柳根所作之诗,"圆转婉亮,有胜于前人也",遂想让许筠找人尽快手写一部分其国人之诗。于是初五日[②],许筠将"自孤云以下百二十四人诗八百三十篇为四卷",呈给了朱之蕃和梁有年各一份,两人分别用自己带的礼物作回赠。另外,据记载,"(四月)二十二日,宿金郊。夕,上使招余求本国所刊古诗本。行橐适有外王父所受《后山诗》六卷以进呈,则上使拱谢"。朱之蕃向许筠求朝鲜的古诗本。许筠遂将"《后山诗》六卷"送给了朱之蕃。

此外,据李裕元文集《林下笔记》记载,朱之蕃看到朝鲜诗人崔庆

---

① 许筠:《惺所覆瓿稿》卷十八。
② [韩]许筠:《惺所覆瓿稿》卷十八,《丙午纪行》,1606年3月28日。"初五日,少留回澜石上,中火于金郊,入松京。夕,书本国人诗自孤云以下百二十四人诗八百三十篇为四卷。妆广作两件,呈于两使。上使给绿花段一疋,息香千枝。副使给蓝花纱一端,《太平广记》一部。"

昌 [①]、白光勋 [②] 的诗集,大加赞赏,并说应带回江南,进行刊印。[③]

此外,朱之蕃在朝鲜期间还积极向朝鲜文人介绍明朝文坛的情况。陪伴其左右的许筠,从朱之蕃那里了解到了闻名于 16 世纪后期"后七子"[④]之一王世贞的一些事情,还向其请教了学习汉文和写文章的方法,明文坛备受关注的文人等的一些情况 [⑤]。

据《明诗纪事》记载,"列朝诗集,元价(朱之蕃字)出使朝鲜,尽确其赠贿。鲜人来乞书,以貂参为贽,橐装顾反厚,尽斥以买法书名画古器收藏,遂甲于白下"。[⑥] 从此处"尽斥以买法书名画古器收藏"来看,朱之蕃在朝鲜还买到了不少书籍、名画、古董等。但具体书目等已无法考证。

三、朱之蕃在朝期间文化交流活动的意义

朱之蕃在朝鲜期间进行了积极的文化交流活动。如上文所述,包括积极的酬唱、为朝鲜诗文作序、书法绘画交流、互赠书籍及其他交流等。这些都给朝鲜带来了很大的影响,是使臣及朝鲜文人了解彼此的文人、文学作品,彰显各自的文学艺术水平的好机会。

朱之蕃此行,尤其是诗赋交流对朝鲜文学界有着不可忽视的意义。

① 崔庆昌(1539—1583),朝鲜时期诗人。字嘉运,号孤竹。精通文章和学问,与李珥、宋翼弼等八人并称为"八文章"。又善于写唐诗,故被称为"三唐派"。文集有《孤竹遗稿》。

② 白光勋(1537—1582),朝鲜时期的诗人。字彰卿,号玉峰。擅唐诗,与崔庆昌、李达并称为"三唐派"。

③ [韩]李裕元:《林下笔记》卷十七。"又朱天使之蕃,见崔庆昌白光勋诗集,叹赏曰,当归梓江南,而夸贵邦文物之盛云。"

④ 明七子:有"前七子"与"后七子"之分,前七子包括李梦阳、何景明、徐祯卿、边贡、康海、王九思和王廷相等七位文人。为区别后来嘉靖、隆庆年间出现的李攀龙、王世贞等七子,世称"前七子"。后七子指明嘉靖年间的李攀龙、王世贞、谢榛、宗臣、梁有誉、徐中行、吴国伦等七位文人,因其前尚有李梦阳等七人称前七子,故亦称后七子,也称嘉靖七子。

⑤ [韩]卢静熙:"17 世纪初文官出身明使接伴和韩中文学交流",《韩国汉文学研究》第 42 辑,2008 年。

⑥ 陈田:《明诗纪事》卷十八,《朱之蕃》。

壬辰倭乱后的李朝文学界,一直不景气,急需新文学活力,朱之蕃此行给朝鲜文人带来了了解明朝后期文学的机会,也给朝鲜人带去了新的学习范本。而且从长远来看,这种酬唱间接地影响了朝鲜官员的配置并促进了朝鲜汉文的学习。朝鲜文人所作唱和诗,内容多为赞颂明朝皇恩教化,或是称赞朱之蕃和梁有年的学识,无形中流露出自谦、自卑之意。在宣祖与远接使柳根的谈话中,宣祖也对国人的汉诗水平自愧不如[①]。这与当时朝鲜对明朝的事大态度和政策是分不开的,也是先进文明与落后文明之间常有的现象。诗文中除了对明朝及使臣的仰慕之外,还有深层的默默竞争意识。正是这种意识使得朝鲜文人在作唱和诗时更为注重用词、用典故。相比之下,明朝使臣的诗文里却缺乏这一点。这种竞争意识,还体现在选拔接待使方面。自倪谦、司马恂等文臣出使后,朝鲜在接待使臣时,特地选用汉文水平高的文臣作接待使。为此朝鲜王朝还多次下令让本国人学习汉语、诗赋等,并积极培养精通汉语的人才。所以,从长远来看,这种酬唱间接地影响了朝鲜官员的配置并促进了朝鲜汉文的学习。

对于酬唱、为朝鲜诗文作序等,从倪谦之后的文臣多有此项活动,但对于喜爱刊印的朱之蕃来讲,其朝鲜之行,还有着特殊的意义。朱之蕃为许兰雪轩诗集作小引,并将其带回中国进行刊印。得益于朱之蕃此举,中国后世诗人中多有提及许兰雪轩,之后出使的文臣多有向朝鲜人求许兰雪轩诗集之事。[②]这直接促进了朝鲜诗文在中国的传播和发展,并扩大了朝鲜文人在中国的知名度。

此外,与朝鲜文人间所进行的书画交流,这也是他同其他明朝使臣相比,与朝鲜文人间的交流又一特色。就书法方面,朱之蕃的书法对朝鲜当时及后世的影响比较大。其楷书有唐代欧阳询之风,行书有黄庭坚之风。他在朝鲜期间留下的行书、篆书、楷书作品及题字,给后世文人留下了很好的范本。绘画方面,朱之蕃的吴派画风给当时的朝鲜画坛带去了新的模本。带去的绘画方面的书籍《千古最盛帖》,对朝鲜的画坛产

---

① 《朝鲜王朝实录》,宣祖202卷,39年(1606 丙午/明万历34年)8月6日(壬寅)第2条。"上曰:"诗则予未能知之。然,中国之诗,与我国之诗,大相不同。我国则徒尚文彩,而中国之作,颇似健矣。"上曰:"以行文言之,中国之文浩汗,我国之文卑拙矣。"根曰:"行文,中国之长技,而我国则多不及矣。"上曰:"我国人行文甚拙,而近来试取之文,尤不好。"
② [韩]卢静熙:《17世纪初文官出身明使接伴和韩中文学交流》,《韩国汉文学研究》,第42辑,2008。

生了很大的影响。之后在朝鲜广为流传，为后世很多文人所模仿。《千古最盛帖》中陶渊明的一幅画，据记载当时朝鲜画家李桢最先作了模仿，直至朝鲜末期画家郑敾、赵荣祏等，一直视此画为模仿的主题[①]。就《千古最盛帖》，许筠曾提到，书中有从未见过的崭新之处，且有古代名诗文等，故更是得朝鲜人的喜爱。[②]此外，许筠后作《题千古最盛后》一文，也是多受此书影响[③]。这种书画交流为朝鲜人了解明朝的书画发展情况提供了便利，朱之蕃之作品也为朝鲜文人提供了学习的模本，促进了两国的书画交流。

　　就书籍交流，朱之蕃给朝鲜带去的《世说删补》《诗隽》《古尺牍》《太平广记》《阳川世稿》等书籍，对日后朝鲜的文学艺术及语言发展都有一定的影响。朝鲜文人李睟光的文集《芝峰类说》（卷七，文字部）中，有专门介绍朱之蕃的《海篇心境》内容[④]。《芝峰类说》写于1633年，即朱之蕃回国后的第18年，还有关于此书的著述，可见其影响之深远。此外，朱之蕃向许筠求朝鲜的古诗本，并在回国时将朝鲜的一些其他作品，如韩石峯的书法作品、许兰雪轩的诗集带回，并进行了刊印朝鲜书籍等活动，也使得朝鲜的文人及其作品闻名于中朝，扩大了朝鲜文人及作品在中国的知名度。

　　此外，朱之蕃在朝鲜期间不仅与朝鲜文人们进行了积极的文化交流，还与朝鲜文人结下了深厚的友谊，柳根和许筠便是其中两位。大提学柳根作为朱之蕃此次使行的远接使，与朱之蕃进行了广泛的交流，也由此结下了深厚的感情，据朝鲜王朝实录记载，朱之蕃回国途中生病，柳根甚是担心，并劝其休息几日再启程。[⑤]而许筠作为从事官一直陪侍在朱之蕃身边。在许筠的文集《惺所覆瓿稿》中有一部分专门记载了接

① ［韩］金弘大：《朝鲜时代仿作绘画研究》，弘益大学大学院，硕士论文，2002。
② ［韩］金弘大：《朱之蕃的丙午使行和他的书画研究》，北京中央美术学院，《温知论丛》第11辑。
③ ［韩］许筠：《惺所覆瓿稿》，卷之十三，文部十，《题千古最盛后》。"朱太史倩吴锏川画小景二十幅，皆取古名人诗文可入于画者以载之。又自书文与赋若诗于其下，诚好事也。其本自内，（中略）岂遽下于钓台兰亭耶？但恐其人不逮前数子也。闻之者，必鼓掌捧腹焉。"
④ ［韩］李睟光：《芝峰类说》卷十四，韩国古典翻译院，1633年。"朱之蕃海篇心镜，论字义音律曰：五音一宫，土音，舌居中，二商金音。口开张，三角木音。舌缩却，四征火音。舌柱齿，（中略）则声律之清浊，可易分矣。"
⑤ 《朝鲜王朝实录》，《宣祖实录》，1606年8月6日第2条。柳根曰："诏使抵义州，得腹痛，到中江，病势滋甚，臣以此念之矣（后略）"。

待朱之蕃的过程。许筠从朱之蕃那里了解到了很多关于明朝当时文坛的情况。如当时闻名于明朝的后七子的一些情况,他之后贪读后七子的文学理论也不能说与朱之蕃没有关系。同时朱之蕃也通过许筠了解到了很多朝鲜文人并得以观赏到他们的作品。

　　总之,朱之蕃本人喜爱作诗、书、画,编辑刊印书籍,收藏书画作品、古董。在他出使朝鲜期间,不仅顺利完成使命,并与朝鲜文人酬唱、为其国文人文集作序、进行书法绘画交流、互赠书籍等。这对两国文人加深对彼此文坛发展情况的了解起到了重要的作用。其留在朝鲜的诗文、书画作品及带去的书籍等为后世朝鲜文人的学习提供了范本。他带回中国的朝鲜诗文等也推动了朝鲜文人及其诗文在中国的传播。总之,朱之蕃此行在朝鲜期间进行的文化交流活动,积极推动了两国的文学艺术发展,可以说为中朝的文化交流做出了不小的贡献。

第五章 17—18世纪中韩文人之间的跨文化交流与文化误读①

世界上存在着多种多样的文化,我们的生活随着环境的变化、科学技术的发展,每时每刻都在发生着变化。而且这种变化正超越国家与民族的界限,使不同民族、不同国籍的人们发生各种各样的联系,即产生出许多所谓"跨文化交流"(Intercultural Communication)的机会。交流未必总意味着友好,在相互交流中也会出现一些文化误读(Misunderstanding)甚至文化冲突现象。只有不断地加深互相之间的了解,才能创造人类共同的美好未来,而对不同文化之间如何达到相互沟通的理论研究正是"跨文化交流"研究的目的。

跨文化交流研究兴起于20世纪70年代,其理论体系尚没有完全形成,但是跨文化交流的历史却很久远。中韩两国之间的文化交流源远流长,从有历史记载的古朝鲜,一直到朝鲜后期,有关两国文人交流的记载不胜枚举。近年来,韩国学界经数十年努力整理而成的数量庞大的《韩国文集丛刊》就涉及很多中韩文化交流的内容。这些文集的作者大都是各个朝代著名的文人学者,他们在文集中大量记录了对四书五经的学习心得,对宋明理学的探讨,对各个时期中国文学流派的批评解读以及和中国文人的直接交流情况等等。

《韩国文集丛刊》的发行,为中国学者研究古代中韩文化交流提供了极大的方便。近年来,中国学界已经开始对各个历史时期中韩文人之间的交流展开研究,并取得了很多的成果。但不容否认的是,对中韩两国文化交流的研究,大都是围绕着朝鲜文人如何接受中国文学的影响进行的。应该说这方面的研究还存在着一定的局限性,因为作者的创作

---

① 本章发表于《韩国研究论丛》2007年第2期,第二作者为山东大学韩国学院李学堂。

目标、审美观、表现形式等的形成不仅仅取决于外部的影响,而更取决于生活环境和文化底蕴的差异。所以,从跨文化交流的角度研究中韩两国的文化交流,也许更有利于正确理解两国文学关系的本质。本章拟以17—18世纪中韩文人之间的交流为中心,考察东亚文化的共同性和差异性在中韩文人的跨文化交流中所表现出来的一些特点。

一、17—18 世纪中韩文人的交流

17—18 世纪是中韩文人交流比较频繁的时期。朝鲜文人通过"使行"与中国文人建立了密切的联系和深厚的友谊,有的甚至代代相传。其中比较典型的有朝鲜安东金尚宪(号清阴,1570—1652)与渔洋王士祯之间的世交和丰山洪良浩(号耳溪,1724—1802)与纪昀的交往。此外,还有北学派洪大容及朴趾源、李德懋等与清朝文士间的神交[①],清朝大家翁方纲与秋史金正喜之间的师弟关系[②]等。限于篇幅,这里主要考察朝鲜金氏、洪氏两大家族与清朝文人之间的交流情况。

(一)金尚宪与王士祯的交流

清阴金尚宪家族是朝鲜朝的名门望族,世代仰慕中原文化。关于金氏家族与中原文化的交游关系,青庄馆李德懋有以下记述:

> 盖清阴先生,水路朝京,于济南,逢张御史延登,后七十余年癸巳,曾孙稼斋入燕,逢杨澄证交,望见李容村光地。后二十有八年,清阴先生玄孙潜斋益谦日进入燕,逢豸青山人李锴铁君,相与啸咤慷慨于燕台之侧。后二十有六年,清阴先生五代祖孙养虚堂在行平仲,逢浙杭名士陆飞起潜,严诚力谙,潘庭筠香祖,握手投契,淋漓跌宕,为天下盛事。自清阴以来,百有

---

① [韩]崔博光:《朝鲜后期"四家"与清朝考证学——以落花生的传来为中心》,《韩国学报》第 28 期,1998 年。
② [韩]李澈熙:《秋史金正喜诗论研究》,成均馆大学校博士论文,2001 年。

四五十年,氏文献,甲于东方者,未必不由于世好中原,开拓
闻见,遗风余音,至今未泯也。[①]

　　明朝末年,清阴金尚宪由水路从山东登岸后上京,途经济南,与御史
张延登一家结下文缘。二人相见恨晚,张特地为清阴序刻了《朝天录》
一卷。清阴之曾孙兄弟六人中,梦窝金昌集(1648—1722)、农岩金昌协
(1651—1708)、三渊金昌翕(1653—1722)、稼斋金昌业(1658—1721)
文名最着,其中金昌业曾着《燕行日记》。而金氏兄弟的《金氏联芳集》
得浙士宁水杨澄的序和评论而归,更是扬名中原和朝鲜。在这次燕行
中,金昌业与清朝名儒李光地的见面更是一件大事。与中原文坛的交游
在金氏家族代代延续,清阴玄孙金益谦和金日进与豸青山人李锴铁,五
代孙金在行与浙杭名士陆飞、严诚、潘庭筠分别续写了这种传统的异国
文缘,成为两国间文化交流的一段百年佳话。

　　而张延登是渔洋王士祯妻祖,王士祯因此亦格外珍惜与朝鲜文坛的
这段因缘[②],此段关系李德懋也另有记述[③]。张延登与清阴金尚宪的
异国文交,对"神韵说"倡导者渔洋王士祯了解朝鲜文坛的情况起到了
很大的作用。名重当代的王士祯对金尚宪的诗颇为推重,并在评论其诗
学成就的论诗绝句中加以引用。

　　　　淡云微雨小姑祠,菊秀兰衰八月时。记得朝鲜使臣语,果
然东国解声诗。[④]

① ［韩］李德懋:《青庄馆全书》卷三十五,《清脾录》,"农岩三渊慕中国"。
② ［韩］李德懋:《青庄馆全书》卷三十四,《清脾录》王阮亭。"贻上先室张氏,
　邹平人,江南镇江府推官万钟之女,都察院御史谥忠定公延登之孙。崇祯末,金
　清阴先生,航海朝京,道出济南。时张御罢官家食,先生因万钟得谒,御史一见
　倾倒,序刻其《朝天录》一卷,故贻上每表章先生。"
③ ［韩］李德懋:《青庄馆全书》卷六十三,《天涯知己书》。"张延登,齐人,
　明之宰相。而王阮亭士祯之妻祖也。清阴先生,水路朝京时,与张甚好,张为刻《朝
　天录》而序之,清阴集亦载之。阮亭《池北偶谈》,详言之。且抄载清阴佳句数十,
　盛言格品之矣。阮亭又晚年,辑明末清初故老诗,为《感旧集》八卷,起虞山钱谦益,
　止其兄考工郎王士禄,清阴诗亦入。"
④ ［韩］李德懋:《青庄馆全书》卷三十四,《清脾录》王阮亭。"(王士祯)
　尝着论诗绝句,历言古来诗人卅余首,而其论先生曰:'淡云微雨小姑祠,菊秀
　兰衰八月时。记得朝鲜使臣语,果然东国解声诗。' 其首两句,盖先生诗,而考
　集中所载,微雨,作轻雨,菊秀兰衰,作佳菊衰兰者,独少异也。夫贻上之于诗,
　一言足以轻重天下士,而嘉赏先生如此之多,则先生之风流文采,亦可以想见于
　后世矣。"

绝句中的前两句引用的是金尚宪的诗句,王士禛在引用时对原诗的词句做了进一步的推敲和润色,将金尚宪诗中的"轻雨"改为"微雨",将"佳菊衰兰"改为"菊秀兰衰"。由此可以看出,金尚宪的诗给王士禛留下了深刻的印象。

清朝学者对朝鲜文人如此推重,朝鲜文坛也对王士禛好感倍增。李德懋认真研读了王士禛的文集和诗集,尤其是重点研究了《池北偶谈》和《感旧集》,对王士禛在两集中引用的清阴金尚宪的诗,又对照《清阴文集》加以考证,并专门考校了康熙年间赴朝使臣采编的《朝鲜采风录》。对于金氏后人养虚堂金在行与清末文士严诚、潘庭筠的交流,李德懋也做了详细的记录。

> 贻上所撰《池北偶谈》,略记《朝鲜采风录》中诗,《采风录》者,康熙戊午,命一等侍卫狼曈使朝鲜,因令采东国诗。吴人孙致弥恺士为副,撰《朝鲜采风录》。贻上送孙恺士南归诗云:"衔命扶桑外,曾归万里船。春潮浮鸭绿,古道出黏蝉。诗备辎轩采,名从万国传。暂须还僬直,未可恋青毡。"录中特抄先生诗,载《偶谈》。如:"……齐唱竹枝联袂过,满城明月似扬州"之类,皆其所谓清婉可诵者也。尝仿元裕之中州集例,编《感旧集》八卷,亦收先生诗。丙戌谢恩使到燕,行中适有先生旁孙名在行,遇钱塘严诚、潘庭筠,先问贵国知有金尚宪否,遂以实对。潘感慨久之,赠其箧中所携《感旧集》一部。又次先生韵,临别相照。在行亦赠诗,严大加叹赏曰:此诗虽使王渔洋见之,不知其如何击节也。[①]

王士禛作为康熙朝"一言足以轻重天下士"的文坛泰斗,从朝鲜文人清阴金尚宪的身上,不仅了解了朝鲜的"声诗",而且在论诗绝句中大加赞赏。他在阅读《朝鲜采风录》时,当读到清阴"清婉可诵"的一篇篇诗歌时,一种又见故人的感动和喜悦油然而生。因此,在自己的文集中,他才对清阴的诗特别地加以摘引。"春潮浮鸭绿,古道出黏蝉",王士禛透过采自于朝鲜,侵浸着浓郁的异国泥土香气的诗篇,似乎听到了鸭绿

---

① [韩]李德懋:《青庄馆全书》卷三十四,《清脾录》王阮亭。

江的滔滔春潮,看到了蝉鸣声声的古道上头裹儒巾,以悠扬顿挫的声调郎声吟唱着动听诗篇的朝鲜文人。随着采诗使臣的脚步,王士祯感受到了两国文化的同源异地以及两国文人亲密无间的友谊。

（二）洪氏家族与纪晓岚家族的交往

朝鲜后期与中国文坛有密切联系,并持续百年之久的另一家族,叫做丰山洪氏家族。丰山洪氏出身安东丰山,自高丽时迁居王京,成为京门望族。洪氏家族中,以使臣身份燕行,是从1647年洪柱元以当朝驸马身份作为谢恩正使被派遣开始的,从此以后,洪氏家族成员几乎参与了朝鲜王朝此后的所有燕行使团,一直到1850年,根据史料统计,前后共计35人次[①]。

丰山洪氏家族与安东金氏家族,亦有很深的学缘关系。洪氏家族中以耳溪洪良浩、耳溪祖父芸窝洪重圣、耳溪孙子冠岩洪敬谟在朝鲜朝文名最盛,而芸窝正是金氏六昌中三渊金昌翕的弟子[②]。

洪氏家族在燕行的过程中,不断地与中国文士进行交流并建立了深厚的友谊。其中以礼部尚书《四库全书》总撰官纪昀祖孙与洪良浩祖孙之间的交往,以及清朝陈氏祖孙与洪氏家门尤其是洪敬谟的交往最为著名。

洪良浩初次燕行（1782）时,结识了清朝翰林修撰戴衢亨,虽然并未与纪昀会面,但显然后来戴衢亨将洪良浩的文名介绍给了纪昀。因此,当洪良浩第二次燕行（1794）时,纪昀已经对洪良浩有所了解。虽然两人有直接结识的机会,而且也见了面,但并未直接对话,而是通过纪昀随后采取的补救措施,才结下这段千古文缘的。

> 初入燕京,翰林修撰戴衢亨闻名,求见诗笔,乃书示纪行诗二篇。衢亨大加推诩曰:"诗则清道老健,笔则大类李北海。"赠以古诗长篇,乃以文房为贽。是行衢亨适以学政出外,中朝

---

① ［韩］辛泳周:18—19世纪洪良浩家的艺术享有与书艺批评,《成均汉文学研究》第78辑。

② ［韩］洪良浩:《耳溪集》卷十六,《芸窝集跋》。"府君早有志于文章,从三渊金公,闻诗道,治乐府古风。中岁以后,一准唐杜之轨,与赵后溪李槎川洪沧浪往来酬唱。……晚年,与名公长德结为耆社,每春秋令辰,选日置酒,韶颜华发,照映帘几,鸣琴赋诗,毫墨淋漓,文彩风流,为世所慕,比之香山东洛盛事。"

无知面者,及领赏于午门,礼部尚书纪昀,颁赏来,相去稍远,无以交话,以时注目。及退出,遣象胥致款曰:"久仰高名,交臂而失之,殆有数焉。今闻令郎学士随来,求与相见。"乃遣乐浚造门。纪公步出中门而迎之,延至上座曰:"凤慕尊大人盛名,今也望见而不得接语,可恨。"因求见诗文,以宿稿二卷赠之。纪公大赏之。各着诗文序,使其门人将诗书而遗之。……又以长书,请与定交。可谓海内知音也。[①]

洪良浩第二次燕行的身份是谢恩及三节年贡正使,当时在午门颁赏,与纪昀既然相距稍远,则当时清朝方面负责颁赏的必然是另有其人,不然的话应该有直接对话的机会。而两人"以时注目",说明事前通过戴衢亨的牵线搭桥,双方已互知文名,只是正式场合下,又碍于洪良浩的外交使节身份,苦于无直接对话的机会而已。因此,纪昀只好约请洪的公子洪乐浚来自己家中代父相见。纪昀"步出中门而迎之",对洪乐浚的礼遇,以纪的身份,应是出于对其父洪良浩的特殊尊敬。

从洪良浩初次燕行与戴衢亨"定交",而与纪昀互相知名,到这次双方互赠诗文集的序并"定交",期间相隔 12 年(1782—1794)之久[②]。作为清朝第一学者,纪昀十分主动地要求与洪良浩定私人之交,可见他对代表朝鲜文学成就高峰的洪良浩十分之看重。而洪良浩对此也引以为荣,引纪昀为"海内知音"。

然而,尽管洪良浩的诗学成就倍受清朝学者纪昀的肯定,但在当时的朝鲜文坛却并未受到重视。因此,他似乎只能在对自己诗文孤芳自赏的同时,更加以受到纪昀的肯定而自傲,对与纪昀的海内神交更加怀念。

府君病中,为文自序曰:"可谓神笔也。"篇末眷眷于与中国人托契者。盖世无深知者,而慨然求海内知音也[③]。

① [韩]洪良浩:《耳溪集》卷十八,《太史氏自序》。
② [韩]洪敬谟:《耘石外史》续编,《玉士先生惠览》。"先王考耳溪公,尝再奉使入燕,与纪晓岚先生、梁德圃尚书、戴莲士修撰游"。但对照上引洪良浩自己的记录,二次燕行时,莲士戴衢亨"适以学政出外",因此导致"中朝无知面者",看来洪敬谟的记录有误。
③ [韩]洪敬谟:《耘石外史》续编,《本生先府君自序文附录》。

洪良浩对纪昀的托契之情,洋洋洒洒于书信之中,而千里之外的纪昀似乎也感受到了这份真挚的情感。1797年1月,收到异国鸿雁传书的纪昀将洪良浩的来信装裱成册,与洪的诗集一并交与孙辈中的佼佼者纪树蕤珍藏,他所期待的是前辈之间的异国奇缘能永远铭记在孙辈心中,其殷殷之情溢于言表。

> 前两接手书,俱已装潢成轴,付小孙树蕤成贮。兹拜读华藻,亦并付珍弆。此孙尚能读书,俾知两老人,如是之神交,亦将来佳话也。兹因郑同知归辀之便,附上水蛙砚一方,上有拙铭。白玛瑙搔背一件,郎窑(康熙中御窑,今百年矣)一件,葛云瞻茶注一件(宜兴之名工),各系一小诗。先生置之几右,时一摩挲,亦足关远想也。[①]

在收到纪昀的上述来信和礼物以后,洪良浩深感盛情,马上回信:

> ……至于文房各种,个个珍美,盥手爱玩,益感中心之贶也。五绝诸篇,韵格逼古,壮诵不已。况教以前后拙笔付诸令孙,使之藏箧而传家,此何等至意盛眷也。贱孙祖荣,年方弱冠,粗解文墨,亦使此儿,擎收盛迹,以修永世之好也[②]。

从信的内容来看,洪良浩确实领悟了纪昀要将两人的友谊传给下一代的愿望,因为原先在燕京两人交往开始时的定交,就是由洪的儿子洪乐浚登门拜访纪昀完成的,因此两家实际上早已是通家之好。这次洪良浩又特意将孙子冠岩洪敬谟介绍给了纪昀。二人结成"永世之好"的美意显然被孙辈们承接下来了。洪敬谟后来记述道:

> 文献公于晚年,托契于晓岚纪公,每凭节使之行,书以寄信,诗以道情,而纪公亦如之。其书有曰:"异地之同调。"又曰:"旷世之奇遇。"信乎易所谓同气相求者也。余既收弆往复书牍及诗章,汇成《斗南神交集》;又收手书诗文之副本装褙成

---

① [韩]洪良浩:《耳溪集》,《与纪尚书书附答书》。
② [韩]洪良浩:《耳溪集》,《与纪尚书书》。

帖,俾使后人知两老人如是之神交,作将来佳话也。[①]

洪敬谟的这个序显然是在洪良浩去世(1802)以后写的。出于对祖父与清国人士的"异地同调""旷世奇遇"的敬意,他郑重地将两人的往复书信及赠诗整理成书,并将副本装帧成册,以期流芳百世。在洪良浩去世以后,其子洪羲浚通过洪敬谟将洪良浩的遗稿抄录和自己的著作转交给了纪昀之孙纪树蕤:

> 家大人耳溪遗稿抄录为四卷以呈,而仆之所著大贯二卷、兀文四卷、玩易大旨一卷,亦为付送,以质得失于高明之见耳。兹因从子之行,遥寄尺素,庸叙阻怀,惟希雅照。[②]

洪羲浚曾在1826年以使节身份燕行,而洪敬谟的燕行共有二次(1830,1834),二人每次燕行想必都会将与纪家的通谊作为公务之余的大事。

洪良浩与纪昀双方的交流,并不局限于一般的诗书交流和款叙衷情,而是不断地切磋学术,互相启发。当时的朝鲜已经通过清朝和日本,对西洋的文物如天主教堂等有所了解。但对西洋的科学仪器、地理、历史、制度等所知甚少。为此,洪良浩专门写信给纪昀,了解这方面的情况:

> 惟其测向仪器,极精且巧,殆非人工所及,可谓技艺之几于神者也。……至若水土火气之说,不用洪范五行。而伏羲八卦,无所凑泊,噫其怪矣。……其言皆有依据,则不可以异教而废之。……其国史记,或有入中国者? 而规模法制,果何如也? ……永乐时,郑和遍游绝海,闻尝到西国之境云,其纪行之书,必有印传于中国者,愿得一寓目焉。……名物度数之至颐至广者,圣人亦有所不及知者,置之六合之外,存而不论可也。[③]

---

① [韩]洪敬谟:《耘石外史》后编《斗南神交帖》。
② [韩]洪羲浚:《传旧》,《与纪茂林树蕤书》。
③ [韩]洪良浩:《耳溪集》卷十五,《与纪尚书书一别幅》。

　　纪昀收到信后,马上抄录了西洋书籍的存目中列入《四库全书》的几篇,寄给了洪良浩。像这种通过与清朝学者交流获得的学问,在洪氏家族中也形成了一种家学的气氛,而得以广泛传播。这对朝鲜后期新的朝鲜观、中国观、世界观的形成起到了积极作用。

　　透过金氏家族与张延登、王士禛的交流以及洪良浩与纪昀的交流关系,不难看出两国间文学的交流是建立在文人之间相互尊重的真挚感情的基础上的,这种交流不但丝毫没有因为不同民族、不同语言的障碍而逊色,反而更加感人至深,而且持续时间长久。中原文士张延登、王士禛以及纪昀对朝鲜文人诗文的高度评价,既反映了他们之间的深厚友谊,同时也反映了两国文人之间在人生观与审美观上的共同取向。两国文人之间的交流,代表了中原文化与朝鲜文化之间的文化交融。两国文化的共同性让两国文人都体会了一种文化认同的感动。

二、跨文化交流中的文化误读

　　如前所述,朝鲜后期中韩文人进行了多层次经常性的交流,留下了许多感人至深的佳话。但这并不意味着没有不和谐的因素。在交往过程中,由于对对方的民族性以及历史、文化、语言等缺乏了解,往往导致一些文化误读现象,而这种因为缺乏沟通而造成的文化误读,又直接影响到了双方正常的文化交流。这其中有政治历史方面的原因,也有现实的先天性因素,如语言不同造成的沟通上的困难和诗歌创造方面的韵律不一致等等。

　　从朝鲜后期文集和燕行录资料来看,由于中国历代文人对朝鲜的情况了解不深,在刊行物中,经常出现一些令朝鲜文人瞠目结舌的错误。对此,李德懋在写给清朝文士雨村李调元的信中指出:

　　　　朱蒙,即高句骊始祖高氏之名也。今先生诗曰:寄语朱蒙
　　　　蝉橘老,先生应以朱蒙为国号,此甚疏谬,改以朝鲜,未知如何。
　　　　大抵中国之书,于海外之事,每患纰谬。《列朝诗集》《明诗综》

《东小学传》,考证非不该洽,而亦多颠错,势所固然。先生之学,地负海涵,著书汗牛,搜讨极博,若及东国故迹,质问于不佞,则可以一正从前之伪舛,其于东方,荣亦大矣,先生其图之。[①]

清朝文人雨村李调元、墨庄李鼎元兄弟与北学派洪大容、朴趾源、李德懋、朴齐家、柳得恭交游极深,书信往来频繁。其中李调元更是被李德懋引为知己[②]。蝉橘轩是李德懋的书房堂号,由于敬慕欧阳修和屈原,特地取欧的《蝉赋》与屈得《橘颂》合而一之而得名的[③]。李调元在写给李德懋的诗中,由于对朝鲜历史不熟悉,错将高句丽始祖朱蒙当成了国号地名,被李德懋不客气地指为"踈缪"。

朝鲜各个朝代的文人学者都十分注意搜集中国刊行物中有关朝鲜的文章,只要发现,无不成为重点研究的对象。李德懋列举的《列朝诗集》是清初钱谦益搜集中国明代诗编辑的诗集,分为正集和附录。其中附录部分收录了部分外夷诗并各加小传。而《明诗综》则是朱彝尊搜集了明洪武起到崇祯止,上自帝后,下到僧尼道流,近到宗亲,远到蕃服的诗编辑而成的100卷本诗集。在这两本出自同样重视考据的清初两大学者之手的诗集中,有关朝鲜的资料也错漏百出,这自然会引起朝鲜文人学者的不满。

当时中国学界对朝鲜文坛的了解是比较肤浅的。有一则在朝鲜本来不是很有名的诗人的诗,不知通过什么渠道流传到了中国,幸运地被朱彝尊的《明诗综》收录进去。对此,李德懋用"李广、雍齿,幸不幸也"的典故表达自己的无奈之情。

"秋风黄叶落纷纷,主纥山高半没云。二十四桥呜咽水,一年三度客中闻。"此诗宜平平耳,载于《明诗综》。李孝则不甚有名,而因一诗流传天下,亦幸人也。权应仁《松溪漫录》曰:

---

① [韩]李德懋:《青庄馆全书》卷十九,《雅亭遗稿,书》,"李雨邨调元"。
② 同上。"不佞海外腐儒,天下陈人,数理之精,不如弹素,辨核之博,不如姜山,温润之姿,不如惠风,超迈之气,不如楚亭。不意如今蒙被宠光,举一逸字,蔽我平生。匪直一时之嘉奖,亦足为千载之公议……先生料我于千里之外,置我于先民之列,品藻如鉴,一何神也。不暇撝谦,心甚自负。何者,君子之交,评而相信。长者之评,笃而匪伪也。从今以往,奉为知己。惟我先生,慎勿辞避。"
③ [韩]李德懋:《青庄馆全书》卷四,《婴处文稿》,"蝉橘轩铭并序"。"余尝爱欧六一,屈左徒之为人,喜读其文,于欧取蝉赋,于屈取橘颂,窃有所感焉."

"安东有一措大李孝则者,携鱼无迹同逾乌岭,有一绝云云,鱼搁笔。(权说止此)以鱼君之才,见此搁笔,何也？挹翠轩朴闇诗,世推为东方杜甫,而钱谦益列朝诗,朱彝尊明诗综,蓝芳威朝鲜诗选,皆见漏,真李广雍齿,幸不幸也。"[①]

"措大"在韩国古语中是"清贫的儒生"的意思。可见,李孝则当时并无显赫身份,也不是著名诗人。鱼无迹则是朝鲜中期著名诗人,其《斫梅赋》《流民叹》《新历叹》等反映平民疾苦的优秀作品,载于《续东文选》《国朝诗删》。从李德懋引用的上述李孝则的这首诗来看,实事实写,似乎过于平实直露,李德懋评价的"平平",是说这样的诗很难代表当时朝鲜诗的水平。在朝鲜中期,挹翠轩朴闇师法宋代陈师道的重技巧诗法,与李荇一起有"海东之江西派"之称。诗的题材和形式多样而平实,因此在朝鲜诗坛评价很高。代表朝鲜诗歌水平的著名诗人的诗没有被中国文人选中,而被选中的却是像李孝则这样无名诗人的诗,这从朝鲜文学批评家的立场上,对此百思不得其解是必然的。因此,他只能用"幸不幸也"来发泄自己的感慨。

如果说朱彝尊选录李孝则诗的故事还能用选家见闻不广,或者审美观不同来解释的话,那么,下面钱谦益贬低金安国的例子更引起了朝鲜文坛的不满:

> 钱受之所云"国内无戈坐一人",即金慕斋作也,见本集。受之之跋《皇华集》,举此以讥之。然其华鸿山察,颁诏时所作俑也。如"广野无边水,长天一点鸿",野字写得广,天字写得长,水字去傍为无边,鸿字打批为一点,此所谓二字含意也。故陪臣远接龙湾,必妙选词学之士为从事,以备应卒。而诏使在道,必出此等,意在困迫接伴。当时接伴诸人,亦必预习此等,遂以为例,而非所乐为也。受之为鸿山跋此集也,没其实状,而独拈东人一句,以为痴笑,至戒其勿与酬唱,恶能服东士之心乎？[②]

---

① ［韩］李德懋：《青庄馆全书》卷三十二,《清脾录》。
② ［韩］朴趾源：《燕岩集》,《热河日记·避暑录》。

慕斋金安国(1478—1543)是朝鲜前期的著名文人学者。朴趾源查阅了《慕斋集》后,确认"国内无戈坐一人"虽是金安国的诗句,但并不代表诗人的真正水平。这是为了应付前来颁诏的明朝来使,以拆字为诗的方式作成的应景之作。让他感到不可思议的是,作为清朝前期著名文人,钱谦益不问原委,拈出一句,硬说朝鲜人作诗水平如此之低下,中原人可不必与之酬唱,此种做法确实让自尊心很强的朝鲜文人难以心服。朴趾源甚至认为这是由于以钱谦益为党魁的东林党鄙夷朝鲜的缘故,所以才故意对朝鲜诗文横加抹杀,因而更加感到气愤和惋惜[①]。

其实,中国从三百篇开始,历朝历代都十分重视对风雅的采集,包括对周边民族诗歌的采集。但往往因为资料难得以及资料缺乏权威性,而影响对外国诗歌的选别和评价。由此发生的问题,屡见不鲜。许兰雪轩就是一个较有代表性的例子。

> 兰雪轩许氏诗载《列朝诗集》及《明诗综》,或名或号,俱以景樊载录。余尝着《清脾录序》详辨之,懋官之在燕,以示祝翰林德麟、唐阖中东宇、潘舍人庭筠,三人者轮赞许云。及余在此,论《诗综》阙谬,因及许氏。尹公曰:"尤悔庵侗《外国竹枝词》首着贵国,其曰'杨花渡口杏花红,八道歌谣东国风。最忆飞琼女道士,上梁曾到广寒宫'。注云:'闺秀许景樊,后为女道士,尝作广寒宫白玉楼上梁文。'"余详辨其景樊之诬,尹、奇两人俱为分录收藏,中州名士当又以此事为一番着书之资。大约闺中吟咏本非美事,而以外国一女子芳播中州,可谓显矣。然吾东妇人,未尝以名与字见于本国,则兰雪之号,一犹过矣,况乃认名景樊,在在见录,千载难洗,可不为有才思闺彦之炯鉴也哉![②]

如前所述,凡在中国著作中涉及的高丽和朝鲜的诗人作品,都会成为朝鲜文人的关注对象。而许兰雪轩更以一国外女性诗人的身份著名于中国典籍之中,这个事件本身就更具有议论的价值。而在朝鲜,许氏

---

① [韩]朴趾源:《燕岩集》,《热河日记·铜兰涉笔》。"东林一队不悦朝鲜,钱牧斋为东林党魁,则以鄙夷我东为晴论,可胜愤惋耶?至于东国诗文,则尤为抹杀。"

② [韩]朴趾源:《燕岩集》,《热河日记·避暑录》。

的二位兄长的名字更加著名,荷谷许篈、惺叟许筠都是朝鲜中期的代表人物。由于历史的原因,朝鲜朝社会一直对女性诗人作诗作画显示才气持反对态度,更何况兰雪轩以女性的身份闻名中原。朴趾源视为问题的部分不止这些,他还注意到对许氏之号的错误传播。实际上,在李德懋与朴趾源燕行中国之前,洪大容早在1765年燕行时,已经与清朝文士严诚、潘庭筠(字兰公)等对此有过交流。

> 兰公曰:"贵国景樊堂许篈之妹,以能诗名入中国选诗中,岂非幸欤。"湛轩曰:"此妇人,诗则高矣,其德行远不及其诗。"其夫人金诚立,才貌不扬,乃有诗曰:"人间愿别金诚立,地下长从杜牧之。"即此可见其人。兰公曰:"佳人伴拙夫,安得无怨。"
>
> 炯庵曰:尝闻景樊,非自号,乃浮薄人侵讥语也。湛轩亦未之辨耶。中国书,分许景樊兰雪轩为二人。且曰:"其夫死节于倭乱,许氏为女道士以终身。"其诬亦已甚矣。兰公若编诗话,载湛轩此语,岂非不幸之甚者乎。且其诗为钱受之柳如是指摘瑕类,无所不至,亦薄命也。[①]

引文的前半部分是潘庭筠与洪大容关于许兰雪轩的对话,后半部分是李德懋的评论。潘庭筠认为许氏以一女流之辈能够入选中国选诗集实为幸事。他在问话中错将兰雪轩的号称作景樊堂。而洪大容对这个错误未加理会,只是讲了许氏恃才而对婚姻不满的故事。李德懋在评论时,也与朴趾源一样,注意到对许氏堂号的错误引用。并认为这比"浮薄人侵讥语"更为严重,指出由于洪大容当场没有给予指正,如果潘庭筠"编诗话,载湛轩此语,岂非不幸之甚者乎",以错将错,作为一个已经被"钱受之柳如是指摘瑕类,无所不至,亦薄命也"的女流诗人,在中国被诬传,岂非更加不幸。

在跨文化交流中,发生误读现象是正常的。避免误读是促进两种文化进行正常交流的必要条件,它要求人们有一种富于理解的心态,详尽地占有事实,准确地进行分析。同时本国学者也有必要主动地把本国文化准确地介绍给对方。李德懋似乎认识到了这一点,他在评论洪大容与

---

① 〔韩〕李德懋:《青庄馆全书》卷六十三,《天涯知己书》。

清朝文人的笔谈内容时,就注意到了向中国介绍代表本国学术水平和文学成就的学者。

> 湛轩曰:"我国文章,新罗有崔孤云,高丽有李奎报、李牧隐,本国朴挹翠轩、卢苏斋、崔简易、车五山、权石洲。"
>
> 炯庵曰:漏占毕斋及三渊翁,可谓缺典。又别立门目,书金东峰、徐文康、李忠武、赵文烈数人,似好矣。[①]

洪大容在向清朝文人介绍本国人物时列举的确实是各个朝代的一些文学名家,但他只注意到了文学一个方面。李德懋则认为还应该介绍朝鲜更多的优秀人物,如主张儒道佛三教圆融思想的东峰金时习,代表朝鲜气哲学最高成就的文康公花谭徐敬德,代表朝鲜军事最高成就的兵家忠武公李舜臣,代表道学与节义的文烈公重峰赵宪等,以使本国的学术成就能够在中国得到承认和传播。

在洪大容燕行归来后的第二年,李德懋为此又专门给潘庭筠去信,介绍了代表朝鲜程朱理学成就的栗谷李珥[②]。另外他还认为应该在中国出版朝鲜学者的著作,增进中国文人对朝鲜学术的理解。

> 如荪谷集,流入中国。中国人但知荪谷,而不知为李达耳,其诗列之亡名氏,此是孤陋之弊耳。且如退溪、栗谷诸先生文集,岂可局于一隅。只有名于东方数千里之内,独不使昭布天下,而人人知有此贤人也。此等集,若赍送中国,则必有好事者,精刻鲜装,布之天下矣。[③]

尽管朝鲜学者积极推动在中国刊行朝鲜学者的著作,但实际上,除了朝鲜的部分诗集之外,朝鲜学者的著作并没有更多地引起中国学者的关注。笔者认为这大概有以下几个方面的原因:一是两国文人之间的交流太少,沟通不够。尽管朝鲜每年都有学者随使节前往中国,但毕竟

---

① [韩]李德懋:《青庄馆全书》卷六十三,《天涯知己书》。
② [韩]李德懋:《青庄馆全书》卷十九,《雅亭遗稿·书》。"我东栗谷先生李文成公珥资品颜曾,义理程朱。窃想先生已于湛轩熟闻之。此是东方圣人,而其学不表章于中国,诚为缺典,令人慨叹。尝湛轩年前,仰馈先生栗谷所著《圣学辑要》,先生何不开雕广布,以光儒学也?"
③ [韩]李德懋:《青庄馆全书》卷四十八,《耳目心口书》。

人数太少。而且接触到的中国文人也非常有限,大部分中国文人并不了解朝鲜的情况。二是中国的少数文人通过和朝鲜文人的交流所获得的有关朝鲜文坛的信息不够全面,甚至缺乏权威性。三是不排除中国文人因为文化中心主义而具有轻视朝鲜学术的思想。

跨文化之间的交流,即便是在交通、通信技术高度发达的今天,仍然存在着语言、文化等很多方面的障碍。而在 17—18 世纪的中国和朝鲜,两国文人却能够建立起密切的交流关系,并留下了许多曲折动人的传世佳话。究其原因有以下几个方面:第一,中韩两国相似的文化背景在两国文人的跨文化交流中发挥了重要的作用。中韩两国同属儒家文化圈,两国学者对儒家文化有着共同的理解。他们在人生观、文学观、伦理观、世界观等很多方面都存在共同的价值取向。这使得两国文人很容易亲近,并建立起深厚的友谊。第二,两国文人共同的交流工具——汉字为他们的跨文化交流提供了方便。尽管两国文人的语言不通,但他们都可以使用汉字进行“笔谈”,这就大大方便了他们之间的交流和沟通。“笔谈”还有利于准确记录他们所谈的内容,有利于建立长久的交流关系。第三,汉诗是中韩两国文人跨文化交流的桥梁。中韩两国的文人皆能文善诗,而中国自古就有“以诗会友”的传统。两国文人的相识和交流大多是从诵读和评论对方的汉诗开始的,文人之间相互交流诗作成为他们日常交往的重要内容。第四,学术切磋进一步加深了两国文人跨文化交流的深度和广度。中韩两国文人的跨文化交流不仅仅限于表面上的礼节性交往,而且涉及了深层次的学术探讨,甚至批评和争论。

当然,两国文人的跨文化交流也无法避免地发生对对方文化的误读现象。但这些文化误读大多数都是由于缺乏沟通和了解而产生的无意识的误读。而且两国学者都认识到了这一点,并为消除两国文人之间的文化误读做出了积极的努力。正是由于两国历代文人的积极努力,中韩之间从没有发生过因为文化误读而引起的文化冲突现象。

第六章　梁启超与韩国近代文学

中韩两国同属汉字文化圈,两国的文化交流关系源远流长,特别是在文学方面,其交流之频繁、影响关系之密切在世界文学史上也是不多见的。研究韩国的古典文学,不论是探讨其文化的背景还是思想的渊源都必然要涉及和中国文学的关系。但是进入 19 世纪后期,特别是进入 20 世纪以来,中韩两国这种传统的文学关系却发生了很大的变化,韩国文学逐渐走出了中国文学的影响,以平等的身份和中国文学一起登上了世界文学的舞台。所以在近现代文学史上中韩两国文学的关系一直处于一种松散的状况。在两国近现代文学的这种平行发展过程中,梁启超却在一段时期内对韩国文学产生了巨大的影响,这不能不说是一个奇迹。

梁启超(1873—1929),字卓如,号任公,又号饮冰室主人。与其师康有为积极主张维新变法,变法失败后亡命日本,创办了《清议报》《新民丛报》,以及《新小说》杂志。梁启超是中国近代著名的启蒙思想家和作家,是推动中国近代启蒙主义与小说艺术相结合的开山匠人,他在政治、文化、学术等各个领域都取得了引人注目的成果。特别是他的文学理论、小说作品、翻译作品不仅对中国近代文学革新运动做出了很大的贡献,而且还被广泛地介绍到二十世纪初的韩国近代文坛,并产生了积极的影响。

一、梁启超著述在韩国的传播

梁启超第一次被介绍到韩国是在 1897 年,这一年 2 月 15 日的《大朝鲜独立协会会报》刊登了一篇题为《清国形势可悲》的文章,文章介绍了梁启超在上海主办《时务报》的情况和他的政治思想。此后梁启超的社会活动、政治论说、文学理论和作品不断被介绍到韩国,对韩国近代文学的发展产生了积极的影响。1898 年"戊戌变法"失败后,梁启超亡命日本,同年 10 月在横滨创办了《清议报》。12 月 23 日梁启超在该报发表了《译印政治小说序》,文中他高度评价了小说的社会作用。此外《清议报》还广泛介绍了西方的一些革命家、思想家及其新的学说,积极宣传平等、自由、博爱、民权、自治等思想,反对封建伦理道德。韩国的新闻界一直密切关注着《清议报》,被称为韩国近代启蒙报刊的《皇城新闻》曾于 1899 年初在外报栏专门介绍了梁启超和《清议报》的情况。

> 客岁 12 月 23 日,滞留横滨之清国人发行了《清议报》创刊号,据报道曾任上海《时务报》主编的梁启超氏发表了"支那哲学新论"和"清国政变始末"两篇论文……《清议报》痛论西东之时局,内警大清四百兆氏人之惰眠,外瞻东邦诸识者之教导。

1902 年梁启超创办了《新民丛报》和《新小说》杂志,并发表了《论小说与群治之关系》等一系列著名的文章,对中国近代文学的发展起到了积极的促进作用。梁启超所创办的这些报纸杂志当时就直接传入了韩国,据张朋园先生的考证,《清议报》的发行量最大时超过了一万份,在国内外的 38 个代理发行销售点中,韩国的京城(今首尔)和仁川就各有一个。另外《新民丛报》的 97 个代理发行销售点中,韩国的仁川也有一个。《新小说》作为《新民丛报》的姊妹刊物也和《新民丛报》一起传到了韩国,并对当时的韩国文学创作产生了很大的影响。

1903 年梁启超将其在《时务报》《清议报》《新民丛报》《新小说》等报刊发表的文章结集为《饮冰室文集》由上海广智书局出版。文集一出版很快就传到了韩国,经韩国的爱国启蒙思想家和作家们的积极介绍,梁启超的著述被刊载于各种出版物。笔者在参考了部分韩国学者研究成果的基础上,查阅了大量的韩国近代报刊杂志等资料,最大限度地汇集了有关梁启超的文字资料,相信这些资料对我们了解梁启超对韩国近代文学乃至韩国近代思想的影响会有所帮助。下面是被介绍到韩国的梁启超的著述目录:

日　期	著　述	转载报刊或出版社
1899.03.17—18	《爱国论》	《皇城新闻》连载
1899.07.27—28	《爱国论》	《独立新闻》连载
1899.08.09	《去国行》（诗）	《时事丛报》
1900.09	《戊戌政变记》，玄采译	学部编辑局发行
1905.12.14—21	《意大利建国马志尼传》	《大韩每日申报》连载
1906.08.28—09.05	《越南亡国史》	《皇城新闻》连载
1906.09.15	《教育政策私议》张志渊译	《大韩自强会报》3、4号
1906.10.09	《自励二首》（诗）	《大韩每日申报》
1906.10.12	《书感寄友人》（诗）	《大韩每日申报》
1906.10.13	《志未酬》（诗）	《大韩每日申报》
1906.10.14	《澳亚归舟》（诗）	《大韩每日申报》
1906.11	《越南亡国史》玄采译	普成社（1907.05再版）
1906.11.20—21	《动物论》	《帝国新闻》连载
1906.12.01	《自励》	《西友》1号
1906.12.01	《大同志学会序》	《西友》1号
1906.12.18—28	《伊太利建国三杰传》	《皇城新闻》连载
1907.01—04	《学校总论》朴殷植译述	《西友》2—5号连载
1907.01.01	《爱国论第一》	《西友》2号
1907.01.25	《论报馆有益于国事》（原文）	《大韩自强会报》7、8号
1907.02.01	《动物谈》（原文）	《西友》3号
1907.03.01	《论学会》李甲译述	《西友》4号
1907.03.01	《唯心论》（原文）	《西友》4号
1907.04.01	《师范养成之急务》朴殷植译述	
		《西友》5号
1907.04.25	《理财说》金成喜译	
		《大韩自强会报》10—12号
1907.05.01	《论幼学》朴殷植译述	《西友》6—10号连载
1907.05.23—07.06	《罗兰夫人传》	《大韩每日申报》连载
1907.07	《罗兰夫人传》	博文书馆（1908.07再版）
1907.07.11	《越南亡国史》	《幼年必读》卷四

1907.07.11　　　　　　《世界最小民主国》玄采译《幼年必读》卷二

1907.07.25　　　　　　《伊太利建国三杰传》申采浩译　　广学书铺

1907.09.25　　　　　　《保教非所以尊孔子》黄柱宪译　　《大同日报》

1907.10　　　　　　　《越南亡国史》周时经译　　　　　博文书馆

（1908.3 再版 1908.6 三版）

1907.11.01　　　　　　《冒险勇进青年之天职》金河琰译述《西友》12 号

1907.12.20—1908.11.18　《越南亡国史》李相益译

　　　　　　　　　　　《中国魂》　　　　　　　　　《共立新报》连载

（包括：少年中国说,呵旁观者文,中国积弱溯源论,过渡时代论,论近世国民竞争之大势及中国之前途,论中国与欧洲国体之异同,国家思想变迁异同论,十种德性相辅相成议,论中国今日当以竞争求和平）

1908.01.25　　　　　　《论幼学》洪弼周译　　　　《大韩协会报》1 卷

1908.02.01　　　　　　《女子教育乃当务之急》金河琰译述

　　　　　　　　　　　　　　　　　　　　　　《西北学报》12 号

1908.03.29　　　　　　《俄皇宫中之人鬼》冬青山人译　　《大 韩 每 日
　　　　　　　　　　　　　　　　　　　　　　　　　　　申报》

1908.04.10　　　　　　《饮冰室自由书》全恒基译　　　　塔印社

（包括：成败,卑斯麦与格兰斯顿,自由祖国之祖,地球第一守旧党,文野三界之别,英雄与时势,近因远因之说,草茅危言,养心语录,理想与气力,自助论,伟人讷耳逊,放弃自由之罪,国权与民权,破坏主义,自信力,善变之豪杰,加布尔与诸葛孔明,论强权,豪杰之公脑,谭浏阳遗墨,精神教育者,自由教育者,祈战死,中国魂安在乎,答客难,忧国与爱国,保全支那,传播文明三利器,傀儡说,动物谈,惟心,慧眼,无名之英雄,天下无价之物,舌下无英雄笔下无奇士,世界最小之民主国,维新图说,十九世纪之欧洲与二十世纪之中国,俄人之自由思想,二十世纪之新鬼,难乎为民上者,烟土披里纯,无欲与多欲,说悔,机埃的格言,富国强兵,世界外之世界,舆论之母与舆论之仆,文明与英雄之比例,干涉与放任,不婚之伟人,嗜报之国民,奴隶学,希望与失望,国民之自杀,加藤博士天则百话,记斯塞论日本宪法语,中国之社会主义,记日本一政党领袖之言,记越南亡人之言,张勤果公轶事,孙文正公饰终之典）

1908.04	《匈牙利爱国者葛苏士传》李辅相译 中央书馆,博文书馆
1908.04.25	《动物谈》(原文) 《大韩协会会报》第 1 号
1908.04.25	《斯宾塞论日本宪法》(原文) 《大韩协会会报》第 1 号
1908.05	《中国魂》张志渊译 石宝铺(大邱)发行

(包括:卷上:少年中国说,呵旁观者文,中国积弱溯源论,过渡时代论,论近世国民竞争之大势及中国之前途。卷下:论中国与欧洲国体之异同,国家思想变迁异同论,十种德性相辅相成议,论中国今日当以竞争求和平)

1908.05.25	《变法通议序》洪弼周译 《大韩协会会报》第 2 号
1908.07.01	《世界最小之民主国》一呼生译 《西北学会月报》第 2 号
1908.07.25	《政治学说》李沂译 《湖南学报》2—9 号连载
1908.06.13	《伊太利建国三杰传》周时经译 博文书馆
1908	《生计学说》李丰镐译 石文馆
1908.10.25	《农钟变警读》崔东植译述《湖南学报》4 号
1908.12.02	《梁启超氏谈话》 《皇城新闻》
1908.12.25	《论师范》洪弼周译述 《大韩协会会报》第 9 号
1909.01.25	《学说第一》 《畿湖兴学会月报》6—10 号
1909.03.01	《论毅力》 《西北学会月报》10—11 号
1909.03.25	《国民十大元气》洪弼周译述 《大韩协会会报》第 12 号
1909.04.25	《支那梁启超新民说》李钟冕译 《峤南教育会杂志》1 号
1909.06.16	《无名之英雄》 《新韩民报》
1910	《大同志学会序》 《高等汉文读本》
1912.02.05	《十五小豪杰》闵濬镐译 东洋书院
1914	《丽韩十家文抄序》 《丽韩十家文抄》

通过以上所举梁启超著述在近代韩国的传播我们不难看出梁启超对当时韩国社会的影响力之大。但这仍不能说是梁启超影响的全部,只能说是其中的一部分,因为《清议报》《新民丛报》《新小说》以及《饮冰室文集》和部分单行本像《越南亡国史》《中国魂》《新民说》等梁启超的原版著作都直接传入了韩国,而韩国的近代文人精通汉文,他们能够直接阅读梁启超的原著,从中汲取营养。和当时报刊杂志上的介绍相比,在他们的近代启蒙思想形成过程中通过梁启超的原著受到的影响更

大,而这方面的影响是难以用数字来统计的。有的学者只根据翻译作品的多少,认为近代韩国主要接受的是日本方面的影响,这是不全面的。他们忽视了韩国文人自古以来就积极接受中国文化的传统和文人们高超的汉籍解读水准。

从上列被介绍到韩国的梁启超著述还可以清楚地看到韩国文人在介绍梁启超的时候始终围绕着爱国和启蒙两大主题。19 世纪末 20 世纪初的韩国的近代社会和中国内忧外患的情况大致相同,1894 年中日甲午战争之后,日本势力渐渐介入韩国,到 1905 年日本在韩国实行了总督统治,并终于在 1910 年吞并了韩国。在日本一步步吞并韩国的过程中,韩国的仁人志士进行了坚决的抗争。而在韩国近代知识分子苦苦探索救国之路的关键时刻,梁启超的爱国启蒙思想成了他们宝贵的思想武器。他们通过介绍梁启超的著述,积极提倡爱国精神,宣扬各国的救国英雄,传播西方近代文化以开启民智。下面以激励人们爱国救亡的《越南亡国史》为例作一简要说明。

《越南亡国史》是在近代韩国影响最大的梁启超的著作之一。该书在 1905 年出版后,立即传到韩国,并受到韩国近代爱国启蒙思想家们的热烈欢迎。1906 年玄采首先把《越南亡国史》翻译成了韩汉混用的韩文,由首尔普成社出版发行,并于 1907 年再版。1907 年,周时经又将《越南亡国史》翻译成了纯韩文(即不夹杂汉字的韩文),进一步扩大了该书的影响。同年李相益再次将《越南亡国史》翻译成韩文,并收录于当时非常普及的学校教科书《幼年必读》中,使该书成了家喻户晓的爱国启蒙教材。韩国现代诗人金素云在他的随笔中记录了自己幼时曾阅读《越南亡国史》的经历。

> 在没有任何顺序和体系的读书中,给予幼小的心灵感触最深的是饮冰室主人梁启超所写的《越南亡国史》。书以越南志士巢南子向梁启超先生哭诉越南的悲惨和统治者法国的专横的形式写成,几乎全是汉文,只不过在句间用国文缀了几个助词而已,晦涩难懂。当时是如何读懂的现在想来都令人难以置信。[①]

---

① ［韩］金素云:《金素云随笔集》,亚成出版社,首尔,1983 年,第 28 页。

　　《越南亡国史》的创作起因于梁启超和越南亡命客巢南子(越南民族运动家潘佩珠)的对话。韩国语版本的《越南亡国史》是由三部分组成的,第一部分是《记越南亡人之言》,第二部分是《越南亡国史》,第三部分则以附录的形式收录了梁启超的《日本之朝鲜》《灭国新法论》。该书之所以在韩国多次再版并且深受韩国读者的欢迎,主要是因为它唤起了人们的爱国精神和救国热情。《越南亡国史》写的虽然是越南的亡国史,但韩国读者却从中读到了韩国的亡国史。1905年日本在韩国实行总督统治后,韩国可以说已经是名存实亡了。爱国知识分子们为唤起人民的救国热情,反抗日本的殖民统治,纷纷著书立说。而此时梁启超发表的《越南亡国史》正好满足了韩国社会的这一需要,透过越南的亡国历史,韩国读者看到了当时韩国灭亡的现实。再加上梁启超在书中还直接言及了韩国,他在《记越南亡人之言》的结尾指出:"夫宁不见一年来日本之所以待朝鲜耶。今战事且未集,而第二越南之现象,已将见矣。"(本文所引梁启超文章著作除注明者外,均出自《饮冰室合集》,中华书局1989年重印本)指韩国将成为"第二越南",这一预言性的判断,对当时韩国人的冲击是可想而知的。鲁益亨在周时经翻译的《越南亡国史》序中指出:"越南亡国的史实很值得我们反思。现在我国的人民不论男女老少都应该了解这件事情并提高警惕,关心时局的变化,认真思考我们应该怎样做才能从患乱中保存我们的生命。"金素云也曾回忆说:"一本薄薄的《越南亡国史》适时地详细地教我懂得了什么是侵略、民族的自由具有怎样的意义。书中的'越南'两字在不知不觉中变成了自己国家的名字。"(《金素云随笔集》亚成出版社,首尔,1983年,第28页)正是因为这样,《越南亡国史》一发行就被介绍到韩国,并且成了当时家喻户晓、影响最大的爱国书籍之一。

　　除《越南亡国史》之外,对近代韩国社会影响较大的梁启超著作还有《匈牙利爱国者葛苏士传》《伊太利建国三杰传》《近世第一女杰罗兰夫人传》《中国魂》等。1910年日本吞并韩国之后,梁启超的著作在韩国几乎都被列为禁书,翻译出版受到了限制,但其影响却是禁止不住的。根据韩国现代著名文人们的回忆,他们在童年时期都曾读到过梁启超的著作并深受其影响。

二、梁启超与韩国近代启蒙思想家

在近代韩国,启蒙运动的代表人物有玄采、申采浩、朴殷植、张志渊、安昌浩等。他们积极接受西方的启蒙思想,推动近代报纸、杂志和图书的发行,以此来宣传和普及爱国启蒙运动,从而实现民族独立和自强。通过前面梁启超著述在韩国的传播情况,我们不难看出韩国的近代启蒙思想家与梁启超有着密切的关系。

(一)玄采

玄采(1856—1925),号白堂,开化期"主权恢复"的倡导者和先驱者,在外文书籍的翻译和出版方面贡献尤为突出。玄采生于哲宗七年,原籍首尔,父亲译参奉济万,母亲郑氏。出生于译科门第的玄采,从小习读汉文,18岁弱冠及第。及第之后,曾一度为官,后于1896年被任命为学部编辑局委员。此后,开始专注于外文书籍的翻译。崔南善曾在《朝鲜历史》中对玄采作过高度评价,"乙未以后,生学部编辑局,玄采从事纂译时务新书,独占著述界,撰述光武乾隆际学校教科书之太半"。1900年,玄采翻译出版了梁启超的《清国戊戌政变记》,这是韩国最早的梁启超著作的译本。这时《饮冰室文集》还没有出版,所以,当时韩国的知识界主要是通过《清议报》了解梁启超的思想的。《清国戊戌政变记》使韩国民众了解到当时中国内忧外患的形势,从而提高了其对日本的警惕之心。同时,对于韩国人认识梁启超也起到了很好的作用。

《乙巳条约》签订之后,玄采辞掉了学府的职位,于1906年开始在普成社从事出版工作。当时,日本的侵略日益加剧,韩国社会内部要求独立自强的呼声越来越高。在这样的历史背景下,玄采翻译出版了梁启超的《越南亡国史》,以鼓舞民众的爱国心。同时,他还把《越南亡国史》收录在他的代表作《幼年必读》中,用来教化民众。此后,玄采又在桂洞独自经营书店,维持生计,后来书店发展成为"玄采家"出版社,仅图书就出版了30余种。其中主要的图书有《东国史略》《法兰西新史》《幼年必读》《东西洋历史》《日本史记》《普法战记》等。从这些书目可以看出，玄采是一位精于时局的启蒙思想家。他所主导的外国图书翻译和出版为韩国的近代启蒙运动做出了重要的贡献。其中，玄采编译出版的梁启超的《越南亡国史》成为近代韩国影响最大的启蒙图书之一。

（二）申采浩

申采浩（1880—1936），号丹斋，笔名无涯生，是韩国近代最为著名的爱国启蒙思想家、史学家、文学家，1880年出生于忠清北道清州的儒家家庭，6岁入私塾，10岁时已通读儒家经典，20岁便取得了成均馆的博士资格。

复杂的历史变革使年轻的儒生申采浩积极投身于民族独立运动。1902年，申采浩发表了《抗日声讨文》一文，这是他发表的第一篇爱国文章。以此为契机，他开始积极投身于舆论界，在《皇城新闻》《大韩每日申报》《大韩协会月报》《家庭杂志》《少年》等报纸杂志上发表了大量的社论。

申采浩由评论家、史学家、思想家，最终成为当代著名的爱国文学家。他的思想受梁启超影响很大。在文学思想方面，他借鉴梁启超的小说社会效用论作为自己文学创作的基本理论。他在《小说家的趋势》一文中指出："小说引导国民强盛，国民则强盛；引导国民软弱，国民则软弱；引导国民正直，国民则正直；引导国民邪恶，国民则邪恶。"[①] 在这里申采浩充分肯定了小说的社会效用，这和梁启超在《论小说与群治之关系》一文中的效用论小说观是一致的。在《近今国文小说著者的注意》一文中申采浩又说："呜呼！能助英雄豪杰之躯体，能使天下之事业始于妇孺走卒等下层社会，能具转移人心之能力者，小说也。然若小说多为萎靡淫荡之作，其国民亦会受此感化。故西儒云：'小说为国民之魂。'"[②] 在这里申采浩在进一步强调小说的社会作用的同时，还引用了梁启超《译印政治小说序》中提到的"小说为国民之魂"。在同一篇文章中，申采浩还提出了小说的"熏陶浸染"作用，这显然是受了梁启超提出的"熏浸刺提"的影响。众所周知，"熏浸刺提"是梁启超关于小说的文艺美学特征的重要见解，他在《论小说与群治之关系》一文中从审美

---

① 《丹斋申采浩全集》别集，丹斋申采浩先生纪念事业会，1995年，P81.
② 《丹斋申采浩全集》下集，丹斋申采浩先生纪念事业会，1995年，P17—18.

主体的心理活动入手,具体分析了小说"支配人道"的四种力量。申采浩所提出的"熏陶浸染"在内容上和梁启超的见解基本一致,由此我们不难看出两人之间的影响关系是多么的密切了。

为唤起民众的爱国心,申采浩还翻译出版了梁启超的《伊太利建国三杰传》一书。《伊太利建国三杰传》虽然是一部小说,但它对于爱国主义的宣传,确实十分有效。鉴于此,继翻译《伊太利建国三杰传》之后,申采浩又直接创作了《乙支文德》(1908)、《李舜臣传》(1908)、《崔督统传》(1910)等历史传记小说。金台俊曾称赞他说:"当时,成均馆博士申采浩氏创作《乙支文德》《李舜臣传》等历史小说,开拓新生面,实为氏之独创,隆盛之政治思想与国家观念之反映,时代之产物。"而他的这些历史小说创作在很大程度上受到了梁启超的文学理论及其历史小说作品影响。

(三)朴殷植

朴殷植(1859—1925),字圣七,号谦谷、白严,开化期著名的独立运动家、舆论家、学者。1898年,儒生朴殷植受独立协会的影响,开始由性理学和卫正斥邪思想转向开化思想。

1904年,《大韩每日申报》创刊发行,朴殷植被聘任为主要执笔人。以此为契机,朴殷植正式转变成了开化思想家。他辛辣的批判儒家思想和卫正斥邪思想,并强调开化思想和新文明对于实现民族自强的重要性。1906年,大韩自强会成立后,朴殷植十分活跃,在《大韩自强月报》上发表了大量爱国启蒙性质的社论。同年,他还组织成立了西友学会,并担任会刊《西友》的主笔。朴殷植发表大量论评,宣传强调新教育救国思想、实业救国思想、社会风气改革思想、大同思想等爱国主义思想,并积极推动爱国主义运动的发展。作为一位启蒙思想家,朴殷植在当时的思想界和运动界发挥了十分重要的作用。

1910年,韩日和邦以后,朴殷植的著作被日本当局宣布为禁书。为了保存韩国民族的历史和国魂,朴殷植于1911年流亡当时的满洲。此间,他的主要著作有《东明圣王实记》《渤海太祖建国志》《梦拜金太祖》《渊盖苏文传》《大东古代史论》等。

值得注意的是,朴殷植曾于1914年,应中国友人之邀,在香港担任中国杂志《香江》的主笔。这一时期,他与中国的启蒙思想家康有为、梁启超、康绍仪、景梅九等都有很深的交往。朴殷植虽然是在1914年才认识梁启超，但早在此之前，他就已经翻译出版过梁启超的许多著作，如《学校总论》《爱国论》《论师范》《论幼学》等，并且一直研读梁启超的《饮冰室文集》和《清议报》《新民丛报》等。所以朴殷植的启蒙思想深受梁启超的影响也就不足为怪了。

（四）张志渊

张志渊（1864—1921），号韦庵，韩国近代爱国启蒙运动的先驱者。从开港到韩日合邦，张志渊亲身体验了历史的剧变，并由儒生迅速转变为启蒙思想家。亡国的悲剧使张志渊深切地认识到新思想和新文化的重要性。为救国图强，张志渊积极投身于社会启蒙运动中。

张志渊出生于庆尚道尚州，六岁开始学习汉文，15 岁已熟读经史，31 岁任职史礼所，后任内部主事。但很快于 1898 年他便辞掉了内部主事之职。至此，张志渊的人生一直是典型的儒生之路。1898 年，张志渊任《时事丛报》社主笔。同年 9 月，任《皇城新闻》社主笔，开始从事舆论活动和文学创作活动。这是他人生的一大转折点。从此，他开始通过发表文章来宣传自己的主张，启蒙民众，救国自强。乙巳条约签订以后，因发表《是日也放声大哭》一文，而被迫退出舆论界，但他并没有因此而中断在大韩自强会的活动。

作为舆论家，张志渊不仅广泛接触到梁启超发行的《清议报》《新民丛报》及其著作《饮冰室文集》，他还直接翻译出版了梁启超的著作《中国魂》。因此，他的文章和思想也受到了梁启超很大的影响。

《中国魂》分上下两卷。上卷收录了《少年中国说》《呵旁观者文》《中国积弱溯源论》《过渡时代论》《论近世国民竞争之大势及中国之前途》等，下卷收录了《论中国与欧洲国体之异同》《国家思想变迁异同论》《十种德性相反相成义》《论中国今日当以竞争术和平》《排外平议》《论国家思想》《论进取冒险》等。这本书中收录的文章逐一在《清议报》和《新民业报》上发表，且大部分再次收录到 1902 年出版的《饮冰室文集》中。《中国魂》反映了梁启超的政治思想、国家思想、改良主义思想等。

1908 年 5 月张志渊全文翻译了梁启超的《中国魂》，由大邱石宝铺发行。张志渊在译本的第一页插入"贬世"二字，与当时中国流行的"醒世""警世"如出一辙。张志渊的译本还附有尹瑛燮的跋。

惟我与清兮接壤而并立。其兴其衰兮从古影响而相及，猗

其二万里之神州兮皇帝圣族文明之所龠。夫何近代之寖削兮，
三百年河流瀹瀹。忆近代之清淡兮既无救于国家之急，况宋氏
之误导兮其学向僻而且固执。吁彼禹域兮尚因循子积习。盖
我箕疆兮亦余波之添湿。抱券长读兮不觉同遇同情而悲泣。
呜呼同遇兮其骏马之如絷。呜呼同情兮及此春雷而共振蛰。
大韩隆熙二年二月，止堂尹瑛燮谨题。[①]

尹瑛燮在跋中指出，中韩接壤并立，自古中国的兴衰对韩国影响很
大。他对近代中国遭受列强的侵略而表示哀叹。他希望此书能像春雷
一样惊醒韩国国民，唤起他们的爱国心。

梁启超的《中国魂》传入韩国后，引起了很大反响。韩国知识分子
模仿"中国魂"一语，创造了"朝鲜魂""韩国魂""国民之魂"等用语，
并很快成为各新闻杂志上的流行语。

三、梁启超对韩国近代文学的影响

在韩国近代文学史上，开化期（通常指1890—1919年）是韩国文
坛接受外国文学影响的重要时期。由于当时的韩国社会仍处于半封
闭的状态，对西方文化和文学的接受主要是通过日本和中国间接进行
的。这从当时韩国报刊资料的外国人名表记方法上大体可以区分出
来，比如有的报刊在介绍莎士比亚、席勒、培根、托尔斯泰等西方人时
直接使用他们的英文名字Shakespeare、Schiller、Bacon、Tolstoy，而
有的报刊中外国人的人名表记却同时使用了汉字和英文，如特玛柯来
尔（Thoms Carlyle）、德来丁（Dryden）、福禄特尔（Voltaire）、塞士比亚
（Shakespeare）、美尔顿（Milton）等。一般认为，前者是通过日本、后者
则是通过中国介绍到韩国的。然而在韩国近代文学的研究中，关于接受
外国文学的途径，韩国一些权威的近现代文学史著作，如白铁的《新文
学思潮史》和赵演铉的《韩国现代文学史》等，都普遍存在着过分强调

---

① 梁启超：《中国魂》，张志渊译，大邱石宝铺，1908年。

日本渠道而忽视中国渠道的倾向。因此梁启超对韩国近代文学的影响研究在很长一段时间没有得到学术界的重视。直到60年代末,这种现象才有所改变。李在铣在其《开化期小说观的形成和梁启超》一文中,首次指出了中国的媒介作用在韩国开化期文坛接受西方文学过程中的重要性,之后又有几位学者先后著文探讨了当时中国方面对韩国开化期文学的影响。此后,梁启超和韩国近代文学的关系才开始逐渐引起韩国学术界的关注和重视。

梁启超对韩国近代文学的影响是多方面的,既涉及一般的文学理论,又涉及小说、诗歌的具体作品。限于篇幅仅就梁启超对韩国近代小说的影响略作论述。

在同受儒家文化影响的中韩两国的文学传统里,小说历来都被排斥在正统文学之外,然而梁启超却以其启蒙思想家的眼光高度评价了小说在近代社会发展中所起的巨大作用和影响,他在《译印政治小说序》一文中指出:"在昔欧洲各国变革之始,其魁儒硕学,仁人志士,往往以其身之所经历,及胸中所怀政治之议论,一寄赍于小说。于是彼中缀学之子之塾之暇,手之口之,下而兵丁,而市侩,而农氓,而工匠,而车夫,马卒,而妇女,而童孺,靡不手之口之。往往每出一书,而全国之议论为之一变。彼英、美、德、法、奥、意、日本各国政界之日进,则政治小说为功最高焉。"梁启超小说观的核心就是强调小说的社会功能和作用。他认为小说不仅是改良政治的有力武器,而且通过它能够改变国民的道德、宗教、风俗、学术等。关于小说的社会作用,梁启超在其著名的《论小说与群治之关系》一文中又指出:"欲新一国之民,不可不先新一国之小说。故欲新道德,必新小说;欲新宗教,必新小说;欲新政治,必新小说;欲新风俗,必新小说。何以故?小说有不可思义之力支配人道故。"梁启超关于小说的这种观点虽然有一定的片面性,但却代表了当时中国社会对政治改良和文学变革的迫切要求,对我国近代小说创作和小说理论的盛兴起了重要的推动作用。

20世纪初,梁启超的小说观通过各种渠道迅速传播到韩国并引起了强烈的反响。当时,韩国也和中国一样正处于社会大变革的时期,面对西方列强的坚船利炮,正在苦苦探索富国强兵之路的韩国启蒙思想家们从梁启超的著述中受到了启发,他们积极地接受了梁启超的小说观,在韩国文坛大力宣扬小说的社会效用,并身体力行,创作了一些小说作品。

　　李海朝是韩国近代另一位著名的文学理论家、小说家,他积极接受中国近代小说的影响,早在1897年就曾翻译过包天笑的中译本小说《铁世界》,此外他还创作了30多篇新小说,在韩国近代文学史上占有举足轻重的地位。李海朝的小说理论深受梁启超效用论小说观的影响,他在《花之血》的序文中指出:"所谓小说常常以'凭空捉影'的方式合情合理地编辑而成,其第一目的就是校正风俗、唤醒社会。有时现实中存在着与小说里相似的人和事,小说就更能够唤起读者的兴趣,从而可以给他们一定的影响。"在这里李海朝不仅指出了小说"校正风俗、唤醒社会"的目的,还指出了小说的真实性与现实生活的辩证关系。可以说他的这些主张在很大程度上受到了梁启超小说论的影响。

　　除申采浩、李海朝之外,翻译、介绍梁启超著作的主要学者还有张志渊、朴殷植、洪弼周、玄采等。他们都是韩国著名的启蒙思想家或文学家,对当时韩国的思想界和文学界有着极大的影响力,这在客观上进一步扩大了梁启超对韩国近代小说观的影响。

　　梁启超不仅提出了他的效用论小说观,而且还亲自实践,创作和翻译了很多小说作品,其中传记体小说是梁启超文学创作的一个重要组成部分。梁启超所创作和翻译的传记体小说如《匈牙利爱国者葛苏士传》《三先生传》《伊太利建国三杰传》《近世第一女杰罗兰夫人传》《南海康先生传》《中国八大伟人传》《祖国大航海家郑和传》等皆以中外著名的伟人或英雄人物为主人公,很明显,这些作品都是出于他的效用论小说观而创作的。梁启超在《伊太利建国三杰传》中指出:"故吾以为欲造新中国,必有人人自欲为三杰之一之心始。"受梁启超的影响,韩国开化期文人不仅翻译了梁启超的《匈牙利爱国者葛苏士传》《伊太利建国三杰传》《近世第一女杰罗兰夫人传》等传记体小说,而且还以韩国古代的英雄人物为题材创作了《乙支文德》《李舜臣》《崔都统传》《姜邯赞传》等传记体小说作品。从这些作品的序言中不难看出,梁启超对韩国开化期传记体小说的影响主要表现在小说创作的动机和目的等方面。

　　"新小说"是韩国近代出现的一种新的小说形式,它被认为是韩国小说从古典向近代发展的过渡形式。梁启超对韩国新小说的影响首先从"新小说"这一用语就可以看出。当然"新小说"一词最早源于1889年日本发行的《新小说》杂志,但是在1902年梁启超发行《新小说》杂志之前韩国的报刊杂志上却从未使用过"新小说"这一用语。从当时中、日、韩三国的文化交流关系来看,韩国的"新小说"这一名称应该说同时受到了中、日两方面的影响,但如果从这一用语使用的时期来看,日本是 1889 年,中国是 1902 年,韩国是 1906 年,也就是说在使用时间上韩国与中国更为接近;更重要的是"新小说"在日本只不过是一个杂志的名称,而在中国和韩国却是作为一种小说形式的名称使用的,因此可以说韩国的"新小说"这一名称受中国方面的影响更大一些。受梁启超影响较明显的韩国新小说作品当数李海潮的《自由钟》,在这一作品中,梁启超被直接引用到了作品中人物的对话里,由此可见其影响之大了。另外《自由钟》的主题和内容与梁氏的女性教育论及效用论小说观也有密切的关系。

四、梁启超对韩国近代文学产生影响的特征

在论及梁启超和韩国近代文学的关系时,我们往往会很容易地联想到中韩两国间传统的文学关系。但实际上梁启超和韩国近代文学的关系与两国传统的文学关系在性质上却有很大的差异。在过去的近千年间,韩国的古典文学是在中国文学的影响下发展起来的,对韩国文学来讲这种关系在很大程度上具有某种宿命的性质。也就是说,一方面韩国的古代文人在接触发达的中国文学的过程中主动地接受了中国文学;另一方面我们还应该注意到对于韩国文人来讲,当时除了中国文学之外,他们没有其他选择的余地。但到了近代情况却发生了变化,韩国近代社会对梁启超的接受并非他们唯一的选择。19 世纪末 20 世纪初的韩国,正处于日本和欧美势力介入、西方文化大量涌入的时期,而当时的中国却处于列强侵扰、国运衰落的时代。在这样的情形下,韩国的近代文人却选择了梁启超的思想,这不能不说是一个很特别的选择,也正是由于这个原因梁启超和韩国近代文学的关系引起了当代学者们极大的关注和兴趣。

梁启超对韩国近代文学的影响不是单纯的、直线式的影响,而是一种复合式的影响。这里既有直接的影响,又有间接的影响。梁启超并非是为了文学而从事文学的文人,他在文化、学术方面的成就远远大于他

在文学上的成就。对韩国近代文学的影响也是一样,除了他的文学理论和作品的直接影响外,通过他的有关爱国、启蒙方面的论述给韩国近代文学带来的影响更深远。在多种社会思潮混在的变革期,作家们追求的目标不同,选择的视角各异,对于某种思想或文化,有的人积极接受,也有的人是在大的社会背景下不知不觉地受到影响的。因此研究梁启超和韩国近代文学的关系,不仅要注意那些明显的一对一的相关因素,还应该通过分析当时大的社会背景和氛围挖掘那些间接的相关因素。

此外,尽管梁启超和他的著述对韩国的近代文学产生了巨大的影响,但被翻译成韩国语的梁氏作品却比日本方面的要少。其间一部分韩国学者只根据当时翻译作品的数量强调日本方面的影响,他们忽视了具有很高汉文水平的韩国知识分子可以直接阅读中国原典的事实。因此只根据翻译作品的数量来理解近代中韩文学的影响关系是不全面的。更何况在翻译介绍西方文化时,梁启超选择的视角和日本的视角是很不同的,梁启超以介绍宣扬救国运动、自立独立精神以及民族主义思想的伟人传记或具有进步的政治思想、社会思潮的新小说为主,这是当时中国社会的潮流和需要。而客观上这又和正在进行抗日、反封建、反殖民运动的韩国的社会状况相符合,因此梁启超受到了当时韩国知识分子的热烈欢迎,这一点在研究近代中日韩文学关系时也是不可忽视的一个重要因素。

总之,梁启超和韩国近代文学的关系是一种特殊的关系。相信对这一关系的研究不仅会有助于中韩近代文学的比较研究,而且对阐明韩国近代文学的形成过程也具有重要的意义。

第七章　梁启超的东亚观

  19 世纪中叶以后,西势东渐,外患迭起,中国社会跨入了近代化的转型期,中国知识分子对外部世界的认识也随之出现了很大的变化。严复、胡适等崇拜欧美,形成了"西学派"。而以梁启超、黄遵宪为代表的一部分知识分子则崇拜日本,形成了"东学派"。梁启超作为当时中国知识分子的代表,他的国际视野是非常广阔和敏锐的。他对世界众多国家和民族都表现出了极大的关心和兴趣,发表了大量的评论文章。梁启超身居东亚,对于东亚诸国的事情更是关心备至。特别是对日本和韩国,梁启超通过一系列评论文章,表达了他对两国的态度,并形成了他的日本观和韩国观。

一、梁启超的日本观

  梁启超是对日本问题研究最多的中国近代启蒙思想家之一,他的日本观形成于 19 世纪末 20 世纪初。梁启超一生与日本结下了不解之缘,但他对日本的态度却从最初的"师日"发展到"亲日",又由"亲日"转变为"反日"。梁启超对日本的态度及其态度的转变代表了当时大部分"东学派"知识分子日本观的变化历程。

  早在就读万木草堂期间,梁启超就开始关注邻国日本的崛起,首次阅读的日本书籍是倒幕维新志士吉田松阴写的《幽室文稿》。1897 年,他在《记东侠》一文中,热情地歌颂了吉田松阴、西乡隆盛等明治维新志士的丰功伟绩。在此前后,梁启超还阅读了黄遵宪的《日本国志》,

为其作序。在梁启超眼里,日本是一个蒸蒸日上的新兴国家,"日本者,世界后起之秀,而东方先进之雄也"。[①] "夫日本古之弹丸,而今之雄国也。"[②],"日本以区区三岛,县琉球,割台湾,胁高丽,逼上国,西方之雄者,若俄、若英、若法、若德、若美,咸屏息重足,莫敢藐视。呜呼,真豪杰之国哉!"[③] 这些评价反映了早期梁启超对日本的基本看法。

1896 年梁启超撰写的《变法通议》一文,可以看成是其早期日本观形成的标志。该文系统地提出了变法思路,强调改革的迫切性和必要性。他认为日本为"自变者",属于东方后进国家主动改革而成功的榜样,对中国的改革具有很大的借鉴性,因此,梁启超从变法、吸收外来文化、重视教育等方面介绍了日本的成功经验,提出向日本学习的课题。1897 年他又着《记东侠》《日本国志后序》《读日本书目志书后》《南学会叙》《论中国之将强》《医学善会叙》《复刘古愚山长书》等文,进一步展开了他的"师日"观。

梁启超是把日本作为一个后进国家取得成功的榜样看待的,因此,他特别强调学习日本的重要性。因为"泰西诸学之书,其精者日人已略译之矣"。[④] 日本经过三十几年时间,已经基本消化了西方文化,借道日本吸收西方文化就可以起到事半功倍的效果。梁启超强调只要"尽译其书,译其精者而刻之,布之海内,以数年之期,数万之金,而泰西数百年、数万万人士新得之学举在是",用最短的时间、用比较少的人力和财力迅速成功地移植西方新学,就可以使中国达到"言矿学而矿无不开;言农、工、商而业无不新;言化、光、电、重、天文、地理而无不入微也"[⑤] 的地步。

戊戌变法失败后,梁启超在日本驻华使馆的帮助下,乘坐日本军舰踏上了流亡日本之路。从 1898 年底梁启超踏上日本国土起到 1904 年左右止,是梁启超日本观确立的时期。这期间,梁启超深受日本明治文化的影响,"脑质为之改易,思想言论,与前者若出两人"。[⑥] 他借助日文版的专著或译著,广泛涉猎了培根、孟德斯鸠、卢梭、亚当斯密、霍布士、边沁、伯伦知理、基德等人的学说,开始系统地接受西方近代的政治

---

① 　《饮冰室合集·文集》之十,中华书局 1989 年版(下同),第 26 页。
② 　《日本国志后序》,《饮冰室合集·文集》之二,第 50 页。
③ 　《记东侠》,《饮冰室合集·文集》之二,第 30 页。
④ 　《读日本书目志书后》,《饮冰室合集·文集》之二,第 52 页。
⑤ 　《读日本书目志书后》,《饮冰室合集·文集》之二,第 53 页。
⑥ 　《夏威夷游记》,《饮冰室合集·专集》之二十二,第 186 页。

理论、学术思想以及价值观念，他的很多著述就是受明治思想家、学者的启发，编写或摘译而成的。例如，他通过阅读中村正直翻译的《自由之理》，了解到穆勒《论自由》的内容；通过加藤弘之的《强者的权利与竞争》，加深了对于社会进化论以及功利主义的理解；而阐述其文明史观的《国民十大元气论·叙论》《文野三界之别》等文章，无论是主题立意，还是遣词造句，几乎就是福泽谕吉的《文明论之概略》部分章节的翻版。正是在此基础之上，梁启超很快地形成了自己的启蒙思想体系。1899 年写成的《自由书》和 1902 年至 1906 年陆续写成的《新民说》等著作，可以说是梁启超日本观确立的标志。

虽说梁启超对日本颇具好感，自称是"第二故乡"，但随着梁启超在日本生活时间的增加以及对"东学"研究的日益深入，其日本观也逐渐趋于冷静、客观。首先，他意识到中日两国的国情相差很大，认为："近年以来，吾国民崇拜日本之心极盛，事无大细，动辄曰法日本。虽然，日本非吾之所宜学也。彼岛国，吾大陆，一也。彼数千年一姓相承，我数千年禅篡征夺，二也。彼久为封建，民习强悍，我久成一统，民溺懦柔，三也。"[①] 其次，他发现日本也存在着种种弊端，指出："日本政党内阁之屡败也，东方民政思想尚幼稚之征验也，非加完全之教育，养民族之公德，则文明之实未易期也。"[②]

1903 年，梁启超发表"日本之朝鲜"一文，就朝鲜问题向日本的强权提出了质疑和责难。"日本之朝鲜"这篇文章记录了朝鲜全国警察权落入日本人之手的事件。阳历 12 月 30 日朝鲜新会会员在某处集会，要求政府改革，朝廷出动警察镇压，十余名新会会员受伤。这时为应付这一紧急状态，日本出动了宪兵。韩军队中不知谁扔石头砸伤一名日本兵，日本军迅速下令逮捕韩军大队长以下的 6 名军官和 7 名士兵。第二天，日本公使林氏与驻韩戍军司令官长谷川氏向韩廷提出严重交涉。最终使得参政官申箕善、宫内大臣兼内务大臣李容泰遭免职，同时也累及法部大臣金嘉镇提出辞呈。"新岁正月三日，长谷川氏遂要求韩廷，谓贵国警察力，非惟不足以维持治安，反足以扰乱治安，自今以往，宜将全国警卫之权，一受成于日本军吏之手。"[③] 于是韩国的警权落了日本军官

---

① 《论教育当定宗旨》，《饮冰室合集·文集》之十，第 60 页。
② 《清议报一百册祝辞并论报馆之责任及本馆之经历》，《饮冰室合集·文集》之六，第 56 页。
③ 《日本之朝鲜》，《饮冰室合集·文集》之十四。

之手。

对此事件，梁启超慨叹韩国所受不公待遇道："呜呼，朝鲜尚得为朝鲜人之朝鲜耶，尚得为朝鲜人之朝鲜耶。"同时，强烈指责了日本的强权："呜呼，吾观此而有以识强权之真相矣，抑以此轰天震地之举动，而一来复了之，安然若行所无事焉，呜呼，吾观此而益有以识强权之真相矣。"[①]

在《朝鲜哀词五律二十四首》中，梁启超还对发生于 1895 年的明成皇后被杀事件作诗如下：

> 梃击何公案，蛾眉泣马嵬。召戎有贵胄，靖难乏长才。
> 南内埋荆棘，行人庇葛藟。旄丘琐尾子，早晚好归来。

梁启超在此诗后自注道："光绪二十一年，日本公使三浦梧楼与朝鲜宫中失势者相结，露刃入宫，戕其妃闵氏。朝皇走避俄使馆，数月乃出。"[②]诗中引用了杨贵妃被迫自杀的史实。唐朝时由于皇帝和杨贵妃等集权者的失策和失误而导致叛乱四起，最终杨贵妃也在叛乱者的强迫下自杀。但韩国的情况却不同，这次事件是由日本公使与朝鲜宫中的失势者的勾结，即日本势力的介入而引起的。梁启超通过此诗批判了日本对韩国的过度干涉。

1912 年 10 月，梁启超回到了阔别 14 年的中国，并立即投身参与立宪政治的实际运作，不断地发表政论，强调政党的作用。此时，梁启超在文章中所举出的日本事例大都是反面形象，可见他已经把日本当成了前车之鉴。另一方面，对于当时错综复杂的中日外交关系，梁启超也发表了大量的评论，坚决维护民族利益，批判日本企图独吞中国的野心。1915 年 4 月，有关"二十一条"的秘密交涉被报界披露，蛰居天津的梁启超怒不可遏，接连发表了《中日最近交涉平议》《中日时局与鄙人之言论》等一系列文章。他首先揭穿了日方所谓提出"二十一条"是为了"保持东亚和平起见"的谎言，警告日本："借舰与炮之影以助外交成功，对付前清政府，诚不失为妙术，而在今天则无所用"，"若事关国家存亡，则宁为玉碎，不图瓦全"。他说"吾劝日本人切勿误认题目，以第二之朝

---

① 《日本之朝鲜》，《饮冰室合集·文集》之十四。
② 《饮冰室合集·文集》之四十五（下）。

鲜视我中国。……殊不知我国绝非朝鲜比也。我国虽积弱已甚,而国民常自觉其国必能岿然立于大地,历劫不磨,此殆成一种信仰,深铭刻于人人心目中。……凡以正义待我,无论何国,吾皆友之,凡以无礼加我者,无论何国,吾皆敌之。"[①] 看到自己昔日崇拜过的邻国,现在居然凭借武力来恐吓新生的祖国,梁启超痛心疾首,感叹道:"以日本号称吸受西洋文化数十年,而今兹之举动,一若全为锁国思想所蔽,退化之锐,吾实惊之。"[②] 1919 年,已经退出政界的梁启超携友人游历欧洲,得知列强在巴黎和会上达成协议,同意日本继承德国在山东的各项权益,而中日密约致使中国外交受阻,深感震惊,立即通电谴责列强不惜牺牲中国利益以迁就日本的做法以及北洋政府出卖主权的行为,并应万国报界俱乐部的邀请发表演讲,指出:"若有别一国要承袭德人在山东侵略主义的遗产,就为第二次世界大战之媒,这个便是平和之敌。"[③] 梁启超从巴黎多次发回主张拒签和约的电文轰动朝野,各界人士纷纷响应,群情振奋,直接导致了五四运动的爆发。

二、梁启超的韩国观

梁启超在戊戌变法失败后亡命日本,在日本横滨先后创办了《清议报》《新民丛报》,以及《新小说》杂志。梁启超创办的这些报纸和杂志当时就直接传入了韩国,《清议报》在国内外的 38 个代理发行点中,韩国的京城(今首尔)和仁川就各有一个,《新民丛报》的 97 个代理发行点中,韩国的仁川也有一个。1902 年,梁启超将其在报刊上发表的文章结集为《饮冰室文集》出版,文集出版后很快就传到了韩国,经韩国的爱国启蒙思想家和作家们的积极介绍,梁启超的著述被刊载于各种出版物。除《饮冰室文集》之外,象《越南亡国史》《中国魂》《新民说》等梁启超的单行本著作也传入了韩国。由于韩国的近代文人精通汉文,他

① 《中日时局与鄙人之言论》,《饮冰室合集·文集》之三十二,第 95 页。
② 《中日交涉汇评》,《饮冰室合集·文集》之三十二,第 88—115 页。
③ 《欧游心影录节录》,《饮冰室合集·专集》之二十三,第 83 页。

们可以直接阅读梁启超的原著。因此,梁启超的著述在韩国近代启蒙思想的形成过程中起到了非常重要的作用。

20世纪初,梁启超目睹了日本一步步吞并朝鲜的整个过程,他非常关注朝鲜的局势。其间,他先后撰写了《朝鲜亡国史略》《朝鲜灭亡之原因》《日本并吞朝鲜记》《朝鲜贵族之将来》《日本之朝鲜》《朝鲜哀词五律24首》《秋风断藤曲》等诗文。透过这些诗文我们不难看出梁启超的韩国观。

梁启超在其所有与韩国有关的著作中,对韩国的命运都表现出了无限的同情心,同时积极歌赞为国家解放而英勇斗争的志士们。梁启超在《朝鲜亡国史略》的序言中写道:

> 吾以中日战争之前之朝鲜,与中日战争后之朝鲜比较。吾更以中日战争后之朝鲜与日俄战争后之朝鲜比较,而不禁泪涔涔其盈睫也。今者朝鲜已矣,自今以往,世界上不复有朝鲜之历史,惟有日本藩属一部分之历史。记曰:丧礼哀戚之至也,君子始念之者也。今以三千年之古国,一旦溘然长往,与彼有亲属之关系者,于其饰终之故实,可以无记乎。呜呼,以此思哀,哀可知耳。[①]

《朝鲜亡国史略》由"序言""第一期,朝鲜为中日两国之朝鲜""第二期,朝鲜为日俄两国之朝鲜""第三期,朝鲜为日本之朝鲜"等四部分构成。作品从第一部分到最后一部分都始终表现出了对韩国的同情。这篇文章引起了当时韩国知识分子极大关注,韩国《太极学报》第二十四期刊发了署名中叟的《读梁启超著朝鲜亡国史略》一文,文中指出:

> 梁启超氏乃支那人也,往在甲辰著述朝鲜亡国史略一部,传而万国公眼,我一般同胞想已概见也。呜呼,梁氏虽为外国人,但对朝鲜亡国若是哀恸矣![②]

---

① 《饮冰室合集 专集》之十七。
② 《太极学报》第24号,隆熙二年九月,第12页。

1910 年日韩合并,梁启超接连发表了《朝鲜灭亡之原因》《日本吞并朝鲜记》等文章和《朝鲜哀词五律二十四首》。梁启超通过这些诗文,表达了对韩国的同情之心。

> 旅雁悲胡越,连鸡斗赵秦。
> 诸侯兵在壁,四海水扬尘。
> 地险崇朝尽,天骄命受新。
> 挥盘载书定,良会最酸辛。

此诗中,梁启超批判了为争夺朝鲜而相互斗争的日本与俄国,批判了为了本国利益而袖手旁观、牺牲弱国的列强,表现了对被迫签订不平等条约的韩国的同情之心。康有为评价此诗曰"雄伟豪奇"。

梁启超在对韩国表现出同情之心的同时,还对韩国的抗日志士赞赏有加。他在诗文中曾多次言及安重根义士。

> 三韩众十兆,吾见两男儿。
> 殉卫肝应纳,椎秦气不衰。
> 山河枯泪眼,风雨闭灵旗。
> 精卫千年恨,沉沉更语淮。

梁启超在此诗后自注如下。"韩亡之前一年,韩义民安重根,狙击前统监伊藤博文于哈尔滨,毙之。旋被逮,从容就死。韩亡后三日,忠清南道金山郡守洪奭源仰药死。"[①]

为了纪念安重根义士,梁启超创作了名为《秋风断藤曲》的长诗,这篇由 96 句组成的长诗"激昂慷慨,格调与梅村相仿,气势与初唐四杰类似,有时又像杜陵野老之诗,真是旷世佳句,安重根得此诗,可永垂不朽矣"。下面是安重根义士射杀伊藤博文的悲壮场面。

> 黄沙卷地风怒号,黑龙江外雪如刀。
> 流血五步大事毕,狂笑一声山月高。
> 前路马声声特特,天边望气皆成墨。

---

① 《饮冰室合集·文集》之四十五(下)。

阁门已失武元衡,博浪始惊沧海客。

万人攒首看荆卿,从容对簿如平生。

男儿死耳安足道,国耻未雪名何成。

此外,梁启超还在《日本吞并朝鲜记》一文中对安重根的义举作了如下描述:

其年十月,伊藤以私人资格游历我满洲,月之二十四日,抵哈尔滨驿。韩人安重根狙击亡,遂卒。重根者,耶苏教徒,曾学于美国者也,既就逮,日人鞫之,不讳,狱成,得死刑。问曷为不逃,曰吾为光复军一将官,义不可逃。问何欲,曰吾已歼吾敌,吾事毕,一死外无他求也。日人为之起敬。[①]

韩国亡国后,梁启超以独特的方式激励为维护国家与民族而斗争的旧韩末期知识分子沧江金泽荣。沧江 1905 年离开韩国亡命中国,经过上海定居南通。离开韩国时曾给梅泉黄玹写信说明动机。"时事可知,与其老作岛儿之奴,毋宁作苏浙寓民以终老。"但沧江并没有像一般的苏浙寓民那样生活。他一边在南通的墨林书局做校阅工作,一边为了保存韩国文化,先后编辑了《韩国历代小史》《校正三国史记》《燕岩集》《申紫霞诗集》,李建昌的《明美堂集》、黄玹的《梅泉集》《丽韩十家文钞》等书籍并在中国出版。尤其是《丽韩十家文抄》,梁启超为其作序,广为注目。梁启超在序文中提出了新的亡国论并以欧洲塞尔维亚为例论述了一个国家民族文化传统的重要性,激励沧江的事业。

夫国之存亡,非谓夫社稷宗庙之兴废也,非谓夫正朔服色之存替也,盖有所谓国民性者。国民性而丧,虽社稷宗庙、正朔服色俨然,君子谓之未始有国也。……夫生为今日之韩人者,宜若为宇宙间一奇零之夫,无复可以自效于国家与天壤。顾以吾所持论,则谓宇宙间安有人奇零,人自奇零而已。苟甘自奇零,则当世名国中奇零之人又岂甚,独韩人也欤哉。然则金王二君之志事,于是乎可敬。而十家文之钞辑,于是乎非无

---

① 《饮冰室合集·专集》之二十一。

用矣。[①]

关于梁启超对韩国所表现出的同情之心，有韩国学者认为"与其说他喜欢韩国，还不如说他是因为韩国脱离了中国的势力范围编入日本而难过"。[②]这种评价很难称得上公正。梁启超作为当时中国知识分子的代表，他对世界众多被侵略国家和民族都表达了关心和同情，包括欧洲的塞尔维亚、亚洲的越南、印度以及美国的黑人等等。对与中国有着密切关系的韩国表示关心与同情应该说是理所当然之事。

梁启超在对韩国表达同情的同时，对无能的韩国统治者也进行了辛辣的批判。他在《朝鲜灭亡之原因》一文中指出"朝鲜灭亡之最大原因"是"实惟宫廷"。对于韩国官吏和两班，梁启超指出："彼其两班之人，皆养尊处，优骄佚而不事事"，"人民生命财产，任官吏予取予携"。梁启超分析韩国亡国的原因，指出虽然日本有占有韩国的野心，但韩国国内的宫廷、官吏和两班若不腐败的话，就是面对欧洲列强那样再强大的敌人也不会亡国。

> 日本虽处心积虑以谋人国乎，日本虽养精蓄锐有能亡人国之实力乎，顾何以不谋他国而惟朝鲜之谋，不亡他国而惟朝鲜之亡，使朝鲜而无取之道，虽百日本其如彼何。不见乎瑞士荷兰比利时，其幅员户口，皆远在朝鲜之下，而以欧洲数大强国，莫能亡之乎。[③]

不仅如此，梁启超还批判了帮助日本侵略韩国的亲日派之流。他在《朝鲜哀词五律二十四首》中有一首批判"一进会"的诗如下。

> 末劫与人妖，行尸愧鬼雄。
> 党争牛李剧，容悦赵胡工。
> 卖国原无价，书名更策功。
> 覆巢安得卵。嗟尔可怜虫。

---

① 《饮冰室合集·文集》之三十二。
② 金炳旭：《韩国近代小说论的展开样相研究》，忠南大学博士论文，1998年，第24页。
③ 《饮冰室合集·文集》之二十。

梁启超在此诗后自注曰："合并之举,日人虽处心积虑已久,而发之者实为朝鲜之一进会。一进会者,假政党之名,欲以猎官者也。主之者为宋秉畯、李容九,会员十余万人。与现内阁李完用一派不相能,献媚日本,欲取而代之。李完用派亦工谀固宠,一进会不得逞,乃倡合并论,宁同归于尽。今兹事成,一进会首领及现内阁员皆欣欣然拜爵矣。所谓国家将亡,必有妖孽,此辈是也。"[①]

韩国亡国前后,适逢梁启超也在日本。当时日本的媒体常歪曲报道或是回避报道日本对韩国的强权以及韩国的实际状况。但梁启超透过表面现象——了解到事实的本质,应该说这既与他出色的观察分析能力有关,也与他对韩国特别的关注和同情有关。

---

① 《饮冰室合集·文集》之四十五(下)。

第八章　论近代珍本小说《英雄泪》及其艺术特色 ①

　　《英雄泪》全名《绣像英雄泪国事悲合刻》，"鸡林冷血生"撰。根据作者自序"庚戌仲秋，日韩合并，其事关系奉省之命脉，中国之存亡，（中略）遂采韩国灭亡之原因，编辑成篇，当即石印"及文中"凡三越月而是书遂成"等字样，可知该书约作于 1910 年末至 1911 年初。现存上海书局石印线装袖珍本，藏于韩国鲜文大学图书馆。

　　在浩如烟海的中国小说中，《英雄泪》有其特殊性。它的作者不详，又是稀见珍本小说，国内外相关研究很少。笔者查阅了大量资料，也只有短短几行简单介绍。本文围绕《英雄泪》的作者考证、艺术特色、反映的思想意识等几方面浅作论述，意在引起方家对该作品的重视，从而对中韩近代文学关系的研究起到抛砖引玉的作用。

一、关于《英雄泪》的作者问题

　　《英雄泪》的作者自称"鸡林冷血生"，至于其真实身份，历来有两种意见。一种为大多数资料所采，即"其真实姓名不详。曾编《小说时报》之陈景韩，常以'冷血'为笔名，二者是否有关，录以待考[②]"。另一种

①　本章发表于《韩国研究论丛》2010 年第 1 期，第二作者为山东大学韩国学院刘惠莹。
②　林鲤主编：《中国历代珍稀小说第 2 卷·英雄泪》中杨扬所作"提要"，九洲图书出版社 2000 年版。

说法见于中国大百科全书出版社的"中国稀见珍本小说丛书"第一卷卷尾薛洪勣先生所作"《英雄泪》校点后记"，认为"据自序及书中所写可知，作者为吉林省吉林市人，是某学校的学生，参加了学生的进步组织'同志会'。其真实姓名未详。"

先看第一种猜测是否成立。陈景韩（1878—1965），又名陈冷，笔名冷、冷血、不冷、华生、无名、新中国之废物等，清末秀才，曾参加革命党，先后任上海《大陆报》记者、《时报》主笔、《申报》总主笔，曾和包天笑合编《小说时报》（月刊）。善写小说，著有《新中国之豪杰》《商界鬼蜮记》《凄风苦雨录》《白云塔》（一名《新红楼》）等。译作有《明日之战争》《新蝶梦》《卖解女儿》《赛雪儿》等。其翻译的小说胡适赞誉说："冷血先生的白话小说，在当时译界中确要算很好的译笔。"首先应该注意，陈景韩是江苏省松江县（今属上海市）人，就学于武昌，此后一直活跃于上海。也就是说，他的主要活动范围在长江流域，生活习惯和语言习惯理所当然遵循南方传统。而《英雄泪》中大量出现"不诚想（没想到）""咱（我们）""待成（对待）""拾道（拾掇）"等北方方言词汇，还喜用"人儿""一撒欢儿""名儿"等儿化音，通篇运用的是有说有唱的"大鼓书"形式，"我说这话你们若不信，回到家去躺在炕头上好好思量一思量"等语，也明显流露出北方的生活习俗。如果《英雄泪》真是由生于南方长于南方的陈景韩所作，这些北方的语言现象和生活用语作何解释呢？此其一。另外，《英雄泪》作者自序中有"吾校同人有感于此，遂立同志会"一句，可以推知作者不是在校学生，就是学校教员。陈景韩1900年入武昌武备学校，距1910年已有10年之遥。1910年32岁的陈景韩早已告别学生身份，正活跃于新闻界，同学校毫无瓜葛，此其二。其三，陈景韩作为20世纪初新闻界的风云人物，曾一度以短评独领时代风骚，可以大胆推想，他的文学作品也必定以凝练见长。比较陈景韩1908年所作短篇小说《女侦探》中的两段写景文字和《英雄泪》中的写景文字，可以很容易看出二者文风上的显著区别。同是描写西洋建筑，前者叙述简洁，而后者洋洋洒洒，唯恐不够详细。

> 他的家里果然十分华美，服饰一切都是伦敦的上等自不必
> 说，而且他的寓所又在黑都公园的小丘上，又占着天然的景地，
> 正似帝王宫阙，神仙洞府。（《女侦探》）

两边厢洋楼洋行修的好,俱都是玻璃窗煽好几层。屋子里排着些古董器,冷眼看全都不知什么名。屋顶上安着避雷针一个,防备那阴天落电把屋轰。街两旁安着杆子整雨〔两〕溜,红铜弦杆子以上放的精。一边是预备来往打电报,一边是安着玻璃电气灯。(《英雄泪》)

同是写自然景致,前者取整体印象,后者则工笔细描:

时当夕阳西堕,清风徐来,下瞰黑都公园,枝影轻摇,香光暗送,十分爽快。(《女侦探》)

但只见远山声〔青〕翠含嫩绿,近处里野草野花气馨香。双双的燕子衔泥空中绕,对对的蝴蝶寻香花内狂。蜜蜂儿抱着汉珠归枯木,家雀儿觅虫哺雏奔画堂。满堤边桑枝向日蚕织茧,各处里麦浪迎风遍地黄。(《英雄泪》)

即便是体裁不同、类型各异,如果真是同一人所作,仅仅两年之内,文风无论如何不可能变化这么大。唯一合理的解释就是"鸡林冷血生"并非"冷血"陈景韩,《英雄泪》的作者另有其人。

杨扬推测"鸡林冷血生"就是陈景韩,根据不外乎是陈景韩曾以"冷血"为笔名。然而综观中国近代史,有许多文人墨客都曾取用"冷"字。近代著名翻译家、文学家林纾又号"冷红生",在《小说时报》上翻译长篇言情小说而得名的恽铁樵又名"冷风",此外著名的还有梅冷生、潘冷残、铁冷等。当时时局混乱,国家危亡,心系天下的知识分子普遍取"冷"为名,以表达对政治的绝望和对红尘的决绝,这是很容易理解的。"冷血生"跟"冷血"可能毫无瓜葛,由上所推可知,二者也确实没有直接关联。

第二种说法较为明确,但没有列出确凿证据,大约根据"吾校同人"和文中语言习惯作此推断。但如上所述,"吾校同人"并不能说明作者一定是学生,还可能是学校教员。因此,我们虽然否定了第一种说法,但仍旧不能确知作者的真实身份和姓名。此外,作者自署"鸡林冷血生","鸡林"是韩国的别称,这似乎可以说明作者同韩国有着某种程度的亲密关系,有人干脆认为《英雄泪》的作者就是韩国人。确实,书中虽然通篇运用中国人的语气,句句"我中国""我大清",但作者对韩国的熟悉程度令人吃惊,对比继《英雄泪》而作、借波兰亡国警醒中国的《国事悲》,对韩国风物人情的描写完全不像对西欧那般生疏。藏本发现于韩国,说明该书对韩国也有影响,甚至影响大于中国。"鸡林冷血生"到底是韩国人还是中国人? 他的真实身份是谁? 或许随着将来新资料的发现,这一谜底才能够揭开。

二、《英雄泪》的艺术特色

《英雄泪》共四卷二十六回,以安重根刺杀伊藤博文这一重大历史事件为主线,通过几个主要英雄人物的悲惨家史,展示了日本一步步蚕食、吞并朝鲜的全过程,旨在警示中国提高警惕、保卫东三省。空间涵括中、日、韩、美四国,时间纵横四十余年。上自国王、王妃,下至农夫、农妇,塑造了几十个有血有肉、呼之欲出的人物形象。下面重点就小说的艺术特色进行分析。

从形式上看,《英雄泪》充分体现了"新旧合璧"。它首先是一部章回小说,开篇以一首《西江月》作"引首",行文中经常插入诗歌,结尾往往有回底诗,并以"且听下回分解"结篇,这都是旧小说的写作格式。而"讲故事"的叙事视角、不时插入作者评论的行文、有说有唱的"大鼓书"形式也都属于传统的话本模式。但作者在讲述故事的同时也注重了人物内心世界的展示和抒情功能的发挥,表现出叙事视角由"外向"向"内向"的转移倾向,这在古典小说向现代小说的历史性转换中具有过渡意义。[①]另外,作者使用北方方言,运用口语化表达方式,"就连一些外国的事情,也中国化了,说书化了",[②] 虽然大量用韵,但没有冷僻字,也不给人生硬感,雅俗共赏,便于广大民众接受。这种将新旧合二为一的尝试在近代小说中是比较成功的。

《英雄泪》对史实的处理也很成功。小说的主要人物和重大事件都有史可依,但作者对史实作了巧妙的艺术化处理。例如,伊藤博文实际上主张暂缓合并朝鲜,而小说中则是伊藤一手促成了朝鲜的灭亡,凡是

---

① 冯光廉:《中国近百年文学体式流变史》,人民文学出版社,1999年,第25页。
② 王汝梅,朴在渊:《英雄泪,啖蔗》,中国大百科全书出版社,2002年,第493页。

事关朝鲜的阴谋,几乎全是伊藤博文一人的诡计。这样处理使得矛盾集中化,便于情节的展开。又如安重根幼年丧父、赴美留学等情节也同史实有较大出入。事实上,安重根并非独子,安家除安重根外,尚有二子一女。安父逝世时,安重根已经 26 岁。安重根自幼不喜汉文,而热衷于习武,并曾参与镇压东学党。他入过天主教,学过法语,但未曾赴美留学。可见,小说对安重根这一人物进行了英雄化处理,令其文武双全、白璧无瑕。这样的处理看似平面化,但在当时需要英雄的时代,这样的文学人物无疑更具有现实意义。作者将爱国志士安重根定位为兼习武艺的儒士,从侧面反映了东方历来崇文鄙武的传统。再如第十八回"索国债监理财政,伤人命强夺警权"和第十九回"日人肆行淫妇女,韩国又失审判权",这两回接连写了朝鲜的一系列失权。在作者笔下,这些失权都极具偶然性,也就是说,极富故事性,尤其警权和审判权的丧失都是由一段故事引起,这极大地增强了作品的趣味性、可读性。作者善于把枯燥遥远的国事同百姓身边的琐碎小事相联系,使读者切身体会到"国家二字本是紧相靠""要想保家总得先保国,家国原来是一宗"的道理,有效地起到了警世开化作用。

《英雄泪》的人物刻画技法灵活。安重根的恩师兼义父侯弼首次出场时年方弱冠,血气方刚而智谋不足。作者写到他想同日本硬拼的鲁莽,写到他的自怜自叹,赞其为"好一个侯弼小英雄"。而小说接近尾声时,侯弼已行事稳妥、有勇有谋,认识到朝鲜反抗日本不能硬碰硬,必须依靠普及学问和开化民智,这里作者慨叹道:"韩国里今日死了侯元首,少一个保国图存大英雄。……数十年英名一旦附流水,到把那恢天志气落场空。"尊侯弼为"元首公"。这里体现了成长小说的特点。尤为难得的是,作者对李鸿章和伊藤博文这两个人物进行了较客观的评价。历史上一直非难李鸿章的避战求和政策,而作者的见解颇具独到之处:"李鸿章一心不愿与日战,他说是日本虽小兵甚雄。倘若是一战不能将他胜,那时节想要罢兵万不能。到那时欲战不能罢不得,何不与他商量着办事情。"然而作者也没有忘记批评李鸿章的"私心":"看起来他的见识是很好,但是他不当把那私心生。因为事情不随他的意,他不可西〔稀〕里糊突〔涂〕把事行。不发兵来也不发饷,因此咱国才败下风。"作者还写到李鸿章借自己遇刺之机要求日本减轻索赔,从伊藤博文的视角写道:"伊藤见李公处九死一生之时,尚不忘国家大事,暗暗地想道:'不忆〔意〕中国尚有这样的忠臣,真是愧杀我们。'"并且盛赞道:"好一个足智多谋李文忠,敢与那伊藤把条约争。""照先前减去北京、湘潭、梧州三处地,全仗着文忠死力争。"

这种对历史人物正反两面都有的客观评价无疑是进步的,对我们今天也有启示意义。从文学角度上说,这样的处理使得人物立体化了,一个心怀天下又难抛私心的末世宰相的形象呼之欲出。作者对千古罪人伊藤博文的评价也相当客观:"他亡年正在六十零九岁,也算是亚洲多智大英雄。都只为他的心肠太毒狠,所以才忠烈狭义不能容。"

无论从历史层面,还是从文学层面来看,作者能作出这样客观的判断,实属难能可贵。不过,书中有些描写也流于平面,影响了小说的艺术价值。例如第十七回"韩国坐失行政权"一节,文中丝毫没有表现当时韩国所处的两难处境,仅仅是伊藤博文用一番花言巧语哄骗了宰相李完用,韩国就主动将行政权拱手相让。将这样重大的历史事件简单化到近乎儿戏,不能不说是作者的败笔。其中韩王李熙的形象尤为苍白。

从写作手法上看,《英雄泪》也颇多可取之处。首先比喻奇巧。例如论及行政权的重要性,作者言道:

> 权力他是一个什么物? 列位不知听我明,权力与人好比一杆秤,用他来把东西衡。力者就是咱们的力,那权儿就是秤锤他的名。有秤锤就是打物件,靡秤锤就是无用人一宗。

论及警权和财政权,作者又道:

> 衣服好比巡警,血脉好比银钱;有衣遮递不能寒,血脉流通身健。

这些比喻新颖贴切,令人称奇。其次是人物姓名上的学问。由于汉字的特殊性,中国文人历来喜欢在人物姓名上做文章。最典型的例子是《红楼梦》,例如将门客命名为"詹光(谐'沾光')"、让"任是无情也动人"的冷美人宝钗姓"薛(谐'雪')"等。《英雄泪》也使用了这种手法。仅举第二十二回伊藤博文抓捕侯弼、寇本良一节为例,同样是通风报信,贪图赏金而出卖侯、寇的人物叫"关富"、外号"一包脓",顾名思义,是个只认银钱的小人;而秘密送信给侯、寇的茶童名叫"林中秀",喻其身居日本领事衙门这片深林而独秀其中。从这些细微之处,可以窥见作者匠心。再次,结构上环环相扣、奇峰突起。几十个人物,一人不漏,有始有终。虽然以安重根刺杀伊藤博文为主线,但前有枝干后有节,非止于一家恩怨,真正成一部"英雄泪史",可谓大家手笔。

三、《英雄泪》所体现的近代文学思潮和近代意识

从 1895 年甲午中日战争中国战败到 1911 年辛亥革命爆发,是中国近代文学发展的繁荣期,也是资产阶级文学革新运动的高潮期。随着维新变法和民主革命运动的兴起,文学的作用越来越受到重视。梁启超相继提出"诗界革命""文界革命""小说界革命"和"戏剧改良"的口号,逐渐形成一场声势浩大的文学革新运动。[①]同时,梁启超的文学思想也迅猛地席卷了韩国文坛,深刻地影响了韩国的近代小说创作。[②]《英雄泪》诞生于这一期间,自然而然深受近代文学思潮影响,具体体现为如下几点:

第一,梁启超文学功能论的体现。梁启超十分重视小说的社会作用,认为在西方、日本各国的变革中,"政治小说为功最高"。早在 1897 年,他就在《变法通议·论幼学》中详细论证了小说巨大的社会作用:

> 上之可以借阐圣教,下之可以杂述史事,近之可以激发国耻,远之可以旁及彝情,乃至宦途丑态、试场恶趣、鸦片顽癖、缠足虐刑,皆可穷极异形,振厉末俗。其为补益,岂有量耶!

1902 年,梁启超又发表了《论小说与群治之关系》,说道:

> 欲新一国之民,不可不先新一国之小说。故欲新道德,必新小说;欲新宗教,必新小说;欲新政治,必新小说;欲新风俗,必新小说;欲新学艺,乃至欲新人心,欲新人格,必新小说。

---

① 徐鹏绪:《中国近代文学史纲》,中国社会科学出版社,2004 年,第 10 页。
② 牛林杰:《韩国开化期文学与梁启超》,首尔博而精出版社,2004 年。

　　《英雄泪》作者自序开篇第一句即取梁启超"欲新一国之民，不可不先新一国之小说"之语，足见作者受梁启超影响之深。作者多次申明作书目的在于"鼓吹民气""激发爱国之热诚""为劝惩编出韩亡事一番"，连闺房姑嫂闲语，字字著国愁民恨，紧紧围绕"救亡"与"启蒙"两大时代主题，不愧称"觉世之文"。

　　第二，梁启超的文学革新论的影响。梁启超力主文学革新，坚决反对"崇古""拟古"和"薄今爱古"等传统积习。[1]他曾说"文学之进化有一大关键，即由古语之文学变为俗语之文学是也"[2]，主张"言文合一"。《英雄泪》通篇使用通俗平易的白话，真正做到了朗朗上口，具体实践了梁启超的文学革新思想。

　　近代意识是指在西势东渐的时代大背景下民众中萌生的进步时代思潮，具体包括对西方现代文明的崇尚、对教育作用的重视、对女性的尊重等。这些在《英雄泪》中都有很好的体现。崇尚西方现代文明具体表现为对西方科学技术的钦慕和对西方政治制度的肯定。第二回中，作者慨叹："外国的人儿有多么巧，作出物来赛神仙。日本到高丽也有一万里，坐轮船仅仅走了十来天。"第十六回又赞："齐说道外国洋人儿学问大，发明的物件实则令人惊。"对西方发达科技的钦慕之情溢于言表。同是第十六回中，作者还津津乐道了西方平等民主的政治制度："这个说他国以里无皇上，全国人公举一个大统领。有事情送在议院大伙议，议妥了统领颁布就实行。……都说是美国以里政治好，今一见话不虚传是真情。"由此，众英雄决定学成回国、报效国家，而报效的途径就是用教育来开化民众："咱国里君臣昏昏政治坏，要图强除非开化众人民。倘若是咱国人民全开化，何必惧区区三岛日本人。要想使人民开化知道理，除非是着天宣讲化愚蠢。"这几句"大鼓词"深入浅出地阐明了教育—开化—图强的关系。另外，《英雄泪》也流露出男女平等的意识，最有力的证据是第三回篇首的《西江月》上阕："世界和平公理，男女本是平权，各有责任在人间，岂可外重内偏？"明确提出了"男女平权"。这些都是近代意识的体现。

　　此外，《英雄泪》还反映了中韩自古彼存我存、彼亡我亡的民族心理

① 张俊才：《中国现代文学主潮论》，人民文学出版社，2007年，第29页。
② 梁启超：《小说丛话》。引自徐中玉：《中国近代文学大系·文学理论 集》第2集，上海书店，1994年，第308页。

状态。从亲缘关系上讲："论起来高丽也是黄帝后,他与我国本是同种又同文。"从地缘上说："我国与你国界挨界,咱两国本是唇齿之邦。"从政治关系上来看："高丽本是中国一属国,年年进贡在朝堂。我国的乱也就是你国乱,我国亡你国也难久长。"东亚三大国中,韩国历来亲华仇日:"有甚事可以与那中国办,断不可听那日本乱胡云。日本人谈笑之中藏剑戟,处处里尽是些个虎狼心!那中国本是咱们的祖国,终不能安心把咱国家吞!"因此,韩国灭亡,东三省也岌岌可危:"咱中国诚恐先亡东三省,这吉奉如在人家手掌间。日本人得陇望蜀非一日,因为这高丽奉吉紧相连。那朝鲜本是东省屏藩地,好比似一座院墙修外边。有院墙狼豺不敢把院进,无院墙狼豺进院有何难?""东三省好似齿牙在口内,朝鲜国好似嘴唇在外边。嘴唇子倘要被人割去了,齿牙儿突突露外受风寒。"从这些引文可以看出,中韩亲密早已成为一种意识、一种直觉、一种民族心理状态,它不仅是地理和历史上的亲密,更重要的是早已形成了心理上的亲缘意识。在这一点上,《英雄泪》所体现出的中韩亲睦的传统文化心理极具现实意义。

中国很少使用"近代"这一概念,对鸦片战争至五四运动期间的文学,或者划归"晚清文学",或者划归"现代文学"。但是提起"晚清文学",一般人印象里只有四大谴责小说,而"现代文学"则同鲁迅、茅盾、巴金、冰心等一连串名字相联系。这样一来,中国近代文学就不知不觉被遗漏在了夹缝中。事实上,近代小说无论数量还是质量都在文学史上举足轻重,其思想意义和艺术价值也颇多可观之处。从国际层面来看,近代小说有许多都是借他国兴亡喻本国之事,因而具有跨国性的特点。《英雄泪》就是这样一部融汇了中韩文化的近代小说。

第九章　中韩近代作家的相互交流与身份认同[①]

　　中国和韩国是一衣带水的邻国,两国长期共享东亚文化的传统,是东亚历史上人文交流最为频繁的两个国家。但是,近代以来,在西方列强的武力侵略和近代西学的文化冲击下,中国逐渐进入半封建半殖民地社会,而韩国则完全沦为了日本的殖民地。中韩两国传统的国家关系架构发生了颠覆性的巨大变化。在此背景下,一大批韩国知识分子为了摆脱日本的殖民统治、寻求民族独立的道路,纷纷流亡中国,并由此形成了中韩近代知识分子开展密集交流的历史高峰期。

　　20 世纪初,中韩两国都面临着近代启蒙和自强独立的历史使命,中韩知识分子通过交流共同探索解救民族于危难的方法和途径。此时,救亡图存成为中韩知识分子的"共同话语"。《天演论》的传入使两国知识分子觉醒,意识到弱肉强食的进化论秩序,金泽荣与严复、梁启超等人的交流就是在这一背景下展开的。与此同时,无政府主义也开始传入东亚,并于 1920 年代形成一股强大的潮流。在亡国的危机面前,无政府主义作为救亡图存的手段被中韩知识分子接受,两国知识分子以救亡志士与无政府主义者的双重身份,展开了深入、广泛的交流。随着中国抗日战争的爆发,中韩知识分子又成为战士,以文人战士的身份参加抗战,并在战火中结下了深厚的友谊。

　　在近代东亚特殊的历史背景下,中韩近代知识分子的自我身份认同、民族身份认同、国家身份认同都发生了深刻的变化,而这些变化直接影响到了他们之间相互交流的性质。因此,从身份认同的视角解读中韩近代作家之间的交流,有助于我们更深入理解中韩近代人文关系的内涵。

---

① 　本章发表于《韩国研究论丛》2019 年第 1 期,第二作者为青岛滨海学院李冬梅。

一、多元身份认同：金泽荣与中国文人的交往

　　身份认同是指个人或群体对其显著特征或所属群体的感知和表达。如果将身份认同上升到国家或民族的层面上，群体性的认同通常被称为"国家认同"或者"民族认同"。身份认同理论认为，人们在与他人不断的交往中获得身份并依此形成自我观念。在特定的情境当中，个体还会按照特定的角色来规定自己的言行。生活于复杂社会结构中的个体，会因自己在社会中所扮演角色的差别而形成多重的、复杂的身份，这些不同身份的排序是按照个体在与他人交往的实际行为来确定的，身份的内在意义则在于扮演一定社会角色基础上形成的内在身份标准[①]。20世纪初，较早流亡中国的韩国文人金泽荣与中国近代知识分子的交流就体现了多重身份认同的性质。

　　金泽荣（1850—1927），字于霖，号沧江，与黄玹等并称朝鲜后期汉学四大家。1891年中进士后曾担任弘文馆纂辑所正三品通政大夫等。1905年日本迫使朝鲜签订《乙巳保护条约》，金泽荣流亡中国。在旅居中国22年里，与张謇、俞樾、严复、梁启超、吕思勉等很多著名的中国文人进行了密切的交流。

　　金泽荣在离开韩国前往中国之时，曾给黄玹写信诉说他内心的动机："时事可知，与其老作岛儿之奴，毋宁作苏浙寓民以终老。"[②] 由此可见，在强大的日本侵略势力面前，金泽荣没有屈服。称日本为"岛儿"，不愿意作其奴隶，说明当时金泽荣的身份认知是明显优于日本人的。而"宁作苏浙寓民以终老"又说明，在面对中国（尽管当时中国也惨遭西方列强侵略）的时候，金泽荣的身份认同则仍保持了历史上韩国文人对中国的传统认知。

　　金泽荣来到中国之后，交往最频繁、交往时间最长的中国文人是张

---

① 　闫国疆：问题与反思：近30年中国身份认同研究析评，《西南民族大学学报》，2013年04期。

② 　牛林杰：《梁启超与韩国开化期文学》，朴一正出版社，2002年，第250页。

謇。金泽荣与张謇相识于 1882 年,张謇随军出征协助朝鲜平定叛乱时,通过吏部参判金允植结识了金泽荣,两人一见如故,互赠诗文。金泽荣流亡到中国后,任职于张謇创办的翰墨林书局。作为亡国者的金泽荣在中国的主要活动就是整理出版韩国的文史书籍,其所编著的大部分书籍都由翰墨林书局出版发行,而且很多书籍由张謇作序。

金泽荣在中国著书立说的目的在于保存韩国的文化。他认为:"自古人国未尝不亡,而于亡之中有不尽亡者,其文献也。"[①] 张謇在《朝鲜近代小史·序》中也表达了同样的观点:"言乎国,则謇独以为哀莫大于史亡,而国亡次之,国亡则死此一系耳,史亡不唯死不幸而绝之国。"在国家面临存亡的关键时期,金泽荣出于对中国的传统认知,以流亡者的身份毅然来到中国,通过整理出版韩国文献,保存韩国的历史,延续韩国的命脉。而中国文人张謇出于个人友谊和中国知识分子对韩国文人的传统认知向金泽荣提供了帮助。

金泽荣与严复、梁启超的交流,其身份认同则表现出了多重性的特点。一方面是中韩文人之间传统的身份认同;另一方面,面对当代世界弱肉强食的残酷现实,在思考国家命运、人类命运的过程中,又表现出了"同伴者"的共同身份认同。

金泽荣与梁启超早在 1914 年就已有书信往来。应金泽荣之邀,梁启超曾为金泽荣编辑出版的《丽韩十家文抄》作序。该序反映了梁启超有关国家、国民、文学等方面的重要思想,影响很大。

> 夫国之存亡,非谓夫社稷、宗庙之兴废也,非谓夫正朔、服色之存替也,盖有所谓国民性者……国民性以何道而嗣续……则文学实传其薪火而管其枢机,明乎此义,然后知古人所谓文章为经国大业不朽盛事者,殊非夸也。[②]

《丽韩十家文抄》选编了历代韩国十位文人的代表作品。在梁启超看来,文章承载着国民性,为经国不朽之业。梁启超作为近代东亚著名的知识分子,他深刻地体会到了金泽荣通过刊行文集传承民族文化的良

---

① ［韩］金泽荣:《美明堂序》,《金泽荣》全集,韩国:亚细亚文化社,1978年,第 820 页。

② 梁启超:《丽韩十家文抄·序》,《饮冰室合集》第 4 册卷 32,中华书局,1989年,第 35 页

苦用心。梁启超高度评价了金泽荣刊行的韩国文集,认为这其实是在延续韩国的国民性。作为国家的韩国虽然已经灭亡,但韩国民族尚未消亡,韩国民族仍有光复的希望。由此可以看出,金泽荣与梁启超在国家认同、民族认同方面的主要观点是完全一致的。

金泽荣与严复结识于 1910 年。据严复日记记载,金泽荣于二月二十八日到严府拜访,严复以《原富》与《名学浅说》相赠[①]。此后,金泽荣与严复经常书信往来,互赠诗文。"太息汝纶归宿草,如今谁复序君来。……一代真才惟汝在,古来知己与神通。"[②]金泽荣称严复为"一代真才",实指《天演论》的刊行。严复亦作诗回复:"笔谈尽三纸,人意尚惜情。天演叩余论,阳明孰敢任。"[③]虽言语不通,但金泽荣汉文功底深厚,两人以笔谈的方式进行沟通,谈论的主要内容是《天演论》。金泽荣在《赠严几道》中曾提及吴汝纶,吴汝纶曾为《天演论》润色并作序。

1897 年严复通过《天演论》把主张优胜劣汰、适者生存的社会进化论介绍到东亚。由此,中韩知识分子开始深刻思考国家和民族的命运。金泽荣在《赠严几道》中称严复为"知己",严复则称与金泽荣"惜情"。殖民地与半殖民地文人惺惺相惜,都不甘于被侵略的现实。在社会进化论话语中,他们超越了主客的身份认同,甚至超越了民族和国家的身份认同,获得了探索人类命运前途的东亚知识分子这一共同身份。

二、弱小民族的身份认同:中韩无政府主义者的交流

以弱肉强食、生存竞争为核心主张的社会进化论给东亚知识分子带来了巨大的影响,但并未给出摆脱侵略的办法。1902 年,无政府主义的主要代表人物克鲁泡特金刊行了《互助论》,指出相互扶助也是促进人类社会进化的重要因素。"互助和互持,对于生命的维持、种的保存及将

---

① 严复,王栻:《严复集》第 5 册,中华书局,1986 年,第 578 页。
② [韩]金泽荣:赠严几道《金泽荣全集》,亚细亚文化社,1978 年,第 612 页。
③ 严复:《送朝鲜通政大夫金沧江泽荣归国》,王栻:《严复集》第 2 册诗文下,中华书局,1986 年,第 375 页。

来的进化,是最重要的。"[①]第一次世界大战后,知识分子对社会进化论产生了幻灭,同时开始积极接受主张相互扶助的无政府主义,并试图通过无政府主义解决民族危机问题,促进民族的进化。因此,1920年代,无政府主义在东亚发展成为一股强劲的思潮。

1920年代初,一批朝鲜无政府主义者来到中国,与鲁迅兄弟以及巴金等中国作家保持了友好的关系。吴相淳、李又观、李会荣等朝鲜无政府主义者经常拜访北京八道湾十一号周宅,其中,李又观是第一个出现在鲁迅日记中的韩国人,"1923年3月18日,晴,星期休息。午后寄胡适之信。下午李又观来。"[②]周作人日记也多次提到李又观[③],李又观原名李丁奎,是韩国著名无政府主义者,他与中国无政府主义者曾在1923年提出"洋涛村建设案",计划在湖南省汉水县(应为汉寿县)洞庭湖畔的洋涛村建设理想型农村,并促进50户韩人移居此地与中国人共同耕作,建设新农村。[④]这与周作人提倡的新村文化运动有着密切的关系,周作人早在1906年接受无政府主义思想,并于1919年在《新青年》发布启事,宣布成立"新村北京支部",试图用相互扶助的和平办法改造社会,以促进中国社会的进化。

李又观与周氏兄弟的频繁交往说明,中韩知识分子在无政府主义的相互扶助论上获得共识,以无政府主义者的身份共同进行社会改造,以摆脱列强的侵略。而中韩知识分子之所以采取"新村"等相互扶助的方式,与弱小民族的身份不无关系,弱小民族在弱肉强食的进化论秩序中,无法获得进化的机会,而弱者的联合能够促进进化的互助论,使弱小民族看到了民族解放的希望。可以说,此时,中韩知识分子在弱小民族与无政府主义双重身份认同下,展开了积极的交流。

> 至于殖民地脱离'母国'的战争,弱小民族反抗强国的战争,虽然其目的与我们的理想不同,但我们并不反对。[⑤]

---

① 〔俄〕克鲁泡特金:《互助论》,周佛海译,商务印书馆,1921年,第3页。
② 鲁迅:《日记十二》,《鲁迅全集》(编年版)第二卷,人民文学出版社,2014年,第613页。
③ 周作人:《周作人日记》中,大象出版社,1996年,第235—248,246页。
④ 〔韩〕李丁奎:《又观文存》,三和印刷出版社,首尔,1974年,第4页。
⑤ 巴金:《无政府主义与实际问题》,《巴金全集》18卷,人民文学出版社,1993年,第113页。

　　1920 年代,中国著名作家、无政府主义者巴金与柳林、柳树人、柳子明等朝鲜无政府主义者频繁交流,并于 1926 年在柳树人等发行的《高丽青年》创刊号上发表《一封公开信》,支持朝鲜无政府主义者的活动,后来又将朝鲜无政府主义者的事迹创作成《发的故事》。但他在 1927 年出版的《无政府主义与实际问题》中曾指出,无政府主义者不反对弱小民族反抗侵略的斗争。这里需要注意的是,巴金认为,弱小民族反抗侵略的斗争“与我们的理想不同”,即中韩两个弱小民族摆脱殖民的目的与无政府主义的理想并不相同。

　　无政府主义主张消除国家,但朝鲜人的无政府主义运动却以恢复国家独立为目的。1927 年,柳林与柳树人等人在上海成立朝鲜无政府主义者联盟,“韩国民族是有五千年悠久的文化历史,而且自行久远的国家生活的民族,在战后的新和平世纪中,应当向后完整独立的国家生活的权力和能力。”[①] 朝鲜无政府主义者联盟署名的《朝鲜独立党等党派联合宣言》宣称其革命目的是建立独立的国家政权。“如若不思保国,只要求保种,其国不保,其种随亡。”[②] 在北京活动的无政府主义者申采浩同样认为,国家灭亡,民族亦将不保,因此主张恢复韩国政府的独立职能。即对朝鲜无政府主义者而言,重建国家是最大的目标。这与无政府主义消除国家的目标是相悖的。

　　同样,中国无政府主义者也面临着这一问题——中国也处于被列强侵略的半殖民社会,寻求民族的解放与独立也是中国知识分子的首要任务。周作人在中国掀起“新村”运动,目的就是通过互助的办法改造中国社会,促进民族的进化,以摆脱被殖民的命运。也就是说,对中韩无政府主义者而言,无论是“新村”运动还是《发的故事》中提到的暗杀活动,其最终目的都是为了民族解放。

　　在这个意义上,可以说,对中韩知识分子而言,无政府主义只是一种手段——反抗侵略、寻求民族独立的手段,并非目的。两国知识分子以无政府主义的相互扶助论为方法,促进民族的进化与解放,并促进国家的重建。换言之,被侵略的历史事实使无政府主义运动融入民族解放运动之中,即东亚的无政府主义运动成为弱小民族寻求解放的重要

① ［韩］柳林:《韩国独立党等党派联合宣言》,《旦洲柳林资料集》1,旦洲柳林先生纪念事业会,1991 年,第 50 页。
② ［韩］申采浩,《保种保国的元非二件》,《申采浩散文集》,宝库社,2010 年,第 71 页。

手段。《发的故事》中，中国人"我"与朝鲜人"金"的头发被拧成一股后，再也无法分开。这暗示着，在中国无政府主义眼中，中韩无政府主义者具有相同的身份——既是无政府主义者又是寻求独立的弱小民族斗士。

三、抗日战士的身份认同：中国作家笔下的韩国抗日战士

1937 年，中国开始了全面抗战。在华从事抗日独立运动的韩国各党派共同组建了"朝鲜民族战线联盟"，颁布了《朝鲜民族战线联盟斗争纲领》。纲领明确指出："在国内实行倭敌的后方搅乱和武装斗争，在东北参加抗日反满斗争，在中国关内，直接参加中国抗战。"[①]1940 年，经中国政府批准，韩国光复军在重庆成立总司令部，李范奭任总参谋长。此后，韩国光复军与中国抗日武装联合抗战，抵抗日本的侵略。

对于韩国人而言，在华的抗日斗争具有双重性。抗日既是韩国人争取民族独立的战争，又是中国抗日战争的一部分。"欲驱逐日本帝国主义出朝鲜，则仅限于朝鲜民族的独立斗争远是不够，须得抓住中国对日抗战的机会。"[②]"朝鲜民族战线联盟"的机关刊物《朝鲜民族战线》指出，朝鲜民族的解放与中国抗战的胜利有不可分离的关系，中国的抗日战争是朝鲜民族解放运动的另一种形态。换言之，全面抗战爆发后，中国的抗战与朝鲜的民族解放已融为一体，抗日战争是两国人民为赢得民族解放而共同进行的斗争。

身份认同理论认为，个人或群体所属的社会环境及其变迁，以及贯穿其中的政治和社会因素，都会对身份认同产生影响。中日战争全面爆发后，中韩知识分子的交流内容、交流形式以及他们的身份认同都发生了变化。韩国知识分子在中韩联合抗日的大背景下，开始重新探索他们的身份建构。他们既是肩负着解放韩国历史重任的独立运动家，又是驰

---

① 　《朝鲜民族战线》创刊号，1938 年，第 16 页。
② 　[韩] 一来:《我们怎样参加中国抗日战争》，《朝鲜民族战线》创刊号，1938 年，第 7 页。

骋于中国战场的抗日战士。中国作家无名氏（原名卜乃夫）在他的作品中就详细记录了这样一位韩国抗日战士的事迹。

1943 年，中国作家无名氏在《华北新闻》连载了小说《北极艳遇》，后来又以《北极风情画》为名发行了单行本，一时引起了很大反响。《北极风情画》的原型是韩国光复军总参谋长李范奭，李范奭又名铁骥，1900 年生于首尔。他 15 岁来到中国，16 岁进云南陆军讲武堂，九一八事变后，在马占山的抗日武装中任作战科长，1933 年应韩国临时政府之召出任韩国光复军总参谋长。1948 年大韩民国政府成立后，曾任国务总理兼国防部长。

李范奭与无名氏结识于 1941 年，无名氏在重庆采访金九，撰写了"韩国临时政府主席访问记"并发表于香港的《立报》。不久，又采访了韩国光复军总司令李青天，也将访问记发表在《立报》上。从此，无名氏与韩国志士的交往日益增多。1941 年，李青天与李范奭宴请无名氏，请无名氏到光复军司令部负责新闻工作。到光复军司令部工作后，无名氏便与李范奭朝夕相处。"一九四一年整冬，我和铁骥在重庆吴师爷巷一号小楼上'同居'。一号是临时政府所在地。小楼只占六、七坪，容二榻一桌一椅。常常的，每夜从八时到十二点，我要听他的哈姆雷特式的独白，长达四小时之久。替他长江大河的滔滔声作伴奏的，是一支支烟卷的袅袅烟篆，把小楼搅得烟昏雾黑，另外是一杯杯红茶的热气。"[①] 在倾听了李范奭的讲述后，无名氏以李范奭为原型，创作了《红魔》《龙窟》《幻》等作品。

在李范奭的讲述中，最打动无名氏的是波兰少女的故事。李范奭参加东北义勇军作战时，曾被迫撤退到俄罗斯境内，偶遇一位波兰籍少女，两人一见钟情并陷入热恋，但后来李范奭不得不离开少女随军出发，不久便接到了少女殉情自杀的消息。经过无名氏的创作，李范奭的亲身经历便成为《北极风情画》的故事，并引起了轰动。无名氏在小说中客观地描述了李范奭离开波兰少女的心境："'未来'是个渺茫的词，我就能知道明天、后天，却无法预测明年、后年，或十年后。我们在东北的抗战失败了。中国自己正陷入水深火热，哪有余力帮助韩国光复？整个民族前景茫茫，个人还有什么永恒的幸福未来？"[②] 韩国被

---

① 中国现代文学馆编，《无名氏代表作》，华夏出版社，1999 年，第 373 页。
② 无名氏，《北极风情画》，上海文艺出版社，2001 年，第 72 页。

日本侵占后,李范奭流亡到中国,后进入云南陆军讲武堂学习,毕业后决心组织武装部队,"为我们亡国 10 年的民族燃起民族独立革命的火焰"。[①] 随后在中国展开了长期的抗日独立运动,直至抗战胜利才回到韩国。

1940 年,《中国诗坛》同时刊载了穆木天的诗歌《赠朝鲜战友李斗山先生》与李斗山的诗歌《放歌》。穆木天是中国诗人,1937 年参加中华全国文艺界抗敌协会,主编《时调》和《五月》;而李斗山则是韩国独立运动家,1926 年加入丙寅义勇队,1939 年创办《东方战友》,同时参与《朝鲜义勇队通讯》的编辑。

> 我们的家乡只隔着一道水呀
> 如同现在我们只隔着一道板墙
> ……
> 朝鲜和东北的战友们
> 是共同地演出了很多的奇迹
> 在白雪上洒着无数的战友的鲜血 [②]

《赠朝鲜战友李斗山先生》中,穆木天描绘出一幅中韩抗日战士共同浴血奋斗的场景。中韩战士不仅共同生活,更"以一种铁的誓言 / 在同一战线上艰苦地战斗。"在共同的敌人面前,中国人与韩国人并肩作战,共洒热血。战场上交融在一起的鲜血象征着中韩两国人民的紧密联合。李斗山指出:"大家都以中国抗战为中心,策动各民族之人力和物力,联合一致,铲除扰乱和平秩序公敌的趋向。"[③] 李斗山的主张与穆木天的诗歌传达出同样的意志,中韩两国人民联合斗争,将日本侵略者驱逐出境。在共同抵御日本侵略的过程中,中韩文人被历史赋予了一个新的共同身份——抗日战士。

20 世纪上半期,中韩知识分子都肩负着抵御外侮、救亡图存的历史使命,他们由此获得了相似乃至相同的身份认同。这种身份认同促进了他们之间密切的人际交流。同时,密切的交流又进一步深化了他们的共

---

① 昆明市社会科学院编:《李范奭将军回忆录》,云南人民出版社,2008 年,第 93 页。
② 穆木天:《赠朝鲜战友李斗山先生》,《中国诗坛(广州)》,1940 年,第 2 页。
③ 李斗山:《七七事变与中国复兴运动》,《朝鲜义勇队通讯》,1939 年,第 5 页。

同身份认同。概而言之,近代中韩知识分子的交流,既体现了两国传统文化关系的渊源,又体现了两国近代文人全新的相互认知。

第十章　中国现代期刊中的韩国抗日诗歌 [①]

　　20 世纪上半期，在日本对韩国实行殖民统治期间，韩国人民与日本侵略者展开了艰苦卓绝的抗日独立斗争。由于日本殖民主义者在韩国国内采取了十分严酷的殖民政策，凡涉及反抗日本殖民统治的言论和文学作品都不允许公开发表。因此，韩国学界普遍认为，殖民地时期的韩国并没有产生"抗日文学"。韩国出版的一些现代文学史著作中也几乎都没有关于韩国抗日文学的论述。那么，韩国到底是否存在"抗日文学"呢？

　　如果把视野仅仅局限于日本殖民统治下的韩国国内文坛，则韩国确实没有真正意义上的"抗日文学"。但如果把视野扩大到韩国之外，韩国"抗日文学"则有可能成立。众所周知，在韩国被日本侵占期间，很多韩国的爱国志士纷纷流亡到中国从事抗日独立运动。他们在中国开展抗日独立运动的同时，还创办了百余种中文的报刊杂志 [②]，并通过文学创作发出了韩国民族的抗日呼声。韩国文人大多精通古汉语，在华期间又很快熟悉了现代汉语，他们创作的华文抗日文学是韩国抗日独立运动实践的真实反映，其作品带有十分鲜明的抗日文学的性质。这些韩国华文抗日文学作品应该是韩国现代文学的重要组成部分。从这个意义上来讲，韩国的"抗日文学"是客观存在的。

　　在华韩国抗日运动是东亚抗日运动的重要一环，也是东方弱小民族开展抗日运动的代表性案例。韩国的华文抗日文学不仅反映了韩国民族的抗日意志和情感，也体现了东方弱小民族反抗日本帝国主义侵略的东亚精神和文人的文化自觉。因此，在华韩国抗日文学史料的挖掘和研

---

① 本章发表于《韩国研究论丛》2021 年第 1 期，第二作者为泰安市宁阳县第一中学张莉。

② 杨昭全：《中国—朝鲜韩国文化交流史 IV》，昆仑出版社，2004 年，第 1529—1539 页。

究具有重要的理论价值和现实意义。

　　由于刊载韩国华文抗日文学作品的期刊大多都在战时中国出版,战乱导致大量资料遗失,韩国的华文抗日文学至今尚未引起韩国学术界的广泛关注。近年来,随着文学史料的发掘和整理,在华韩国抗日文学的面貌逐渐清晰。本文拟围绕中国近现代报刊上发表的韩国华文抗日诗歌,初步梳理并分析韩国华文抗日诗歌的主要内容,进而推动韩国乃至东亚抗日文学话语体系的重构。

一、壮士悲歌:爱国志士的绝命诗

　　20 世纪初,在强大的日本帝国主义殖民者面前,韩国作为东方弱小民族,没有力量与侵略者进行正面抗争。很多忧国忧民的韩国爱国志士不得不采取一些极端的方式反抗日本帝国主义的侵略,他们或舍身行刺日本要员,或含恨自杀殉国。在日本殖民统治韩国期间,韩国人在国内外行刺日本要员的事件时有发生,著名的行刺事件包括安重根刺杀伊藤博文、尹奉吉上海虹口公园爆炸案、李奉昌刺杀日本天皇案等。据统计,在日本吞并韩国前后,共有 50 余位韩国高官、著名文人选择了自杀殉国。影响较大的人物有驻俄公使李范晋、著名文人黄玹等。

　　韩国抗日志士在殉国前纷纷留下绝命诗、绝命词、绝命文,以表达他们誓死不屈的抗日决心。"雄视天下兮,何日成业。东风渐寒兮,壮士义烈","国仇未报生何益,一剑横腔亦快然"。在日本吞并韩国之际,一幕幕悲壮的抗日场景反复上演,一曲曲激昂的抗日战歌响彻东方。这些数量众多的诗文是韩国抗日文学的重要组成部分,堪称韩国民族的千古绝唱。

　　安重根(1879—1910)于 1909 年 10 月 26 日在哈尔滨火车站击毙伊藤博文,被时人誉为"亚洲第一义士"。关于安重根行刺伊藤的世界意义,当时就有人指出"安重根之狙击伊藤,岂仅为祖国复仇计?实划除世界和平之公敌,其功非特为韩歼仇,更为东亚保和平之局也"[①]。

---

① 　同人:《吊安重根义士并告两国人民》,《震坛周报》第 9 号,1921 年。

安重根在赴义举之前,曾作《丈夫歌》:

《丈夫歌》

丈夫处世兮 / 其志大矣　时造英雄兮 / 英雄造时

雄视天下兮 / 何日成业　东风渐寒兮 / 壮士义烈

忿慨一去兮 / 必成目的　鼠窃伊藤兮 / 岂肯比命

岂度至此兮 / 事势固然　同胞同胞兮 / 速成大业

万岁万岁兮 / 大韩独立　万岁万岁兮 / 大韩同胞

　　《丈夫歌》有安重根亲笔书写的汉文和韩文两个版本传世。这首诗抒发了安重根无比坚定的抗日志向,表达了"风萧易水,壮士不返"的英雄气概。此外,安重根在临刑前还留下了"丈夫虽死心如铁,义士临危气似云"的绝唱。安重根刺杀伊藤博文事件在中韩两国引起了巨大的反响,当时的报纸杂志登载了大量相关新闻报道和纪念诗文,其中最有影响力的人物当属梁启超。梁启超为纪念安重根之义举作长诗《秋风断藤曲》,诗中有云"黄沙卷地风怒号,黑龙江外雪如刀。流血五步大事毕,狂笑一声山月高","万人攒首看荆卿,从容对簿如平生。男儿死耳安足道,国耻未雪名何成。"[①]生动地再现了安重根刺杀伊藤博文的壮观场面,成功地塑造了安重根大义凛然、不畏牺牲的英雄形象。梁启超在《朝鲜哀词五律二十四首》中又以安重根为题作诗:"三韩众十兆,吾见两男儿。殉卫肝应纳,椎秦气不衰。山河枯泪眼,风雨闭灵旗。精卫千年恨,沉沉更语谁"[②]。梁启超在诗后注释中指出:"韩亡之前一年,韩义民安重根,狙击前统监伊藤博文于哈尔滨,毙之。旋被逮,从容就死。韩亡后三日,忠清南道金山郡守洪奭源仰药死。"由此可见,安重根在中韩两国的影响之大。

　　尹奉吉是韩国另一位抗日义士,他自幼学习汉学,熟读四书五经,擅长汉诗汉文,且精通日语,是一位才华横溢的知识青年。1930年,23岁的尹奉吉为反抗日本的殖民压迫,给家人写下"丈夫出家生不还"的留言,毅然离家前往中国从事抗日独立运动。1932年4月29日,尹奉吉在上海虹口公园刺杀日本陆军大将白川义则等人,被当场逮捕。同年

①　沧江:《秋风断藤曲》,《国风报》,1910年第1卷第1期,第10—11页。

②　沧江:《朝鲜哀词》,《国风报》,1910年第1卷第21期129—133页。

12月押送日本,在石川县金泽壮烈就义。尹奉吉在行刺日军将领的前两天即1932年4月27日,曾亲自前往虹口公园勘察地点,并留下了他人生的最后一首诗歌。

> 萋萋芳草兮,明年春色至,与王孙同归来。
> 青青芳草兮,明年春色至,来去高丽江山。
> 多情芳草兮,今年四月二十九日以放炮一声为盟誓。[①]

尹奉吉的这首诗歌简洁明了,不拘泥于形式,但其至诚的爱国情怀和勇往直前的战斗精神跃然纸上。从诗中"青青芳草""多情芳草"的比喻中又不难看出抗日壮士的家国情怀。尹奉吉在留给两个儿子的遗嘱中说:"汝等勿以无父而悲,汝等幸有慈爱之母,可受其教,养而成功,以继乃父之志焉。"[②]明确表达了尹奉吉期望其子继承自己志向、为国家独立而奋斗的拳拳之情。

在为抗议日本侵略而自杀殉国的韩国志士中,著名文人黄玹的影响最大。黄玹(字梅泉,1855—1910)被誉为朝鲜朝末期"汉学四大家"之一,著有《梅泉野录》《梧下纪闻》等著作。1905年11月,日本乘日俄战争胜利之机,强迫韩国政府签署《乙巳条约》,使韩国沦为事实上的殖民地。黄玹悲愤欲绝,先后写下《闻变三首》和《五哀诗》,表达他对卖国贼的痛恨和对爱国志士的哀悼。1910年9月,当黄玹听闻《日韩合并条约》签订的消息后,留下四首绝命诗,自杀殉国。

绝命诗四首

> 乱离滚到白头年,几合捐生却未然。
> 今日真成无可奈,辉辉风烛照苍天。
>
> 妖氛晻翳帝星移,九阙沉沉昼漏迟。
> 诏敕从今无复有,琳琅一纸泪千丝。
>
> 鸟兽哀鸣海岳嚬,槿花世界已沉沦。

---

① 凤凰:《尹奉吉之遗嘱与诗歌》,《礼拜六》,1933年第485期,第16—17页。
② 凤凰:《尹奉吉之遗嘱与诗歌》,《礼拜六》,1933年第485期,第16—17页。

秋灯掩卷怀千古，难作人间识字人。

曾无支厦半椽功，只是成人不是忠。
止意仅能追尹谷，当时愧不蹑陈东。[①]

“鸟兽哀鸣海岳嚬，槿花世界已沉沦”，面对韩国在日本帝国主义强权和暴行下不幸沦亡的悲剧，就连鸟兽都深感不平，发出了凄惨的哀鸣；大海和群山也像是于心不忍，纷纷皱起了眉头。而作者作为一介书生，更是深感无奈，在发出“秋灯掩卷怀千古，难作人间识字人”的哀叹之后，结束了自己的生命。

韩国爱国文人金道贤，庆尚道英阳人，为人慷慨意气，曾多次与同志密谋为国举义，反抗日本侵略。1910年日本吞并韩国之时便欲以死殉国，但因家有老母而不敢死。1914年11月母亲去世后，金道贤投海自杀，殉国前留绝命诗如下：

我生五百末，赤血满空肠。
中间十九岁，须发老秋霜。
国亡泪未已，亲没心空伤。
万里欲观海，七日当复阳。
独立故山碧，百技无一方。
白白千丈水，足吾一身藏。[②]

韩国自古以来深受中国儒家文化的影响，忠孝思想可以说是韩国传统文化的核心。金道贤在“忠孝两难全”的情况下，选择了先尽孝、再尽忠，实现了朝鲜文人传统的人生理想。“国亡泪未已，亲没心空伤”，国家沦亡，亲人离世，作者的悲伤之情可想而知。然而，“独立故山碧，百计无一方”，作者深感无力回天，无奈之下，选择了自杀殉国。

日本吞并韩国之际，自杀殉国的除了儒生文人之外，也有一些韩国政府官员。1910年12月27日，韩国驻俄国公使李范晋自杀殉国，事前曾电奏其皇帝曰：国亡君失未能报仇，兴复苟生不如义死。临死时口呼

① 韩国殉先烈遗诗：《黄玹先生殉国四首》，《革命公论》，1935年第6期第80页。
② 金道贤先生殉国遗诗，《革命公论》，1935年第6期第72页。

二绝句如下：

> 国亡君失我何归，支厦擎天事事非。
> 万里孤臣忠胆裂，悲风渐沥雪霏霏。
> 欧美栖迟十六年，忍看宗社破无全。
> 国仇未报生何益，一剑横腔亦快然。[①]

　　李范晋作为近代韩国的外交官，在长年与西方列强打交道的过程中，深刻体会到了"弱国无外交"的道理，但李范晋无论如何也难以接受"国亡君失"的现实，"万里孤臣忠胆裂"正是李范晋心理的真实写照。"国仇未报生何益，一剑横腔亦快然"，对于大韩帝国的外交官们来说，自杀殉国也许是抗议日本帝国主义侵略最有效的方式了。

二、亡国哀叹：流亡文人的忧国诗

　　日本占领朝鲜半岛之后，对韩国实行了严酷的殖民统治，先后采取了"武断统治""文化统治"以及"民族抹杀"等殖民政策。在政治上高压震慑，在经济上进行大肆掠夺，在文化上则迫使朝鲜人学习日语，对其进行愚民奴化教育。企图通过上述一系列的政策，使朝鲜半岛真正成为日本的国土。流亡中国的许多韩国文人志士切身体会到了亡国的悲哀，他们在开展武装反抗的同时，还通过文学创作抒发自己的亡国悲愤以及对日本帝国主义的痛恨之情。

> 去国吟
> 某韩人
> 欲哭不能哭，欲行不忍行。
> 乾坤双泪眼，何处是秦庭。[②]

---

① 高丽驻俄罗斯公使李范晋绝命诗2首，《东方杂志》，1911年第2期第27页。
② 《东方杂志》，1911年第2期26页。

　　韩国在完全沦为日本殖民地之后,许多韩国人选择流亡国外。他们一方面割舍不下对于祖国的故土深情,另一方面又不甘忍受日本的殖民压迫。可以说,流亡对于他们而言是一种无奈而又痛心的艰难抉择。《去国吟》从一个普通韩国人的视角,抒写出在离开祖国之时的无限留恋,双目满含泪水,是对故土爱得难舍;双脚难以迈步,是对故国爱得深沉。作者宁愿成为无根之草的流亡者,也不能容忍在日本殖民统治之下卑躬屈膝地生活。

亡国吟

朝鲜　林贞吉

大声何处泣铜驼,麦秀禾离不忍过。

生死几人完责任,英雄无地起干戈。

江山依旧前朝样,人物无如妾妇多。

我亦四千年睡醒,痛心常唱大风歌。

国破君亡事可哀,江流犹带血痕来。

当年屠戮难追忆,此日阴霾尚未开。

皮肉空存怜赤子,头颅虚掷哭英才。

仇深报复知何日,不信黄魂唤不回。[①]

　　日本帝国主义的侵略使得国土沦丧,君主不再。大规模残酷的镇压屠杀,使得江流中都有了血色,无数无辜平民和英才惨遭屠戮。作者林贞吉在诗歌中一方面悲痛于侵略者给韩国带来的"国破君亡",表达出对于日本屠戮的悲愤;另一方面则呼吁国人勿忘国耻、奋起反抗。"仇深报复知何日,不信黄魂唤不回",诗歌彰显了作者打败日本侵略者,实现国家独立的坚定决心。

朝鲜遗老李某一首凄凉的"亡国歌"

小楼一角秋江雨,遗老吞声哭且数。

我是首尔宫里人,凄凉阅尽兴亡苦。

苦忆前尘涕泪潸,南唐一阕念家山。

---

① 《国民公论(上海1931)》,1932年第1卷第36期,501页。

两朝旧事向谁诉，万里孤臣有梦还。

一千九百十年秋，江汉带血向西流。
野哭千家尽蹈海，国伤五百争断头。
悲来辄至先皇陵，整日长流泪不止。
昨夜梦中见先皇，龙颜凄测泪万行。
殷勤苦向老奴道，檀君子系未天亡。
呜呼国民听圣主，亡秦尚有三户楚。[①]

这是一位朝鲜王宫的宫人在亡国之后所写的一首凄凉的悲歌，也是一位迟至暮年的老人对朝鲜亡国过程的痛苦追忆。作为曾经的首尔宫里人，见证了国王的成长和宫廷的兴衰，他自豪于自己曾经陪伴在国王左右，骄傲于生活在最具荣耀的宫廷之中，他本以为自己会这样度过一生，可是日本人的侵略改变了他的生活，更残忍的是日本人摧毁了王宫，也摧毁了他的依赖与希望。作为一位风烛残年的老人，对于抗争，他已是心有余而力不足，作为一位常年生活于宫内，与社会脱节的人，他更不知如何去寻找抗争的道路，也因此更加地感到无措和绝望。所以他只能在对先皇无尽的追思和茫然无措的国殇恐惧之中无尽地哭泣。在这里，我们可以感受到，日本的殖民侵略给韩国人民带来的，不仅是物质和肉体上的苦难，更为深重的是给韩国人的心灵所带来的那种亡国之后无所依的彷徨和对未知的恐惧。

三、抗日呐喊：义勇将士的抗战诗

流亡中国的韩国志士，为了祖国的光复，在中国展开了艰苦卓绝的武装斗争。以金九为首的大韩民国临时政府，在中国政府的支持下，通过开展丰富多彩的外交活动，在国际社会不断发出韩国抗日独立的呼

---

① 《复旦》，1916年第1卷第2期，17—18页；另载《尚志》，1934年第3卷第1期，12页。

声。而以金若山、李青天等人为首的朝鲜义勇队,则与中国军队联合作战,不间断地开展抗日武装斗争。韩国义勇将士们在战斗间隙创作了大量的抗战诗歌,这些诗歌有的歌颂战士们的无畏精神,有的鼓舞战士们的英勇斗志,有的号召中韩联合抗日,可谓是韩国抗日文学中最具有战斗力的作品。

八二九
重光

被蹂躏的 / 国耻日, / 八月二十九日哟! / 从悲惨的 / 八月二十九日起, / 人面兽心的日本强盗,霸占了美丽的朝鲜, / 吮吸,全民的血, / 剥削,全民的肉, / 榨取,全民的汗, / 迫得颠沛流离! / 美丽的国土上, / 成群的纵横到荒野! / 从八月二十九日起, / 爱国的大众们, / 跳跃着, / 向日本军阀, / 向日本财阀, / 向韩奸走狗, / 打击,暴动,暗杀! 如今, / 不愿做亡国奴的人们呀! / 打断钢与铁的锁链, / 团结起来! / 向着光明的道路前进吧! [①]

1910 年 8 月 29 日,在日本的强压之下,当时的大韩帝国与日本签订了《日韩合并条约》,由此,朝鲜半岛完全沦为日本的殖民地。诗文直接以"八二九"为题,醒目而又强烈地表达出对于这一国耻日的刻骨铭心,曾经美丽的国土,现今沦为被蹂躏的殖民地,日本强盗残酷地剥削和压榨着无辜的百姓,作为同胞,怎能不感同身受? 怎能不感到愤慨? 所以,作者直抒胸臆,强烈地号召爱国大众团结起来,拒绝做亡国奴,向武力镇压国人的日本军阀和贪欲无度地攫取经济利益的日本财阀以及无耻地出卖国家利益的韩奸走狗发起坚决的斗争。作者通过短小精悍的诗句,简洁明了而又有力地告诉人们,不要被日本帝国主义的野蛮外表所吓倒,团结起来,坚持斗争,才是正确的选择。

朝鲜义勇队

我们是朝鲜义勇队。 / 我们一百二十个, / 从帝国的鞭挞下, / 从哭泣着的国土上, / 从海的那边, / 走向斗争的中国。 /

---

① 《朝鲜义勇队通讯》,1939 年第 24 期,第 6 页。

从辽远的年代起，／中国和朝鲜，／就是最亲切的兄弟。／今天，／中国和朝鲜，／呼吸着同一的痛苦，／呼吸着同一的仇恨。／日本帝国主义带给我们朝鲜的一切灾难，／也在带给我们亲爱的中国。／为了中华民族的解放；／为了在血泊中呻吟着的／悲哭着的／愤怒着的／朝鲜民族的独立，／自由！／我们在中国的土地上，／向日本的法西强盗搏斗！／和中国的兄弟们在同一的战场上一起战争，／一起流血。／西班牙的国际正运用铁手！／扼住那个人类叛徒佛朗哥的喉咙；／我们要用正义的子弹，／射击那东方的暴君！／我们已经把斗争的手臂，／伸给中国，／伸给我们的朝鲜，／伸给西班牙，／伸给全世界的兄弟。／中国的兄弟们，／已经用鲜红的热血，／预约了光荣的胜利，／在我们长白山的森林里，／图们江的原野上，／我们朝鲜的千万兄弟，／已经从三十年的仇恨的日子里站立起来！／在—被法西斯的血腥所涂抹过的东方，／我们和中国的兄弟，／正准备着一个胜利的血战。／我们要从血泊中站立起新的朝鲜，／新的中国，／新的世界。／我们是朝鲜义勇队。[①]

1938 年武汉保卫战期间，韩国志士金若山成立朝鲜义勇队，宣布参加中国抗战。朝鲜义勇队成立后就投入中国的对日抗战之中，成为中国抗战中的一支国际队伍。从上述诗歌可以看出，作者不仅认识到中韩联合抗日的必要性，同时也认识到要想取得反法西斯斗争的全面胜利，就要团结全世界受压迫的弱小民族共同斗争。在华韩国人积极投入中国的抗日战争，不仅仅是为了帮助中国，更是为了光复韩国乃至谋取世界的和平。东亚抗日斗争的现实将中韩两国人民紧紧联系在了一起，打败日本侵略者成为中韩两国的共同目标。

你是义勇的战士（给前方朝鲜义勇队同志们）

李斗山

你是义勇的战士，／义勇的结晶！／义，／不容你沉醉在"沙泼"上躲卧；／勇，／不许你缄默在斗室里蛰伏。／你像火块似的热烈，／你像电气似的飞跑！／呵！／我年青的同志们记吧！

---

① 《军事杂志（南京）》，1939 年第 112 期，第 104 页。

/我和你在羊垣拍案起时,/珠江风月怎敢来留恋我们的飞步;/白云山林也不敢遮着我们北上的路。/那时的血潮,/还在你和我的心脏鼓涌着!/战士们,/鸭绿江水等着你早点来,/涤你青龙刀上仇血班痕;/同志们,/东海水候着你快点来,/洗你沙场上炮烟污泥的身躯。/你是义勇的结晶,/去吧向前去!/死也是"永生",/生也是"永生",/这是无上的光荣,/也人生的最高理想。[①]（节选）

李斗山(1896—?),是在华韩国抗日独立运动的重要人物,他不仅积极投身于抗日武装斗争,还大力宣传中韩两国联合抗日的重要性和必要性。李斗山于1939—1942年间在中国广西创办了《东方战友》杂志,以此为宣传阵地,呼吁中韩两个民族以及所有东方弱小民族联合起来,携手建立以中国为主力和中心的反对日本法西斯的联合战线。其所倡导的这种联合战线思想,既表明了他强烈的抗日决心,也体现了其敏锐的国际意识。李斗山在诗歌中,歌颂义勇队的战士是"义勇的结晶",他们有着团结一致抗日的赤血忠诚,他呼吁同志们要向死而生,面对残酷的战争,不要畏惧牺牲,因为反抗法西斯的斗争是"无上的光荣"和"人生的最高理想",这是为大义而战。紧接着,他向自己在前线战斗的亲人——他的弟弟和两个儿子表达深切的问候和战斗的鼓励。他不仅是以笔为武器,激励战士义勇抗战,更是以自己和亲人的实际斗争与日本法西斯做着持久的抗争。

积累的血债 要在此时偿还(为纪念三一而作)
奉文

野火燃逼了朝鲜,/半岛上有的只是火焰,/光芒照射了无边的原野,/大众的喊声在火光中出现。/前进! 战斗! /战斗! 向前! /朝鲜的大众们! /让我们同赴最前线! /三一的斗士三千万! /让我们快做反倭总动员! /悲怨,愤怒已不能抑止在心坎,/伟大的攻击战斗已辉煌在眼前,/肉搏! 追击! /光明,不远。/朝鲜的大众们! /积累的血债,/要在此

<hr>
① 《朝鲜义勇队通讯》,1939年第6期5页。

时偿还。[①]

1919 年 3 月 1 日,韩国国内爆发了反抗日本殖民侵略的三一运动,这是韩国历史上一次大规模的自发性的反帝爱国运动,这股反抗的热潮迅速波及到中国,美国等海外地区,点燃了世界各地的韩人反抗日本殖民侵略的斗志。上述诗文作于三一运动两周年纪念之时,作者借回顾三一运动之机,歌颂三一运动所展现的反抗帝国主义殖民掠夺,维护国家主权的强烈爱国主义精神,呼吁朝鲜的大众们,要继承三一运动的抗争精神,在日本残酷的压榨现实面前,不要止于"悲怨和愤怒",而应该勇敢地拿起武器去"前进! 战斗! 战斗! 向前!"。只有积极通过武装斗争,通过不畏牺牲的战斗,才能偿还积累的血债。

在义勇将士的诗歌中,我们不难看出,他们的文字并不太注重修饰,多以直白的方式,简短有力地表达出内心激烈的情感。他们的诗文多取材于鲜活的战争体验,选取典型的战斗事实,描写战场的激烈,歌颂不畏牺牲的战士,赞扬战士与敌人周旋的勇敢与机智。通过精悍有力的诗歌,抒发了战士们心中的抗日情感,激发了战士们团结抗战的决心和意志。诚然,从文学层面上来说义勇将士的诗歌作品在文学性上稍显逊色,但考虑到当时他们的现实境遇以及现实需要,他们的诗歌也充分发挥了"诗,可以群,可以怨"的功用。义勇将士的抗战诗歌因其真实鲜活的取材,得以让读者超越时空局限,回归到历史现场之中,感受到深沉的战争气息和抗战的全民热情。

韩国抗日志士在中国创作和发表的抗日诗歌作品,表现了他们个人以及他们所代表的韩国全体民众对于日本殖民统治的愤慨与反抗意志。爱国志士不堪忍受国家沦为"禽兽之域"的历史际遇,或选择舍身行刺日本高官要员,或含亡国之恨而自杀殉国,他们的爱国绝唱激励了国内外无数志士前赴后继地投入争取国家独立的斗争之中。流亡文人以手中之笔抒发胸中对于亡国的哀叹,既深切地表达出对于国家沦陷的无限悲痛,又表达了文人的家国情怀和对于民族未来的深沉忧虑;义勇将士的抗战诗简洁精悍,再现战场,讴歌战士,既热情地激励战士们要不畏牺牲、坚决抗战,又热切地表现了要团结世界弱小民族共同联合抗日的开放精神。

---

① 《朝鲜义勇队通讯》,1940 年第 33 期 7 页。

　　韩国流亡文人的这些诗歌作品从侧面表现了韩国民族的一个时代缩影与历史绵延性。透过这些诗歌,我们可以体会到反抗日本殖民侵略的时代诉求,也可以感受到韩国民族文化传统中的忠孝刚义的历史承继性。韩国流亡文人创作的华文抗日诗歌大多是作者近年新发掘的文学史料,这些资料对于重构韩国抗日文学话语体系具有重要的学术价值。

第十一章　林语堂在韩国：作品译介与人文交流[①]

　　林语堂是中国著名的文学翻译家、双语作家和语言学家,他兼用中文和英文写作,蜚声世界文坛。"两脚踏中西文化,一心评宇宙文章"是林语堂思想、文学创作和文学翻译生涯的写照。林语堂用英文创作了大量名作,包括他的成名作《吾国与吾民》和曾被诺贝尔文学奖提名的《京华烟云》。此外,林语堂还专门翻译介绍了不少中国优秀文学到国外,对传播中国文化做出了巨大贡献。

　　林语堂的存在不仅仅是局限于中国现代文学史上的一种存在,他的存在价值应该说是突破了一个时代、一个国度的范围。多年来,学术界对林语堂在英语国家的影响已经有很多研究,但林语堂在韩国的译介情况却鲜有学者深入探讨。其实,林语堂很早就被介绍到了韩国,至今林语堂在韩国的译介已经有八十多年的历史,林语堂的作品有广泛的韩国读者群,无论在文学上还是在现实生活中都对韩国文坛和韩国人产生过重要的影响,林语堂也成为深受韩国民众喜爱和尊敬的中国现代文人之一。20 世纪 60 年代末与 70 年代初林语堂曾两度到访韩国,出席在韩国举行的世界大学校长会议和世界笔会,期间他不仅做了大会的特别演讲,还在市民会馆和西江大学为韩国青年人做了演讲,他的演讲在韩国引起了巨大的反响,对韩国青年学者产生了广泛的影响。林语堂在韩期间,还与韩国的作家、学者进行了直接的交流。

---

① 本章部分内容发表于韩国《韩中人文学研究》第 40 期（2013 年）,第二作者为山东大学研究生张懿田。

一、林语堂在韩国的译介

林语堂的英文代表作在亚洲国家的译介始于日本，1940年林语堂的作品 *The Importance of Living* 由坂本胜翻译成日语，译名为《生活的发见》，由东京创元社出版。同年 *Moment in Peking* 由东京河出书房出版社翻译介绍到日本，译名为《北京好日》。从时间上看，韩国翻译林语堂的作品也是非常早的，几乎与日本同步。他的作品第一次被翻译成韩国语也是在1940年，韩国"九人会"成员之一的朴泰远在《三千里》杂志连载翻译了《京华烟云》的一部分，译为《北京好日》。而林语堂的作品第一次以单译本的形式被正式介绍到韩国则是在1954年李钟烈把 *The Importance of Living* 译为韩文版的《续生活的发见》。

值得注意的是，韩国和日本对林语堂这两部作品的翻译均早于中文的译本，上海西风出版社于1941年首次将 *The Importance of Living* 译作了《生活的艺术》，张振玉也于1941年将 *Moment in Peking* 首次译为中文版本的《京华烟云》。在日本殖民统治时期，韩国的许多韩国文人通过留学日本接触到了当时被介绍到日本的中国现代文学，朴泰远高中毕业之后进入东京法政大学留学，他回国之后开始埋头于中国小说的翻译。考虑到朴泰远的东京留学经历，可以推断他对林语堂作品的翻译很可能是参考了日文版的《北京好日》。

1950年代，韩国战争结束后，韩国国内对中国现代文学的翻译进入了一个新的发展时期，林语堂的几部主要作品正是在这个时期被介绍到了韩国。1956年和1957年李明奎两度翻译了 *Leaf in the Storm*，将其译为《暴风中的树叶》，分别由青丘出版社和同学社出版发行。1959年金龙济翻译了《朱红门》。继1954年李钟烈将 *The Importance of Living* 译为韩文版的《续生活的发见》之后，申泰和也于1959年翻译了林语堂的这部随笔作品。随后李钟烈也于1959年重译了《生活的发见》。1957年，金信行翻译了《林语堂随笔集》[①]，车柱环在《东亚日报》发表

---

① 原作名《中国文化精神》，选自《林语堂代表作》，黄河文艺出版社1990年。

文章,对《林语堂随笔集》做了高度评价。他在文中写道,"李明奎翻译介绍林语堂的《树叶凋落大地永存》与《暴风中的树叶》之后,林语堂已经成为韩国读书界广为人知的中国作家。本次金信行翻译林语堂的随笔十七篇使我们对林语堂的知性有了进一步的了解"。[①]他还对随笔中收录的林语堂的文章做了具体评价,"这部随笔集收集了林语堂在上海发表的文章,内容主要是作为现代人立足于自由主义对中国社会所谓的国粹与开进的批判。虽说是批判,但文章中充满了林语堂的知性、机智与幽默中散发出的温情。即使是批判,也并非是为了批判而罗列刻薄的文字,反而是准备了一场愉快的飨宴。直到半世纪之前我们还处于中国文化圈,林语堂的随笔与其说是充满了异国色调,不如说是道出了我们国家的实情,这是我国读书界,特别是大学生以及读书欲旺盛的高中生值得一读的书"。[②]从车柱环的评价中可知,在50年代末,林语堂已经成为韩国"广为人知"的中国作家。这一时期译介林语堂作品的文人有柳光烈、李明奎、李忠烈、金信行等。

进入20世纪60年代,林语堂的作品开始被全面地介绍到韩国。这一时期林语堂作品译介的一个显著特征是他的散文随笔开始被大量翻译。其中1968年出版的《林语堂全集》为林语堂作品的译介做出了巨大的贡献。1968年徽文出版社出版了《林语堂全集》(五卷),其中收录的译作有《生活的艺术》[③]《吾国与吾民》《机械与精神》等散文以及《暴风中的树叶》《等待黎明》[④]《则天武后》等小说与演讲文、纪行文共九篇,译者主要有尹永春、朱耀燮、车柱环、梁炳铎、张深铉等中、英文学者。这部全集除了再次翻译了《朱红门》《京华烟云》与《风声鹤唳》,还将《吾国与吾民》等一批林语堂的小说与散文首次译介到了韩国。

除《林语堂全集》中收录的译作之外,1960年代主要的译作成果还有金龙济于1960年和1963年两次翻译的小说《大红门》,1968年田秀光翻译的小说《京华烟云》。六十年代起林语堂的散文集开始受到韩国文坛的广泛关注。金秉喆、尹永春、朴在耕分别于1968年和1969年翻译了《生活的发见》,郑成焕首次将散文集《人生的盛宴》介绍到韩国,

---

① 　[韩]车柱环,金信行译《林语堂随笔集》,《东亚日报》,1957年12月22日。
② 　[韩]车柱环,金信行译《林语堂随笔集》,《东亚日报》,1957年12月22日。
③ 　原作名 *The Importance of Living*,尹永春将其译为《生活的艺术》。
④ 　1968年朱耀燮首次翻译了 The Vigil of a Nation(枕戈待旦),译为《等待黎明》。

收录于东亚文化社和东西文化社共同出版的《世界随笔文学全集—中国·日本篇》之中。另外主要的译作还有郑东勋翻译的《林语堂随笔集》以及闵丙山翻译的《林语堂的随笔—孔子》。这一时期，以尹永春为代表的中文学者是译介林语堂的主要力量。1962 年尹永春访问了台湾，回国之后在《东亚日报》发表了一篇名为"中国学问的实体"的文章，他在评价鲁迅与林语堂的作品时，提到"如果因为林语堂揭露丑陋的社会现实而无视他的作品，那文学世界就会萎缩不少"。[①]由此可见，六十年代尹永春等韩国文人通过台湾继续接触林语堂的作品，对林语堂产生了新的认识。

随着六十年代林语堂作品译介数量的不断增加，他的作品在韩国的影响也逐渐扩大。1963 年 8 月 1 日，《东亚日报》刊发了"假期劝读书目"，向韩国的年轻人推荐林语堂的 *The Importance of Living* 及韩文版译作《生活的发见》。文章高度评价林语堂的 *The Importance of Living* 为"满嗟西欧教养与文化，回首东方文化与教养，陶醉于悠久无限的人生哲学，洞察东洋人生，饱含幽默"[②]，特别指出向韩国当代年轻人推荐此书的原因在于"当今的年轻人容易轻视我们东方文化，一味的陶醉于西方文化之中"[③]。可见林语堂作品中的东西方文化的融合与对东方文化的深刻感悟对纠正韩国年轻人错误的文化观起到了重要作用。根据《东亚日报》每月发布的国立图书馆借阅量统计数据显示，1967 年 3—7 月，林语堂的《生活的发见》一直位于外国非小说领域阅读榜的前列[④]。1964 年《京乡新闻》发表题为"大学四年白书"的文章，统计韩国大学生四年期间感怀深刻的著作，其中外国图书依次主要有《罪与罚》《三国志》《人生读本》以及林语堂、卢梭、海明威等的作品。[⑤]

20 世纪 70 年代，韩国对林语堂的译介进入兴盛时期。尽管小说方面只有田秀光翻译的《京华烟云》，但散文的译介则在六十年代的基础上继续扩大了范围。林语堂各主要散文作品。其中《生活的发见》依然是被翻译最多的散文作品。金秉喆、朴在森、朴在耕、李载宪等人先后九次翻译了《生活的发见》。七十年代译介的散文作品还有金基德翻译的

---

① ［韩］尹永春：《中国学问的实体》，《东亚日报》，1962 年 6 月 2 日。
② 《东亚日报》，1963 年 8 月 1 日。
③ 《东亚日报》，1963 年 8 月 1 日。
④ 《东亚日报》，1967 年 3 月 2 日、4 月 5 日、5 月 9 日、7 月 7 日。
⑤ 《京乡新闻》，1964 年 12 月 16 日。

《处世论》、金光洲翻译的《生活的智慧》、尹永春翻译的《穿越时空》等。值得注意的是，1977年金学主首次将《从异教徒到基督徒》译介到了韩国，这部作品记述其在信仰上的探险、疑难和迷惘，与其他哲学和宗教的切磋，对往圣先哲言论的探讨。《从异教徒到基督徒》一经翻译就在韩国社会引起了巨大的反响。韩国报纸《每日经济》对中央图书馆展示馆、光化门图书中心、忠武路图书中心销售量进行统计，根据1977年3月29日发布的"本周畅销书榜"，《从异教徒到基督徒》的销售量位于海外非小说类的第三位。根据1977年3—8月的"每周畅销书"统计，《从异教徒到基督徒》一直稳居前列。另外，继六十年代《林语堂全集》中收录的《孔子》和《孔子与卫侯夫人》之后，1972年闵丙山又翻译了《孔子的思想》。林语堂对孔子、老子、庄子等哲学与宗教思想的探索成为韩国译介林语堂作品的一个重要方面。

20世纪80年代，韩国对林语堂的译介继续稳步发展。小说翻译的成果依旧不多，只有1982年五星出版社翻译的《京华烟云》收录于《世界文学丛书》之中。1980年代韩国译介林语堂散文的特点是译作数量较七十年代有所增加，但作品种类单一，主要表现为《生活的发见》的大量翻译，文祥得、朴镒忠等人先后十一次翻译了这部作品。随着《生活的发见》译作版本的不断增加，这部作品及林语堂的思想在韩国的影响力也进一步扩大。1980年10月，《京乡新闻》对高中生的读书情况做了调查，并且提到景福高中选出50本必读书目，其中就包括林语堂的《生活的发见》[①]。1982年韩国的许英子教授对女大学生的读书情况作了调查，女大学生对社会、文化方面的书籍阅读较少，阅读最多的是小说，其次是随笔，女大学生喜爱的随笔作家有韩国的皮千得、金亨锡、安秉煜、田惠麟等，国外的随笔作家主要有查尔斯·兰姆、蒙田、培根、林语堂、埃利奥特、赫尔曼·黑塞等[②]。首尔大学教授丘仁焕在"不读书的'空水桶'"一文中提到"没有读过《三代》与《天下太平》又怎能了解殖民地下的韩国，没有读过林语堂的《生活的发见》又怎能洞察人生和生活"[③]，倡导当代大学生通过读书来打磨"粗糙的心田""培养秩序调和意识"。1986年，韩国图书杂志周刊新闻伦理委员会发布了由大学教授、文人与社会各界人士共同选定的30本青少年必读书目，其中有两部

---

① 《京乡新闻》，1980年10月6日。
② 《东亚日报》，1982年5月27日。
③ 《东亚日报》，1982年9月27日。

中国作品,分别是林语堂的《生活的发见》和赵芝薰翻译的《菜根谭》[①]。上述各种统计调查结果表明,林语堂的《生活的发见》不仅仅影响着普通的韩国人,他以悠闲的情绪和中庸的精神为韩国人在忙碌的快节奏的工作生活中提示了一条提高生活品质的路,而且《生活的发见》也成为高中生与大学生等青少年的必读书目,影响着韩国年轻人对生活的态度和人生观。

1992 年中韩建交之后,韩国对中国文学作品的翻译进入了一个新的发展时期,韩国对林语堂作品的译介也进入了全面发展的时期,几乎涉及了林语堂的全部小说和散文作品。传记方面的翻译成果有《苏东坡评传:他是谁》《女杰则天武后》《快活的天才:苏东坡评传》等,散文方面《生活的发见》继续受到译者的关注,九十年代至今被翻译十一次,并且仍不断有新的译本出现。除此之外,1995 年申海镇翻译了《吾国与吾民》,《京乡新闻》的评论文章认为,作者在这部作品中将客观性与主观性完美结合,犀利地分析了中国的社会制度、民族性、生活方式以及历史认识等。评论认为,林语堂以诙谐的笔体解开了中国的神秘面纱,摆脱了偏见,详细地介绍了中国人的品性、心理、文学以及艺术行为[②]。2003 年,金永秀翻译出版了《女人的香气》与《幽默与人生》两部林语堂散文选,《女人的香气》中收录了《夏娃的苹果》《裸体论》《女论语》等 15 篇林语堂早期的散文作品,《幽默与人生》收录了阐释林语堂的幽默与人生、生活的自由与闲适、林语堂的幽默哲学的散文作品。此外《由异教徒到基督徒:东西洋的思想与宗教》也被两度翻译。九十年代以来,除林语堂作品的译作外,2004 年韩国淑明女子大学金柱寅教授出版了《赫尔曼·黑塞与林语堂》,赫尔曼·黑塞与林语堂都是脱离了宗教但最终又回归宗教的文人,这本书分为两个部分,共收录了 19 篇随笔,试图以基督教的信仰与理性来治愈暴露于各种暴力性之中的当代文化。

中韩建交以后,韩国对林语堂译介的主要变化有以下两点。第一,与小说相比林语堂的散文仍是译介的主要对象,但翻译的对象不再局限于《生活的发见》与《人生的盛宴》等林语堂的代表作品,而是扩大到林语堂几乎全部的散文作品。第二,七十年代以前对林语堂散文的翻译主

---

① 《东亚日报》,1986 年 7 月 30 日。
② 《京乡新闻》,1995 年 6 月 28 日。

要是对他散文集和短篇的翻译,而九十年代以后,散文选编成为林语堂作品译介的主要方式。1998 年出版的《林语堂的笑》,2003 年出版的《女人的香气》与《幽默与人生》就是其中的代表译作。

二、东西方文化的融合

林语堂的作品之所以被大量译介到韩国并产生影响,与林语堂 20 世纪 60 年代末与 70 年代初在韩国的活动不无关系。1968 年 6 月林语堂前往韩国参加了第二届世界大学校长会议。包括英国的牛津大学、美国的芝加哥大学、东京大学等世界 43 个国家的 500 余名大学校长参与了本次会议。韩国对大学校长会议非常重视,作为主办方的韩国庆熙大学也在几个月前就开始了会议的准备工作。2 月 28 日,《京乡新闻》发表报道介绍此次会议,并在文章中提到:"由于中国的林语堂博士以及日本的诺贝尔物理学奖获奖者(朝永振一郎)等当代硕学的参与并将发表大会演讲,本次会议受到了国内外的关注。"文章发布了本次会议的四大主题:1. 大学应为世界的真正和平作出哪些贡献;2. 东西文化的融合点在哪里;3. 大学教育是否能促进发展中国家的发展;4. 大学生参与现实的问题。中国的林语堂、菲律宾国立大学校长、巴黎大学教授、泰国外相、韩国的白乐叡教授五位学者将发表大会主题演讲。6 月 17 日《京乡新闻》报道了林语堂等人的演讲题目并对各位演讲人做了生平简介。

1968 年 6 月 18 日,为期三天的世界大学校长会议在庆熙大学图书馆正式开幕。上午九时,林语堂与其他四位演讲者坐在大讲堂第一排出席开幕式。当天下午,林语堂以"面向全人类的共同遗产"为题发表了四十分钟的大会主题演讲。演讲全文登载于 1968 年 6 月 18 日的《京乡新闻》。林语堂首先提到了西欧文明对中国思想方式所产生的影响。他特别指出中国虽对西方文明有所借鉴,但是中国的思考方式与文化具有根本的独创性,这一点与今天受希腊罗马影响的西欧文化截然不同。最初对一些西方文学的错误引入,导致了今天西欧对中国整个思考方式的影响。今天的中国想要完全地适应世界的要求还需要数十年的融合过程。他还提出了中国的自然科学未能得到发展的原因在于中国人对于命运论与自然的顺从而非征服的态度。同时他引用荀子"制天命而用之"的观点，说明今后东方思想对西欧思想的影响将会逐渐扩大。

　　林语堂在世界大学校长会议上的演讲充分体现了他的"中西融合论"的中西文化观。融入了林语堂《论中西思想法之不同》与《论中外的国民性》等 60 年代讨论东西文化的作品的精华。林语堂的中西文化观经历了 20 世纪初的提倡欧化，到 30 年代对中国传统文化态度的转变，主张"儒道互补"，到 1936 年之后走向了"中西方融合"。林语堂在《论中西思想法之不同》中就曾提到"中国人的思想法重直感，西洋人的思想法重逻辑，西洋求和，中国人求道"。林语堂认为中西文化的根本差异在于思想方式的不同，中国人重视"直觉、情感、主观，喜爱用综合的、象征的、通观全局的方式来把握世界"。[①]林语堂探究东西文化的差异性，同时他也肯定东西文化的相融性。他从相通的角度看待中西文化，主张中西方彼此相互学习、互相补充，以创造一个和谐的世界。林语堂的中西文化融合观在当时"无人不论文化，无人不谈中西"的大背景下，为解决东西文化的矛盾提出了一条可行之路。林语堂关于中西文化融合的演讲为面临西方文化渗透与冲击的韩国社会提出了发扬本国文化、吸收西方文化精华的文化发展方向。

　　林语堂在世界大学校长会议开幕式上的演讲对东西方文化差异及东西方文化融合的看法在韩国引起了巨大的反响。6 月 18 日下午，韩国著名青年作家崔仁勋[②]拜访了林语堂，两人从东方思想与西方文明、道与真理一直谈到毕加索与埃利奥特，林语堂告诫年轻的韩国学者"在信念丧失的现代，更要有强健的生的感觉"。林语堂在演说中提及的"从汉语中的'道'与英语中的'truth'可以看出东西文化的差异"，因此崔仁勋就"既然双方根本的思想样态不同，那么应该如何规定其特性"的问题请教了林语堂。对此，林语堂答道："通过过去两千五百年的思想史可以看出，中国人并没有对追求西方意义上抽象的逻辑性真理显示出

---

① 陈清：《林语堂中西合璧文化观成因管窥》，《徐州师范大学学报》（哲学社会科学版），1995 年，第 75-78 页。
② 崔仁勋，韩国著名小说作家、戏剧作家。主要作品有《广场》《冲动的声音》《九云梦》等。

兴趣。"崔仁勋提到"先生将文化与文明区分开来看,文化能从产生它的社会形态之中脱离出来吗?"对此林语堂以希腊文化为例,说明了文化是永恒的。希腊文化曾被埋在黑暗之中,但希腊精神最终成为西方精神的源泉,即使物质领域消失了,文化的根源也不会动摇,因为文化中蕴含着不灭的精神。

崔仁勋还提到基督教在西方文明中所起到的作用是否与东方思想的直观性有相通之处,林语堂对基督教的直观性因素给予了肯定,他认为祈祷本身就具有神秘主义要素,基督教在超越时空、寻求永恒的世界方面具有东方的色彩,因此不能将基督教视为科学的、分析逻辑的产物,但基督教形成了西方文明的大结构,这一点与东方思想不尽相同。

崔仁勋认为当今社会并非没有优秀的文化,反而是文化的多元化使个人生活丧失了方向,林语堂认为整体的倾向在转变,"没有不会陷落的公认的真理",我们从某种意义来说正在失去"充满信念的海洋",而被"浅薄的变化支配着"。崔仁勋认为当务之急并非是非个性化或是疏远感,而是现代的东洋人正在面临西方思想的入侵以及传统东方思想压迫的双重重压。对此林语堂只是浅尝辄止地提到我们应该以高尚东方精神来排除"病态的、颓废的、显微镜似的东西",我们应该保有"动物似的信念"以及"强健的生的感觉"。这里林语堂所说的"生的感觉",表明了他对待生活的态度。

在为期三天的世界大学校长会议中,林语堂除了发表大会演说外,19日上午还在首尔市民会馆大讲堂发表了题为"前进,前进,前进"的演讲。演讲开始于上午9时30分,为时约一小时,林语堂在演讲中指出"今天的亚洲与非洲虽然一无所有,被称作'发展中国家',但我深信他们在将来一定会成为富裕的地区"。他还提到了东西方的文化与哲学,他认为"东方是精神的,西方是物质的"这种看法是错误的,这就好比是"将一年沐浴一次的人比作精神的人,将每天洗澡的人比作物质的人一样荒谬"。他强调"国家的近代化取决于工业化的发展速度以及如何将科学技术加以有效地利用",并预言韩国"在不远的将来定会成为富裕的国家"。最后林语堂鼓励"韩国的青年人不要因为没有出生在发达国家,没有出生在了贫穷的发展中国家而憾叹,要像贫农的儿子一般,将热情与时间投入到有意义的事情之中,前进,前进,前进"。林语堂引用俗语"贫农的儿子能当宰相",贫农的儿子努力就可以成为宰相,而宰相的儿子却容易堕落,告诫韩国的年轻人不要虚度光阴,要将时间用在有意义的事情上。1976 年 3 月 29 日，尹永春在《东亚日报》发表的文章中提到林语堂在世界大学校长会议上所作的演讲反响热烈，得到了世界各国大学校长的认可与赞同，另外他在市民会馆前的演讲是韩国解放以来所举办的演讲会之中反响最热烈的一场。

　　林语堂 1968 年访韩参加世界大学校长会议并做主题演讲，以及在市民会馆为青年人做的演讲，进一步扩大了林语堂在韩国的影响。林语堂关于东西方文化融合的文化观以及他的生活态度在韩国得到进一步传播和认可，这也成为 20 世纪 60 年代末、70 年代初林语堂的译介作品在韩国大量涌现的原因之一。

三、东西方文学的幽默

　　1970 年林语堂第二次来到韩国，参加了第 37 届世界笔会韩国大会。林语堂不仅作为特邀嘉宾出席了本次大会，他对世界笔会能够在韩国顺利召开也起到了重要作用。1969 年在法国召开的第 36 届世界笔会的闭幕式上，韩国申办 1970 年世界笔会的申请遭到了东欧国家的强烈反对，他们认为世界笔会不应在分断国家举行。对此，林语堂对韩国的申办表示了积极的支持，他提到"如果韩国没有资格举办世界笔会，那东方几乎也没有国家拥有资格了，中国如此，越南也是如此。为什么西方人不能像东方人理解西方文学一样去理解东方文学呢？"林语堂指出西方国家反对在韩国召开世界笔会是在排斥东方文学，主张东西方能够互相理解，为韩国能够顺利申办世界笔会提供了有力的支持。

　　最终，韩国成为继日本之后第二个召开世界笔会的亚洲国家。第 37 届世界笔会韩国大会于 1970 年 6 月 29 日在首尔举行，为期一周。此次大会以"东西文学的幽默"为议题，下设三个分议题分别是：幽默文学的地域性特性、幽默在现代社会的作用、演剧中的幽默。另外，此次大会还提出在汉城（今首尔）设立亚洲翻译中心。林语堂以"论东西文化的幽默"、美国小说家约翰·厄普代克以"小说中的幽默"为题作了大会特别演讲。

　　林语堂首次将西方的"humor"译作"幽默"，并将这一概念引入了中国。演讲中林语堂生动形象地阐述了他的幽默观，就什么是幽默以及幽默对于人生的意义做了详细的阐释。他将幽默比喻为人类心灵开放的花朵、温润细雨、潺潺溪流或绿茵上的阳光。他认为"幽默的发展是和心灵的发展并进的"，因此，幽默是"心灵的放纵或者是放纵的心灵"，而"惟有放纵的心灵，才能客观地静观万事万物而不为环境所囿。"这里林语堂所说的"放纵的心灵"指的是一种态度，对于林语堂来说幽默并不仅仅是一种方法，他将其升华为一种人生观来理解，他把幽默看作是"心灵的光辉与智慧的丰富"[①]。林语堂引用英国维多利亚女王的临终遗言，指出"那种健全的热情的和具有人情味的智慧"是最好的幽默。林语堂还指出"幽默"与"机智"以及"嘲笑"或"轻蔑"的区别。实际发自这种恶意的态度，应称之谓嘲谑或讥讽。嘲谑与讥讽是伤害人的，它像严冬刮面的冷风。"幽默则如从天而降的温润细雨，将我们孕育在一种人与人之间友情的愉快与安适的气氛中。它犹如潺潺溪流或者照映在碧绿如茵的草地上的阳光。嘲谑与讥讽损伤感情，辄使对方感到尴尬不快而使旁观者觉得可笑。"[②] 而他将幽默比作是"搔痒"，是星星火花般的闪耀，然而却又遍处弥漫着舒爽的气息，是人生的一大乐趣，因此，必须区分幽默的真谛与各种作用混淆不清的语意。30 年代之前林语堂的幽默更多地表现为狭义的讽刺，而后期的林语堂将幽默看作是一种人生态度，是人生的一部分，这时他眼中的幽默可以包含戏谑与讽刺，但绝不仅仅局限于此，更不是以讽刺为目的，而是享受生活的人生情趣。

　　林语堂还在演讲中阐述了他幽默观中的哲学基础，他认为人生充满了悲哀与忧愁、愚行与困顿，而只有人类中最伟大的人物如佛祖和耶稣能够做到以幽默来发挥潜力，复苏精神。他认为"老庄是我国最大的幽默家"[③]，庄子是"中国之幽默始祖"。"孔子的主张要人经常修养不断地求进步，老子则主张返璞归真"。同时他也提到孔子的幽默，他认为孔子的幽默在于对待挫折付之一笑的泰然自若的态度。 最后他在演讲中指出，新儒学中断了中国正统文学中的幽默传统，"新儒学特别缺乏幽

---

① 　张榕、陈弦章：《心灵开放的花朵——林语堂的幽默观及其阶段性发展》，《龙岩学院学报》，2009 年。
② 　论东西文化的幽默，《林语堂文选》，中国广播出版社，1990 年。
③ 　论东西文化的幽默，《林语堂文选》，中国广播出版社，1990 年。

默,孔子的容忍、幽默和富于人情味的热情便被忘却了,于是一些新儒家便把他的教训纳入一套严厉的道德法典中"[①]。

本次世界笔会是世界文学史上首次对幽默进行的大规模的讨论与比较,林语堂在世界笔会韩国大会上的演讲集中体现了他的幽默观,林语堂用生动的事例诠释了他眼中的幽默,得到了与会听众的一致认可与好评。韩国《京乡新闻》评价林语堂此次演讲包含了先贤哲人的逸话,是一道精神的清凉剂,从理性与感性的视角诠释东西方的幽默。

1970 年 7 月 2 日下午,林语堂在韩国出席世界笔会期间还访问了韩国西江大学,被授予了西江大学名誉博士的学位,同时做了题为"致韩国的青少年"的演讲。林语堂主要就集体教育与个人教育的关系做了为时约五十分钟的演讲,演讲中林语堂提到"求知如同在未知的大陆上探险,需要自己不断地开拓与探求",他强调虽然年轻人进入大学接受了集体教育,但走向社会也十分重要,而最重要的则是年轻人要懂得通过"自我教育"实现自我拓展。他还指出上学并不等同于接受教育,劝诫韩国的年轻人要多读书。

林语堂此次访韩还为亚洲翻译局的成立做出了贡献。1970 年 6 月 28 日,在世界笔会执行委员会的督促下,亚洲翻译筹建委员会于 29 日上午 11 点半举行会议,确立了机构名称为"亚洲作家翻译局"(AWTB),并选举韩国作家郑寅燮为 AWTB 会长,林语堂为副会长。亚洲作家翻译局决定发行季刊《亚洲文学》,刊登选集和作品集,并在首尔设立秘书局。郑寅燮作为委员长、林语堂作为副委员长召开了十六个国家参与的国际编辑委员会,就《亚洲文学》发刊号中收录的作品以及编辑问题进行了讨论。亚洲作家翻译局的主要目标是将亚洲的作品介绍到欧美等西方国家,以促进东西方文学的交流,这一主旨符合林语堂东西文化融合的文化观,也是林语堂致力于推动亚洲作家翻译局设立,并作为副委员长努力推动翻译局发展的原因之一。亚洲作家翻译局的成立是第 37 届世界笔会最重要的成果之一,并作为 70 年代韩国文学翻译的主导和主力军,为 70 年代韩国文学翻译的繁荣做出了突出贡献。

林语堂在韩期间还与韩国著名的中文学者、首尔文理大学的车柱环教授进行了面谈,就东方文化的西欧化问题进行了深入地讨论。林语堂谈了自己对于 70 年代中韩两国文学的看法,他认为中国的社会氛围是

---

① 论东西文化的幽默,《林语堂文选》,中国广播出版社,1990 年。

活跃、勇往前进,有一种坚强的精神动力,这种精神也同样存在于文学领域。林语堂认为这种勇往前进的精神与气象是当前中韩两国的共通之处。同时他肯定了韩国民族不折不屈精神,他认为韩国在日本殖民统治的强压下艰难地走上了现代化的道路,经过不断的努力实现了其他新兴国家无法比拟的飞跃,韩国今后的发展也令人期待。对于林语堂东西融合的文化观,车柱环提出面对西欧化的问题,东方应该如何保存自己的文化。对此林语堂指出要克服西欧化的恐惧心理,并且只是学习西方的优秀的一面,这并不能说是西欧化,仅仅模仿西方的形式与方法,并不能掩盖东方文化的精髓,更不会对东方文化有所损害。通过模仿形式与方法,使其中的内容变得更加精炼,更加纯粹。文学亦是如此,无论是诗歌、小说还是戏剧,通过学习西欧的方法与形式,来承载自己文学的精髓,不仅能够挽救中国的传统文化,还能创造新的传统。

韩国与中国同样面临着激进派与保守派对于西方文化与传统文化截然相反的态度与争论。激进派完全以西方的价值尺度为评价标准,全盘否定本国的传统文化。而保守派则死守中国传统文化,对西方文化采取拒斥甚至诋毁的态度。林语堂通过与车柱环教授的谈话,向韩国介绍了他的东西方文化观。林语堂认为我们应看到中西方文化中的某些差异,"大胆地借鉴西方先进的技术、知识、制度乃至于思想文化,从而为中国古老的文化注入新鲜的血液,使其更加生机勃勃和坚强有力"。[①] 林语堂这种文化观为东西方文化融合提供了一条可行之路,为处于西欧化忧虑之中的韩国青年文人学者指明了道路。

林语堂此次访韩加深了与韩国文坛和文人的交流,使他的幽默观以及东西方文化融合观进一步得到韩国社会的认识与认可。亚洲作家翻译局的设立也是此次林语堂访韩的重要成果之一,对促进中韩两国文化的交流有着重要的意义。

---

① 王兆胜,论林语堂中西文化的思想融合,《江汉论坛》,2006年第4期,第88页。

四、韩国文坛对林语堂的评价

　　早在 20 世纪 30 年代,韩国的报纸杂志就开始关注林语堂及其主编的《人间世》,1936 年 1 月《东亚日报》记者在《世界文坛点考》一文中就提到并肯定了当时林语堂主办幽默小品半月刊《论语》以及《人间世》在中国文坛的重要地位。金光洲在《东亚日报》发表的《中国文坛现世一瞥》一文中既肯定了林语堂的"论个人笔调"和"怎样做洗练的白话文"等文章在幽默文学方面的突出贡献,但同时他也指出"近来这本杂志在刊发当时,难免有了一味地嘲弄讽刺政治的暴露性的低级的倾向"。20 世纪三四十年代韩国对林语堂的认识主要局限于他主编的刊物以及他前期以批判讽刺为主的散文的看法。

　　50 年代之后,随着林语堂的作品陆续被介绍到韩国,韩国文坛开始全面认识林语堂,并对他的文化观以及他对东西方文学的贡献做了高度评价。俞镇午早在 1938 年就对林语堂的《生活的艺术》及其读书观做了评价。林语堂将读书分为两种,为了"改进心智"的功利性读书以及毫无目的的享受读书。他认为前者不能说是真正意义上的读书,只有沉浸在人物魅力与风格之中的后者才是读书的真髓。俞镇午肯定了林语堂的读书观,但同时他也提出并不应排斥功利性的读书,只有将二者结合起来才是人生最理想的境界。1962 年尹永春在《东亚日报》发表的"中国文学革命之父"中也提到了林语堂,他认为林语堂将中国古典作品英译,在向西方学界传播东方文化方面做出了巨大的贡献。1962 年尹永春出访台湾,并参加了二十名学者与作家出席的座谈会,就"中体西用"问题展开了讨论,尹认为不能因为林语堂的文学揭露中国社会的阴暗面就加以排斥,那将会是文学世界的一大损失。

　　1976 年林语堂去世之后,韩国的各大报纸纷纷发表文章纪念林语堂。1976 年 4 月《京乡新闻》对林语堂的宗教观做了深入的分析与评价,认为自称为异教徒的林语堂是在宗教的外衣下,排斥一切神秘主义,追求自然的信仰。他的宗教观深受老庄哲学的影响,追求"道"指引下的生活,在自我"灵火"的指引下追求宇宙中真实、浪漫的幸福。文章认为林语堂的思想与莎士比亚有共通之处,他们刻画的是实实在在有血有肉的人物,并没有刻意追寻地上万物的哲理,他们将人生看作生活本身。当今世界面临的共同问题就是精神世界的荒废与人性的丧失,与"道"同时失去的自然与闲适,人类由此而变得更加硬直化,在这种时代的苦恼面前,林语堂的追求闲适与自然的生存哲学就显得更加的可贵。同时《京乡新闻》还将林语堂称作"幽默的结晶",文章认为很少有人能像林语堂一样驾驭幽默。中国民族本来就是一个幽默的民族,幽默是中华民族经历了数千年的战乱与君主专制下而凝聚成的智慧的产物,林语堂以现代的视角开发中国人的特有心性,以高格调的诙谐引发令人深思的微笑。他的诙谐是立足于人本主义的现实主义与中庸思想,在彻底的乐天性中蕴含了关照人生与世界的余裕。林语堂的代表作《生活的艺术》用幽默的语言说破了人生短暂的 70 年幸福的真谛。历史小说《京华烟云》与《风声鹤唳》表达了抗日战争的激情,林语堂一直强调将幽默作为激发力量的要素。"严肃的氛围需要贤明、明朗的哲学",林语堂的这一思想缩短了东西方文化的距离,使得他的著作在世界范围内广为流传。

　　《京乡新闻》还整理了林语堂的生平,认为林语堂是韩国人最为熟悉的海外作家。1970 年林语堂来韩参加世界笔会时还结识了白铁、李殷相等韩国著名作家,与韩国民众结下了很深的情谊。林语堂十分欣赏韩国的雅乐与长鼓舞,对韩国的民族精神也十分赞赏,林语堂还收到了韩国文工部赠送的韩国古典音乐。

　　1976 年 3 月 29 日,尹永春在《东亚日报》发表文章,详细整理了林语堂的生涯与思想,认为林语堂的思想是"反对盲目的国粹主义,提倡抒情、正统的人生哲学"。林语堂与尹永春是有着多年交情的好友,尹永春曾 12 次翻译林语堂的作品,成为韩国翻译林语堂作品最多的作家。尹永春在文中写到林语堂的去世对他是个莫大的打击。文章回顾了林语堂与鲁迅加入"语丝社"投身于反封建斗争的历史,尹永春指出林语堂在上海英文杂志上发表的英文短篇处处体现着他的自由主义精神。拥有三十余部著作的林语堂可谓是民主主义的幽默大师,他为中国传统文化的现代化做出了巨大的贡献。为了将汉字科学化,林语堂在美国发明了汉文打印机。尹永春认为林语堂摆脱了盲目的守旧主义,追求世界民族的共通之处,他更注重现实,以成为现代人为傲。尹永春还回忆了他印象中的林语堂总是怀着身为中国人的自豪感。不仅是他的文字,他娓娓道来的话语也散发着人格的魅力。尹永春在世界大学校长会议上第二次见到了林语堂,林语堂称赞韩国的音乐与大学是世界性的。尹提到林语堂在世界大学校长会议上所作的演讲反响热烈,得到了世界各国大学校长的认可与赞同,另外他在市民会馆前的演讲是韩国解放以来所举办的演讲会之中反响最热烈的一场。

20世纪30年代,林语堂作为"语丝派"的重要成员被介绍到韩国,至今韩国对林语堂的翻译与研究从未间断。他的作品与思想对韩国社会产生了巨大的影响,早在30年代末俞镇午就曾在随笔"读书"一文中提到他受到了林语堂读书观的影响。林语堂作品的销售量在外国文学的非小说领域一直名列前茅。《生活的发现》等作品成为韩国中学生、大学生的必读书目。林语堂散文中包含的生活哲理,例如他的读书观、吸烟论、酒道、茶道等都潜移默化地影响着韩国社会。韩国《京乡新闻》中开设的《点滴》栏目与《东亚日报》的《横说竖说》均是记录民众生活中的琐事与感悟的栏目,而其中登载的文章言及最多的就是林语堂与他的生活观。可见,林语堂及其作品已经渗透到韩国民众的日常生活之中。林语堂的作品及思想在韩国的传播使他成为了中韩两国文化交流的桥梁,其作品中包含的中国古典哲学的真理与中国人生活的智慧也成为韩国社会认识中国的一个窗口。